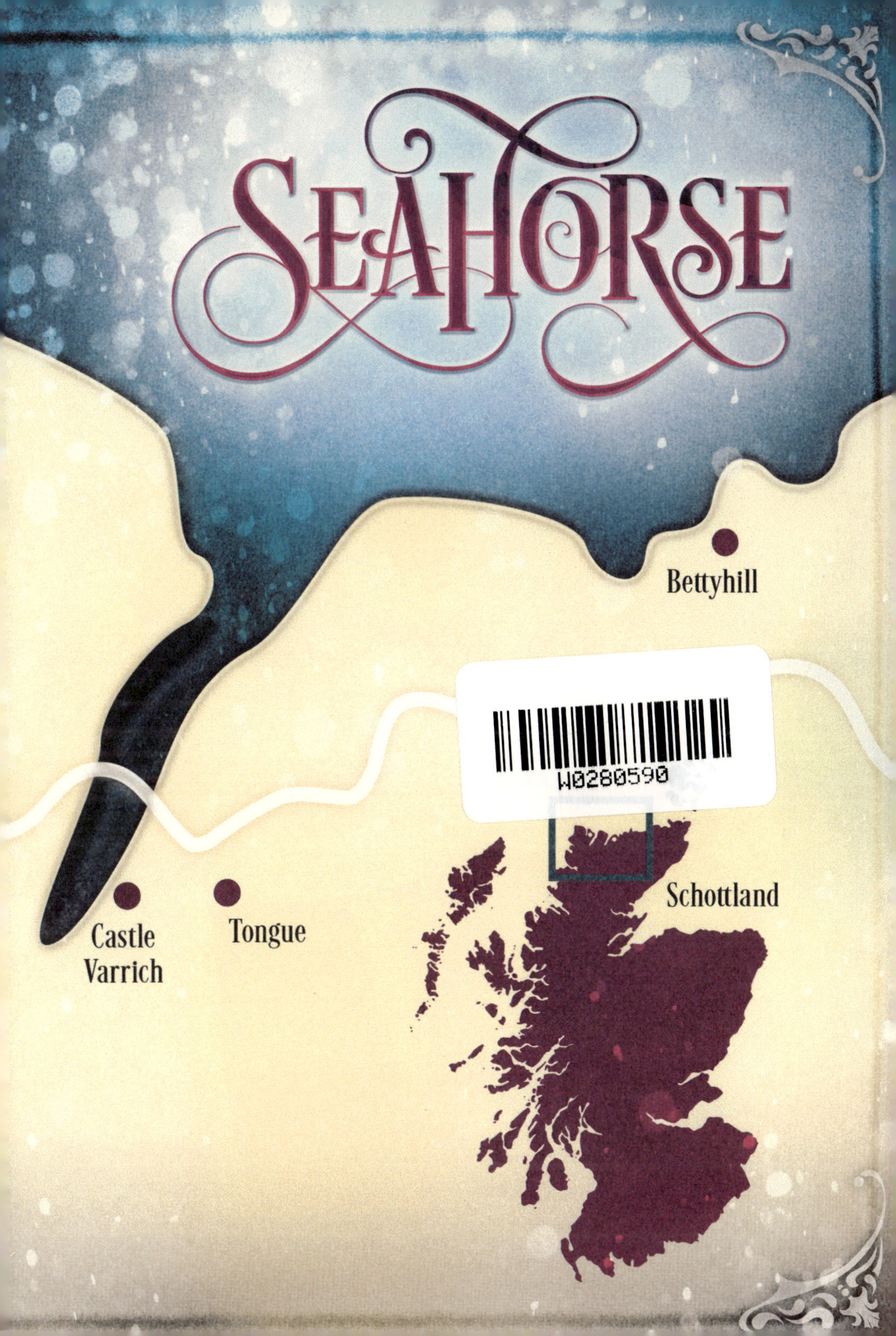
SEAHORSE
Bettyhill
Castle Varrich
Tongue
Schottland

KARIN MÜLLER

SEAHORSE

Der Gesang der Wasserpferde

SCHNEIDERBUCH

Die Erstellung dieses Werks wurde gefördert durch das
Stipendienprogramm NEUSTART KULTUR.

Die Beauftragte der Bundesregierung
für Kultur und Medien

VG WORT

NEU
START
KULTUR

1. Auflage 2022
Originalausgabe

Dieses Werk wurde vermittelt durch die Agentur Brauer.
Umschlaggestaltung: Johannes Wiebel / punchdesign
Gesetzt aus der Stempel Garamond
von GGP Media GmbH, Pößneck
Druck und Bindung: GGP Media GmbH, Pößneck
Printed in Germany · ISBN 978-3-505-15002-9

www.schneiderbuch.de
Facebook: facebook.de/schneiderbuch
Instagram: @schneiderbuchverlag

Klimaneutral
Druckprodukt
ClimatePartner.com/15109-2009-1001

MIX
Papier
FSC FSC® C014496

Kapitel 1

Loch Eriboll, schottische Highlands, Juni 1983

Der frische Wind, der vom Meer herangetragen wurde, spielte mit den Haaren des jungen Hengstes und des Mädchens auf seinem Rücken. Sein Fell hatte die Farbe von Herbstlaub, das mit einer feinen Schicht erster Schneekristalle bestäubt war: Puderzuckerweiß auf Orangebraun. Seine Mähne und ihr Haar schimmerten in demselben Rotton. Nur die Ohren, die aufmerksam und neugierig in Richtung des Mädchens spielten, waren eine Nuance dunkler. Red Roan nannte man diese Farbe in den schottischen Highlands – und vermutlich auch überall sonst in der Welt, wo Clydesdales vorkamen.

Die Beine und das weiche Maul des Tieres sahen aus, als hätte es eben noch fast bis zum Bauch in Milch gestanden – und einen ordentlichen Schluck daraus getrunken. Die untere Hälfte seines Gesichts und der dichte Behang an den Beinen, der fast vollständig die tellergroßen Hufe verbarg, waren schneeweiß.

Maggie hielt den Atem an. Allerdings nicht, weil das Pferd wirklich atemberaubend schön war, sondern weil ihre jüngere Schwester wie ein zerbrechliches Püppchen auf dem blanken Rücken dieses Riesen thronte. Sie war barfuß und trug einen zerschlissenen Strickpullover über dem karierten Sommerkleid. Ihre Beine waren nackt und blass, aber ihr Lachen klang laut und kräftig zu ihr herüber.

»Jetzt komm schon, Maggie! Stell dich nicht so an. Es ist nicht gefährlich. Ich sag dir doch, er ist mein Freund. Er würde uns niemals etwas tun. Steig auf den Felsen da drüben, dann kann ich dich besser hochziehen.« Sie streckte einen Arm aus und hielt ihr die geöffnete linke Hand hin.

»Auf den Feenhügel klettern? Ich weiß nicht. Und du hast nicht mal Zaumzeug!« Maggie zögerte immer noch. Skeptisch legte sie sich eine Hand über die Augen und sah zu ihrer Schwester hinauf. Die Sonne blendete.

»Das brauche ich auch nicht.« Lächelnd bewegte Mhairi ihre rechte Faust, die sie um ein dickes Büschel rostroter Mähnenhaare geschlossen hatte. »Sei nicht so abergläubisch.«

Das gewaltige Tier schnaubte und scharrte ungeduldig mit dem Huf im feuchten Sand.

»Na los, sei kein Angsthase! Früher sind wir hier doch immer zusammen um die Wette galoppiert. Hast du das vergessen, während du fort warst?«

»Natürlich nicht, aber das war auf unseren Highlandponys. Aus denen bin ich rausgewachsen, im Gegensatz zu dir. Das hier ist ein bisschen was anderes.« Maggie schüttelte den Kopf und seufzte tief, während sie den Riemen ihrer Reitkappe schloss und ihren Fuß auf den untersten Felsbro-

cken stellte. Schimpfend tastete sie mit den Händen nach einem guten Griff und kletterte Stück für Stück höher. »Du bist von allen guten Geistern verlassen, Mhairi Fitzgibbons. Aber der dicke Schäferhund von Father Brown soll mich fressen, wenn ich dich allein mit diesem Vieh den Strand runtergaloppieren lasse. Ich habe Papa geschworen, auf dich aufzupassen.«

Mhairi lachte wieder. »Gute Entscheidung! Ich dachte schon, du wärst fürchterlich erwachsen geworden, seit du in Edinburgh aufs College gehst.«

»Bin ich gar nicht. Aber ich hab was Besseres vor, als mir in meinen ersten Semesterferien auf einem fremden Hengst den Hals zu brechen.«

»Du musst Vertrauen haben. Er ist nicht fremd. Er ist wunderbar.« Gedankenverloren zupfte Mhairi ein paar grüne Seetangfasern aus der Mähne des Tieres.

»Und ein Riese!«, schnaufte Maggie. »Ich dachte, du würdest deinen dreizehnten Geburtstag nächste Woche eigentlich gerne noch erleben.«

Mhairi schnipste die Wasserpflanze fort. Ihre grünen Augen blitzten. »Schenkst du mir was Schönes?«

Maggie lächelte. »Bleib einfach lange genug am Leben, um es herauszufinden!«

»Das hab ich vor! Also? Galoppieren wir jetzt zusammen den Strand runter, oder nicht?«

Maggie war oben angekommen und setzte sich auf den sonnenwarmen Stein. Jetzt war sie auf Augenhöhe mit ihrer kleinen Schwester und dem Hengst, der freundlich an ihrer Hose schnoberte. Sie hielt ihm ihre Hand hin, damit er sie beschnuppern konnte. »Einverstanden! Wenn ich ehrlich bin, wollte ich schon immer mal einen Clydesdale reiten. Wie heißt er eigentlich? Und du bist sicher, dass er niemandem gehört? Er sieht gepflegt aus. Und er ist wunderschön.«

Mhairi schnalzte vergnügt und streichelte dem jungen Hengst über den muskulösen Hals. Sofort hatte sie seine Aufmerksamkeit. »Ich habe ihn Dandelion getauft, Löwenzahn. Den frisst er so gerne.« Dann beugte sie sich vor und flüsterte ihm etwas ins Ohr. Das Pferd schien ihren Worten konzentriert zu lauschen. Mhairi bewegte den Arm und ihren ganzen Körper, als würde sie das Tier an unsichtbaren Zügeln in einem kleinen Bogen dichter an den Felsen lenken, auf dem ihre Schwester stand.

Der Hengst kam direkt neben Maggie zum Stehen. Sie brauchte nur ihr Bein über seine Kruppe zu heben und sich hinter Mhairi auf seinen Rücken gleiten zu lassen. Nervös schlang sie ihre Arme um die Taille der Jüngeren. Mhairi war einen ganzen Kopf kleiner als sie und so dünn, dass Maggie mit ihren Händen die eigenen Ellbogen zu fassen bekam. Sie spürte ihr Herz wild gegen Mhairis Rücken wummern und nahm wahr, wie die warmen Muskeln des Hengstes unter ihren Beinen tanzten.

»Bereit?«, fragte Mhairi.

Maggie kniff ergeben die Augen zusammen und rutschte noch dichter an ihre Schwester heran. »Frag lieber nicht.«

Mhairi schnalzte noch einmal mit der Zunge, und der Hengst galoppierte mit einem kraftvollen Satz aus dem Stand an.

Ein erstickter Schrei rutschte Maggie aus der Kehle. Das war wirklich etwas anderes als die kurzen Trippelbewegun-

gen der wesentlich kleineren Highlandponys. Doch der Galopp des majestätischen Tiers war so weich und federnd, dass Mhairi und sie selbst wie angegossen auf seinem Rücken saßen, wie in einem warmen lebendigen Schaukelstuhl, eins mit dem Dreitakt der raumgreifenden Bewegung. Sand spritzte unter den Hufen des Clydesdales auf. Sie hörte sein rhythmisches Schnauben, fühlte die Sonnenwärme, den Wind und ein paar Gischtspritzer auf dem Gesicht und ihren Armen.

Über ihnen kreischten Möwen, der Himmel war strahlend blau, und die Sonne tupfte gleißend helle Lichtpunkte auf die Wellen. Sie waren die einzigen Menschen weit und breit. Die Stadt rückte mit jedem Galoppsprung in weitere Ferne. Ein seliges Lächeln breitete sich auf Maggies Gesicht aus. Der ganze Stress der letzten Monate fiel von ihr ab. Wie hatte sie es nur so lange ohne Pferde aushalten können? Sie juchzte vor Glück, legte den Kopf in den Nacken und sah in den blauen Himmel.

Mhairi ließ die Mähne los und breitete die Arme aus. »Es ist wie fliegen, findest du nicht?«

»Ja! Wie fliegen!« Maggie streckte wie ihre kleine Schwester die Arme in den Wind. Mhairi hatte recht. So fühlte sich Sommer an. Sommer in Schottland.

Freiheit.

Leben.

Sutherlandshire, schottische Highlands, heute

Das Meer stinkt bis zu uns herauf. Nach Fisch. Möwengekreisch zerrt an meinen Nerven, der Wind an meinen Haaren. Ich habe Kopfschmerzen. Ich will nicht hier sein. Ich gehöre hier nicht her. Aber nach London will ich auch nicht zurück. Ich hasse Fische, ich hasse Möwen, meine Lehrer, Dad, London, Schottland. Einfach die ganze Welt.

Vielleicht wäre es besser, wenn ich tot wäre. Ich könnte die Klippen hinunterspringen, als Begrenzung der Steilküste ist auf Oberschenkelhöhe nur ein dünnes Seil gespannt. Das ignoriert man wohl ebenso wie die Warnschilder, wenn man lebensmüde ist. Vorsichtig luge ich nach unten. Nein. Keine gute Idee. Außerdem habe ich Höhenangst – und Hunger. Wenn mir nur nicht so übel wäre.

Die Bucht dort unten sieht wunderschön aus. Unberührt. Keine Menschenseele weit und breit. Was für ein krasser Gegensatz zu den grünen Hügeln mit den braunvioletten Heideteppichen, durch die wir seit Stunden gekurvt sind. Der Nordatlantik scheint genauso wütend zu sein wie ich. Mannshohe Wellen brechen sich krachend an den Felsen und sprühen die Gischt weit an Land. Zwischen den Schaumkronen, die auf den Wogen tanzen, könnte man mit ein bisschen Fantasie alles Mögliche erahnen. Meeresungeheuer ... Wale ... Aber in Wirklichkeit fährt am Horizont nur ein Tanker und durchbricht die Illusion. Aus dem Augenwinkel nehme ich jetzt unten am Strand eine Bewegung wahr. Mein Blick gleitet suchend über den schmalen Streifen Sand, der so aussieht, als würde das Meer mit ihm Katz und Maus spielen. Mal gewinnt die Brandung und begräbt weite

Teile unter einer riesigen Welle, mal siegt das Land und erobert sich den Sand zurück. Da unten ist etwas. Am Saum entlang galoppiert ein Reiter auf einem Schimmel.

Ich kneife die Augen zusammen und wische mir eine Haarsträhne aus dem Gesicht. Nein, es ist ein ungesatteltes Pferd, ganz allein. Von hier oben kann ich nicht einmal Zaumzeug erkennen. Seine helle Mähne und der üppige Schweif wehen im Wind und etwas tief in mir drin nimmt fasziniert den Rhythmus seiner kräftigen Galoppsprünge auf. Ich spüre die Schwingungen in meinem Magen. Die riesigen Hufe mit dem langen Behang trommeln im Einklang mit meinem Herzschlag, sie hallen in mir nach, und ich schließe einen Moment lang ergriffen die Augen. Als ich sie wieder öffne, ist das Pferd weg, aus meinem Sichtfeld verschwunden. Ich beuge mich vorsichtig nach vorn über die Felsnase, so weit ich es trotz der steilen Klippen wage. Doch der Strand ist leer. Die Abdrücke der Hufe werden von der Gischt bereits ausradiert, als sollte verborgen bleiben, woher das Pferd kam oder dass es jemals da war. Und schon frage ich mich tatsächlich, ob ich mir den reiterlosen Schimmel am Strand nur eingebildet habe.

»Geht's wieder?«

»Hmm?«

Ich fahre zusammen, merke, wie abwesend ich war und dass ich die ätzende Realität um mich herum einen Moment lang vergessen habe. Einen wunderschönen Moment lang. Widerstrebend drehe ich mich zu Onkel Matthew um und hebe langsam die Schultern. Mir ist immer noch flau im Magen. Vom Fahrstil meines Onkels auf den serpentinenartigen einspurigen Straßen hier in den nördlichen Highlands und weil ich seit einem hastigen Frühstück vor Stunden nichts mehr gegessen habe. Außer einem Apfel und ein paar abgelaufenen Shortbreads. *›Mindesthaltbarkeitsdatum überschritten‹ ist nicht gleichzusetzen mit ›Verfallsdatum abgelaufen‹, Shona. Die sind noch gut,* hallt die Stimme meines Vaters in meinem Kopf nach. *Und jetzt gib Gas, der Zug wartet nicht.* – Berühmte letzte Worte, sozusagen. Er hatte es verdammt eilig, mich loszuwerden.

Onkel Matthew hat den Motor laufen lassen und lehnt lässig in der Fahrertür. Ich frage mich, ob er keine Angst hat, dass ihm die unvermeidliche karierte Tweedkappe vom Kopf geweht wird. Die Schöße seiner offenen Barbourjacke flattern im Wind. Darunter trägt er einen dieser typischen, gestrickten Wollpullover und eine braune Cordhose.

Sein Gesicht zeigt die Spuren eines Lebens an frischer Luft, vom Wetter gegerbt, mit tiefen Furchen um Augen, Mund und Nase und einem rötlichen Bartschatten. Dieser Mann ist ein Fremder für mich – und doch ist er mir auch dunkel vertraut Familie.

Er mustert mich aus wachsamen grauen Augen, zieht kurz die buschigen Augenbrauen zusammen, als unsere Blicke sich begegnen und wir feststellen, dass wir uns gegenseitig beobachtet haben. Mir schießt die Röte ins Gesicht, Onkel Matthew kramt amüsiert in einer Jackentasche.

»Brauchst du ein Taschentuch?«

Ich schüttele stumm den Kopf.

»Dann komm wieder ins Auto. Der Wind ist ja eiskalt. Es ist auch nicht mehr weit. Erinnerst du dich?«

Ich zucke noch einmal mit den Schultern. Gleichgültig. Onkel Matthew steigt wieder ein. Ich bleibe stehen, steif und festgefroren.

Als ich klein war, sind wir ein paarmal hier gewesen, in dem kleinen Kaff, das versteckt zwischen Tongue und Durness liegt, Hope, am Loch Hope. Genau genommen ist es nicht mal ein Dorf. Es besteht eigentlich nur aus ein paar zusammengewürfelten Höfen, die am Nordufer eines der vielen, während der Eiszeit im schottischen Hochland entstandenen Seen liegen.

Aber ob ich mich erinnere oder nicht – ganz zu schweigen davon, ob es mir gefällt, wo sie mich hinstecken: Was macht es für einen Unterschied? Ich bin hier, weil mein Vater es so wollte und es einfach über meinen Kopf hinweg entschieden hat. Als wäre ich ein Kleinkind und nicht schon fünfzehn Jahre alt! Angeblich ist es nur für den Rest des Schuljahres und über den Sommer. Ich soll die Zeit nutzen, um zur Ruhe zu kommen, wieder zu mir selbst zu finden. Der Abstand täte uns beiden gut. Wenn ich mich danach nicht wieder eingekriegt habe, muss ich ins Internat. *Es liegt ganz bei dir* – bla, bla, bla …

Er hat mich einfach weggeschickt.

Dad und ich – wir beide gegen den Rest der Welt. Tja, ich schätze, das war mal. Seit ein paar Monaten versteht er mich einfach nicht mehr. Es kracht ständig. Wegen Kleinigkeiten. Er tut so, als ob ich mit Absicht in solche Situationen geraten würde. Und er hört mir nie zu.

Ich weiß, dass er gestresst ist und wenig Zeit hat. Das war schon immer so. Er ist viel unterwegs, und früher war es sicher auch nicht leicht, nachdem Mum fort war. Aber hey – für mich auch nicht, und ich habe mich nie beschwert. Ich wasche meine eigene Wäsche, und kochen kann ich auch. Ich komme wunderbar allein klar. Ich brauche keine Verwandten, an die ich mich kaum erinnern kann. Ich brauche keine fremden Leute, ich brauche meinen Dad. Aber offenbar beruht das nicht mehr auf Gegenseitigkeit. Wegen *eines* kleinen Ausrasters. Wütend blinzele ich die Tränen weg, die sich über meinen Lidrand stehlen wollen.

Onkel Matthew hupt.

Ich atme tief aus, marschiere zurück zu dem rostigen Land Rover und steige ein. Dann schlage ich die Autotür so heftig zu, wie ich kann.

Mein Onkel setzt den Blinker, aber er fährt nicht los. Seit wir angehalten haben, ist kein einziges Fahrzeug hier vorbeigekommen. Wozu blinkt er dann? Und worauf warten wir jetzt?

»Anschnallen bitte«, kommentiert er nach einer Weile, in der wir beide geradeaus starren.

Ich presse die Lippen zusammen und reiße an dem Gurt, bis das Klicken der Schnalle meinen Onkel endlich dazu motiviert, weiterzufahren.

Meinen blöden Cousins entgegen.

»Und erinnerst du dich noch an Brodie und Hunter?«, nimmt er unbewusst meinen Gedanken auf. Wahrscheinlich will er nur nett sein und ein Gespräch in Gang bringen. Aber mir ist jetzt absolut nicht nach Reden zumute.

»Nein«, lüge ich. »Zu lange her.« Bei meinem letzten Besuch haben mich die beiden irgendwo eingesperrt. Aus Spaß. Ich weiß nur noch, dass es eng und dunkel war und komisch roch und dass ich entsetzliche Angst hatte. Wie alt war ich da? Vier? Fünf? Es hat ewig gedauert, bis ich kapiert habe, dass die Tür nicht abgeschlossen war, sondern nur klemmte.

»Tante Meghan freut sich jedenfalls schon riesig auf dich.«

»Mhm.«

»Bist du immer so gesprächig?« Er widmet mir einen kurzen Seitenblick, bevor er sich wieder auf die schmale Straße konzentrieren muss.

»Mir ist schlecht«, knurre ich.

»Schon wieder?« Mein Onkel zieht die Augenbrauen hoch. »Soll ich noch mal anhalten?«

»Nein. Immer noch. Es geht schon. Das sollte nur eine halbwegs politisch korrekte Erklärung dafür sein, weshalb ich nicht drauflos plappere wie Anne auf Green Gables.«

Mist. Das wollte ich eigentlich gar nicht laut sagen.

»Du bist witzig!« Er lacht. »Wir werden schon gut miteinander auskommen. Warte nur ab, bis du alles wiedersiehst.«

Hinter der nächsten Kurve flattert uns beinahe ein Rebhuhn vors Auto, oder Fasan, oder wie auch immer diese bunten Laufvögel heißen. Matthew flucht und reißt das Lenkrad derart abrupt nach rechts und links, dass die Reifen quietschen, mein Gepäck durch den Kofferraum poltert und ich mir schmerzhaft Ellbogen und Kopf an der Autotür stoße. Ein Wunder, dass die Scheibe heil geblieben ist – aber das ist mir in diesem Moment total egal.

»Halt an!«, rufe ich. Nach einem Blick in den Rückspiegel habe ich mich in einer fliegenden Bewegung abgeschnallt und bereits den Türgriff in der Hand.

»Alles okay?« Mein Onkel sieht mich erschrocken an.

»Halt bitte einfach an«, sage ich noch einmal, und endlich steht der Wagen. Als ich das Klicken des Warnblinkers höre, bin ich schon drei Yards vom Auto entfernt. So schnell ich kann, renne ich zurück.

Der Vogel liegt hilflos flatternd auf dem groben Asphalt. Ich bremse ab, um ihn nicht noch mehr zu erschrecken. Er hat den Schnabel aufgesperrt und hechelt, ich kann die kleine spitze Zunge sehen. Sein Gesicht ist knallrot. Okay, das liegt am Gefieder, glaube ich. Und auch diese Hängebäckchen gehören da hin. Aber wie schwer ist er verletzt? Oder steht er nur unter Schock? Wir sind ganz sicher nicht drübergefahren, aber vielleicht haben wir ihn gestreift. Oder der Windstoß hat genügt … Was machen wir denn nun? Toll, natürlich fängt es jetzt auch noch an zu regnen.

Hinter mir höre ich Schritte rasch näher kommen.

»Was machst du?«

»Wir müssen ihm helfen!«

»Das ist ein Wildvogel, Shona. Die werden im Winterhalbjahr zu Hunderten hier oben geschossen.«

»Das ist mir egal.« Entschlossen knie ich mich hin und beuge mich über das verletzte Tier, um es hochzuheben. »Jetzt ist Sommer! Gibt es hier in der Nähe einen Tierarzt?«

Mein Onkel kratzt sich am Kopf. »Klar, den alten Joe. Aber der macht eigentlich nur Kühe und …«

»Super. Dann fahren wir da hin.«

Matthew starrt mich skeptisch an.

»Bitte.« Ich spüre das Herz des Vogels heftig gegen meine Hand pochen.

Mein Onkel seufzt, nickt dann aber und kramt ein riesengroßes Stofftaschentuch aus der Jackentasche. Er zeigt damit auf das etwas zerfledderte Federbündel in meinen Armen, das inzwischen erstaunlich kräftig zappelt und sich windet.

»Du musst ihm die Augen bedecken. Dann beruhigt er sich. Kannst du äußere Verletzungen erkennen?«

Ich schüttele den Kopf. »Ich glaube, sein Bein ist vielleicht gebrochen, das hält er ganz komisch.«

Matthew grunzt, aber er ist klug genug, mir keinen Vortrag darüber zu halten, welche Überlebenschancen ein Vogel mit Handicap in freier Wildbahn hat. Das kann ich mir selbst ausrechnen, vor allem, wenn die Jagdsaison in ein paar Monaten beginnt.

»Wir können ihn doch nicht einfach hier liegen lassen«, sage ich und ärgere mich, weil meine Stimme so erstickt klingt, als ob ich jeden Moment in Tränen ausbrechen würde. Was tatsächlich passieren könnte. Wütend blinzele ich das Brennen aus meinen Augen.

»Warte, ich helfe dir.« Plötzlich klingt Matthews Stimme viel sanfter. Geschickt wickelt er den grauen Stoff um den Kopf des Tieres. »Soll ich ihn nehmen?«

Wieder dieser Seitenblick, der kurz auf mir ruht und den ich nicht einordnen kann. Der Herzschlag des Vogels beruhigt sich etwas.

Ich schüttele den Kopf. »Geht schon.«

Nebeneinander gehen wir zurück zum Wagen. Die Beifahrertür steht immer noch offen. Die Warnblinkanlage klackert, als ich einsteige. Der Vogel hat seinen Widerstand aufgegeben und liegt schwer und warm in meinen Armen. Seine hornigen Füße haben sich um meinen Unterarm gekrallt. Ich nehme es als gutes Zeichen, dass er sich aktiv festhält.

»Wir kommen sowieso gleich durch Tongue. Dann können wir da auch kurz anhalten.«

Onkel Matthew setzt den Wagen im Zeitlupentempo in Bewegung, angelt mit einer Hand nach seinem Handy und klemmt es ans Ohr, sobald er gewählt hat. Eine Freisprecheinrichtung hat er nicht. Ich verstehe trotzdem das meiste von dem, was am anderen Ende der Leitung gesprochen wird.

Der Tierarzt scheint nicht begeistert zu sein, dass er einen angefahrenen Fasan behandeln soll. »Wieso kochst du ihn nicht einfach? Bist du jetzt unter die Häschenkuschler gegangen?«, schnappe ich auf und presse die Lippen aufeinander.

Tolle Einstellung. Matthew bellt irgendwas zurück, das ich nicht verstehe, weil er dabei in den breiten schottischen Dialekt der nördlichen Highlands verfällt. Knurrend legt er auf. »Wir sind gleich da.«

Ich nicke und streichele dem Wildvogel über das seidige Gefieder.

»Ich will mal Tierärztin werden«, erkläre ich kleinlaut.

»Dann solltest du dich vor allem in der Schule ein bisschen mehr anstrengen«, brummt Matthew, aber es klingt freundlich.

Was für ein grandioser Start in meinen neuen Lebensabschnitt.

Tongue ist ein winziger Ort, in dem die Zeit stehen geblieben zu sein scheint. Wir rumpeln durch schmale, regennasse Kopfsteinpflastergassen. Wasser sprudelt im Schwall aus Fallrohren in den überlaufenden Rinnstein und spritzt aus Pfützen, die sich in zahlreichen Schlaglöchern auf der Straße gebildet haben. Die Scheibenwischer des alten Land Rovers versuchen quietschend, die Sicht auf die niedrigen, alten Häuschen freizuhalten, vor denen bepflanzte Bottiche stehen und Blumenampeln im Wind baumeln.

Vor einem unscheinbaren Haus mit grau verputzter Fassade halten wir an. Das Klingelschild kann ich durch die Regenschlieren auf der Seitenscheibe nicht erkennen, aber ich nehme an, dass es das Praxisschild des Tierarztes ist. Der Vogel wird wieder unruhig, er zappelt auf meinem Schoß herum, und in der Sekunde, als ich aussteige, steigt mir ein ziemlich übler Geruch in die Nase. Ich halte den Fasan von mir weg, aber es ist schon zu spät. Die Wärme eines ordentlichen Mistkleckses breitet sich auf meiner Jeans aus.

»Lecker«, murmele ich.

Onkel Matthew hebt nur die Brauen. Selbst schuld, heißt das eindeutig. Immerhin geht er mir voraus ins Haus und öffnet die Tür.

Ein älterer Mann in Cordhosen und offenem weißen Kittel kommt uns entgegen. »Eileen hat Haggis gekocht, ich müsste dir eigentlich das Vierfache berechnen, dass du mich davon wegholst und dann noch für so einen ... uhhh, wonach riecht es hier, Matt? Hast du Probleme, mit denen du dich nicht zu Doc Williams traust?«

»Nein, das bin ich«, erkläre ich trotzig.

Onkel Matthew macht einen Schritt zur Seite und gibt dadurch den Blick auf mich und den Übeltäter frei, der sich jetzt wieder tadellos benimmt.

»Joe, das ist meine Nichte Shona«, sagt er. »Sie will Tierärztin werden.«

»Und bringt ihre Patienten gleich mit, wie ich sehe.« Joe mustert mich über die Gläser seiner runden Metallbrille hinweg. Sein Blick streift kurz mein Gesicht, den Vogel und verweilt am längsten an dem Fleck auf meiner Hose. »Fasanendreck«, stellt er ganz richtig fest. »Na, zumindest ist kein Blut drin. Mit der Verdauung ist also schon mal alles in Ordnung.« Er drückt die Türklinke links neben sich herunter und öffnet damit einen kleinen Raum, der direkt vom Flur abgeht und sich als Sprechzimmer herausstellt. Die Einrichtung ist erstaunlich modern. Der Behandlungstisch lässt sich mit einem elektrischen Fußpedal stufenlos in der Höhe verstellen. Leise surrend fährt er mir fast bis zur Brust. Ich bin nicht besonders groß, das habe ich von meiner Mutter, sagt Dad. Keine Ahnung, ob es stimmt. Ich kann mich kaum an sie erinnern, eigentlich kenne ich meine Mum nur durch Fotos.

Behutsam setze ich den Fasan ab. »Soll ich ihm die Haube abnehmen?«

»Nein, lass mal, so ist er weniger nervös.« Joe sieht skeptisch von mir zu dem Vogel.

»Wird das teuer?«, fragt mein Onkel.

»Kommt drauf an, ob du ihn hierlässt oder wieder mitnehmen willst«, brummt Joe, während er die schwenkbare Lampe anschaltet und zu sich heranzieht. »Eileen hat unglaublich gute Rezepte für …«

»Ich bezahle das«, unterbreche ich ihn. »Von meinem Taschengeld.«

Der Tierarzt sieht meinen Blick und räuspert sich. »Wo kommst du her, Shona?«

»Edinburgh«, sage ich wahrheitsgemäß. »Eigentlich London. Zumindest habe ich die letzten Jahre dort gelebt.«

»Christopher hat sie mitgenommen, in dem Jahr, nachdem Mhairi …«

»Verstehe«, unterbricht ihn Joe, während er die Füße des Vogels abtastet und vorsichtig bewegt. »Wir haben einen etwas raueren Ton hier oben, Shona. Das ist nicht immer alles ernst gemeint. Manchmal allerdings …« Er wirft Matthew einen Blick zu, der deutlich ausdrückt, dass er Fasane auch in Zukunft nicht zu seinen Stammkunden zählen möchte.

Ich zucke mit den Schultern und konzentriere mich darauf, den Fasan so zu halten, dass er nicht wieder wie wild mit den Flügeln um sich schlägt. Das gelingt mir allerdings nur halb, denn ich will ihm nicht wehtun und weiß nicht, wie fest und wo ich zupacken kann. Also fegt er beinahe die Brille des Docs von dessen Nase. Vielleicht als Retourkutsche für den Kommentar über die Rezepte seiner Frau.

»Die Flügel funktionieren also auch«, erklärt Joe gelassen und führt meine Hände zu den Schultern des Tieres. »Wenn du hier deine Finger drumlegst, kann ich besser arbeiten und sogar was sehen dabei. Siehst du? So.«

Ich nicke und verfolge jede seiner Bewegungen. Er geht auf die andere Seite des Raumes, holt zwei kleine und eine sehr große Glasflasche aus einem Schubfach und zieht mit deren Inhalt eine winzige und eine riesengroße Spritze auf.

»Sie schläfern ihn nicht ein, oder? Was bekommt er?« Meine Stimme klingt ein bisschen schrill.

»Keine Sorge, Shona. Er hat noch mal Glück gehabt. Nichts gebrochen, soweit ich das beurteilen kann. Nur Prellungen und vermutlich ein gewaltiger Schreck. In der Injektion sind etwas Entzündungshemmendes und ein leichtes Schmerzmittel. Und die andere Spritze …« Er verzieht die Mundwinkel zu einem belustigten Lächeln. »Das ist etwas, womit du deine Hose säubern kannst, damit deine Tante keinen Anfall bekommt, wenn sie dich …« Er stockt kurz. »… trifft.«

»Danke.«

»Mhm. Wie geht's Meghan übrigens?« Die Frage ist an meinen Onkel gerichtet.

»Gut, danke. Ihr ist ein bisschen langweilig, glaube ich. Ich habe den Kopf voll, und die Jungs haben auch zu viel um die Ohren. Du weißt ja, wie das ist. Aber ich hoffe, dass sich das nun ein wenig ändert.« Der Blick meines Onkels streift mich kurz. Prüfend. Aber ich bin mit meiner Aufmerksamkeit noch immer bei der Spritze in Joes Hand.

»Sie würde sich sicher freuen, wenn Eileen mal wieder rumkommt.«

»Ich werde es ihr ausrichten. Grüß Meghan von mir.«

Ich hoffe, dass der Mann weiß, was er tut. Kann er sich bitte auf die Arbeit konzentrieren? Ziemlich dicht bei meinen Händen hebt er ein paar Federn des Fasans an, sodass er die Kanüle unter die hauchdünne Haut schieben kann, und versenkt sie anschließend in einem Eimer mit der Aufschrift *Gebrauchte Nadeln – besser nicht reingreifen.*

»Das wär's.« Damit reicht er mir einen Stapel Papiertücher über den Behandlungstisch. Die dicke Spritze mit dem Reinigungszeug legt er obendrauf. »Übern Berg ist der Vogel trotzdem noch nicht. Der Schock kann ihn immer noch umhauen. Das ist nicht zu unterschätzen. Packt ihn über Nacht in eine Pferdebox oder in den alten Kaninchenstall und wartet ab. Wenn er morgen fit ist, lasst ihn frei.«

Er blickt zu meinem Onkel. »Man kann ihn nicht essen. Die Medizin hat eine Halbwertszeit von mindestens vier Wochen. Und bis dahin ist er hoffentlich über alle Berge.« Grinsend zwinkert er mir zu. »Wenn er schlau ist. Warte, ich hol dir einen Karton. Und mach dich draußen sauber, nicht hier drin, Kind. Bist du des Wahnsinns! Wenn Eileen das sieht, bringt sie mich um!«

Als wir die Praxis verlassen, hat es immerhin aufgehört zu regnen. Der Himmel hängt immer noch so tief, dass man meint, die dunkelgrauen Wolken berühren zu können, wenn man Anlauf nimmt und in die Luft springt. Aber mir ist nicht nach Hüpfen. Außerdem habe ich den Karton mit dem verletzten Fasan im Arm. Widerstrebend überlasse ich ihn Matthew für die Zeit, die ich brauche, um meine Hose mit den Tüchern und der Flüssigkeit notdürftig sauber zu machen.

»Neun Meilen noch«, brummt mein Onkel.

Während der letzten Minuten unserer Reise schweigen wir. Mein Blick irrt leer über die grünen Hügel. Ich höre kaum zu, als Onkel Matthew mir etwas über die Turmruine erzählt, die kurz hinter Tongue auf einem bewaldeten Hügel das Meer bewacht, Castle Varrich oder so. Ich bin damit beschäftigt, den Karton in einer steilen Kurve auszubalancieren, und denke an das verstörte Tier im Inneren.

Ich weiß auch nicht, wieso mir dieser Fasan plötzlich so wichtig ist. Aber er ist es. Er braucht jemanden, der sich um ihn kümmert, der ihn gesund pflegt und ihn als Lebewesen wertschätzt, nicht als Braten oder Jagdobjekt. Vielleicht gibt es eine Parallele zwischen dem Vogel und mir? Sind wir nicht beide durch einen blöden Unfall aus unserem natürlichen Lebensraum gerissen worden? Ich habe keine Ahnung, wo ich hingehöre. Oder zu wem.

Wir kommen an Schafweiden vorbei und nassen Wiesen, auf denen zottelige braune Hochlandrinder herumstehen oder im Matsch liegen. Der Rest sind Heide, Disteln und gelbe Wildblumen.

Idylle sagen die einen. Ich finde es trostlos.

Einmal müssen wir scharf bremsen, als ein Schaf unvermittelt vor uns auftaucht und danach eine ganze Weile gemächlich die schmale Straße für sich beansprucht. Mein Koffer knallt schon wieder von hinten gegen die Rückenlehne. Ich höre den Fasan durch den Karton rutschen, aber ich traue mich nicht, den Deckel zu heben und nachzusehen. *Du musst Vertrauen haben.* Keine Ahnung, wo dieser Satz auf einmal herkommt. Als Kind habe ich den öfter zu hören bekommen, glaube ich. Muss von meinem Vater stammen, es war ja sonst niemand da.

Es gibt keine Verwandten außer Mums Leuten hier oben. Zumindest niemanden, von dem ich wüsste. Da sind nur ihr Bruder Matthew und ihre Schwester Meghan. Meghan ist die Älteste, dann kommt Matthew und zum Schluss meine Mum. Matthews Frau ist bei Brodies Geburt gestorben. Ich glaube, damals zog Meghan wieder zurück in ihr Elternhaus, um ihrem Bruder zu helfen.

Seit ich ein Kleinkind war, sind wir nicht mehr hier gewesen. Rückblickend nehme ich an, dass damals irgendwas passiert sein muss. Aber ich glaube nicht, dass es mit meinen Cousins und ihren blöden Streichen zu tun hatte. Nicht nur jedenfalls. Es muss nach Mums Tod gewesen sein. Ich kann mich daran erinnern, dass Dad wegen irgendwas furchtbar wütend war. Matthew und er haben sich draußen angeschrien, als ich schon in meinem Kindersitz auf der Rückbank des Autos saß. Tante Meghan hat geweint, die Jungs haben durchs Fenster heimlich Grimassen geschnitten – dann sind wir gefahren, und ich habe Dads Erleichterung gespürt, von dort wegzukommen. »Das ist kein guter Ort«, hat er mir eingeschärft. Diese diffuse Szene habe ich abgespeichert. Danach sind wir nie mehr zu Mums Familie gefahren.

Ich habe Dad in den Jahren danach manchmal nach ihnen gefragt. Aber er mochte nicht über sie reden. Er wollte sogar Mamas altes Fotoalbum verbrennen, aber bis auf ein paar angekokelte Stellen konnte ich es gerade noch aus den Flammen retten. Dad war wütend darüber. Die Bilder der Strände, der Pferde und der Farm täten ihm zu sehr weh, hat er gesagt. Ich habe das damals nicht verstanden. Die Erinnerung an sie, an das, was meine Mutter geliebt hatte, war doch alles, was wir noch hatten? Aber er wollte die Highlands, die Farm und unsere Verwandten nie wiedersehen.

Dad hat mir beigebracht, dass der Schein oft trügerisch ist. Und gesagt, dass ich für die Zusammenhänge, den Streit der Großen, zu klein sei. Irgendwann habe ich dann nicht mehr nachgefragt, und auch das Fotoalbum geriet in Vergessenheit. Allmählich wurde die Fitzgibbons Farm in Hope in meiner Erinnerung zu dem düsteren Ort, der mir meine Mutter geraubt hat. Dieser Teil meiner Familie ist nahezu vollständig aus meinem Bewusstsein gerutscht.

Ich habe also bestimmt nicht an Nord-Schottland gedacht, als ich während unseres letzten großen Streits vor zwei Wochen gebrüllt habe, dass ich London hasse und am liebsten ganz weit weg wäre. Dumm nur, dass Dad ein paar Sekunden später beim Türenknallen das blöde, angekokelte Fotoalbum aus dem alten Versteck hinterm Schrank buchstäblich vor die Füße gepurzelt ist. Seinen Blick werde ich nie vergessen.

»Na, das passt ja«, hat er ganz ruhig gesagt, das Album aufgehoben und einen Brief von Onkel Matthew aus seiner Jackentasche gezogen. »Wenn du meinst, dass bei uns alles so furchtbar ist, dann kommt das hier ja vielleicht gerade richtig.«

Dann hat ein Wort das andere ergeben und plötzlich hatte ich ein Zugticket in der Hand. Nach all den Jahren hat Dad sich entschieden, mich ausgerechnet hierher, ans Ende der Welt abzuschieben.

Ich habe drei Stunden in meinem Zimmer gesessen und geheult. Als ich rauskam, saß Dad mit roten Augen über dem Fotoalbum. Wir haben uns in den Armen gelegen und uns gestanden, wie sehr wir Mama immer noch vermissen. Da hat er mit mir ein paar Fotos angesehen und dasselbe gefragt, wie Onkel Matthew jetzt.

»Erkennst du es wieder?«

Ich bin immer noch wütend auf Dad. Stinkwütend. Obwohl er nichts so sehr hasst wie die Gegend, in der seine Frau gestorben ist, hat er wirklich ernst damit gemacht, dass uns beiden »ein bisschen Abstand sicher guttut« und ich außerdem auch alt genug sei, mir eine eigene Meinung über meine bescheuerte Familie zu bilden. Ach, plötzlich bin ich für etwas alt genug?

»Nicht wirklich«, presse ich zwischen den Lippen hervor.

Das ist schon wieder gelogen. Das Häuschen und der Hof sehen haargenau so aus wie auf den verblichenen Bildern. Hübsch eigentlich, mit den vielen Stockrosen und Sommerblumen in dem kleinen Vorgarten. Der gepflasterte Weg vom Haus zu den Gemüsebeeten glänzt durch die Feuchtigkeit und reflektiert die blau gestrichenen Fensterrahmen und den weißen, bröckelnden Putz.

Hier hat sich auf den ersten Blick offenbar nichts verändert in den letzten zehn Jahren. Um die Ecke liegen die Stallungen, die Scheune und ein Geräteschuppen nebst Matthews kleiner Werkstatt und der Garage für den Trecker, erzählt mein Onkel gerade. Überrascht atme ich ein. Ich mag den Geruch, der mir durch die Lüftung in die Nase springt. Eine Mischung aus Motorenöl, feuchter Erde und Wiesenkräutern. Und ich mochte die Scheune: Auf dem Heuboden habe ich mit den Jungs Verstecken gespielt. Ich erinnere mich dunkel, dass man durch eine Luke in den darunterliegenden Berg aus lose zusammengerechtem Heu springen konnte. Wenn man sich traute. Ich habe mich nicht getraut, und sie haben mich da oben stehen lassen. Mein stilles Lächeln erlischt. Ich war vier oder fünf und sie ein, zwei Jahre älter. Plötzlich habe ich wieder ihr gemeines Lachen im Ohr – und mein eigenes Geheule. Als wäre es gestern gewesen. Dabei ist es so lange her.

Tja. Nun bin ich also zurück. Der Fremdkörper. Der Klotz am Bein. Überall bin ich ein klotziger Fremdkörper. Dad fühlt sich überfordert mit mir? Was soll ich denn da sagen! Ich lebe hier drin! Vierundzwanzig sieben!

Der Wagen bleibt mit einem Ruck stehen. Onkel Matthew zieht die Handbremse an und den Zündschlüssel ab. Wir stehen vor dem Wohnhaus der kleinen Hofanlage. Ein wuscheliger Hofhund mit grauer Schnauze kommt aus irgendeiner Ecke angeschossen und fängt lautstark an zu bellen.

»Boomer! Aus!«, brüllt Matthew durch die geschlossene Wagentür, und ich spüre, wie der Fasan in meinem Karton zu zittern anfängt.

Nein, ich will nicht reden, und ich will auch nicht so tun,

als ob ich freiwillig hier wäre, voller Vorfreude auf wunderbar idyllische Sommerferien im Kreise meiner Verwandten.

Ich habe andere Probleme. Zum Beispiel, dass meine Hose immer noch stinkt. Jetzt ist sie obendrein nass, und der Vogeldreck hat sich mit dem chemischen Duft nach Desinfektionsmittel zu etwas ganz Sonderbarem vermischt. Ich mache mir Sorgen um den Fasan in seinem dunklen Gefängnis. Und ich kann erkennen, dass mich durch ein Fenster im Erdgeschoss des Hauses zwei Gesichter anglotzen – meine Cousins Brodie und Hunter, die sich bestimmt genauso auf mich freuen wie ich mich auf sie. Nämlich gar nicht. Aber inzwischen weiß ich, wie man Leitern wieder herunterkommt und sich gegen größere Jungs wehrt. Und vielleicht ist es ja tatsächlich auch eine Chance, mir meine eigene Meinung über all das hier zu bilden.

»Bereit?«

Erstaunt sehe ich Onkel Matthew ins Gesicht. Zum ersten Mal vielleicht, seit er mich am Bahnhof in Thurso eingesammelt hat.

»Nicht so richtig«, murmele ich.

»Das wird schon.« Er zwinkert mir zu und hält einen Moment inne. Es sieht so aus, als müsste er sich ebenfalls einen Ruck geben, bevor er aussteigt. Er kommt auf meine Wagenseite herum und öffnet die Tür, damit ich den Karton nicht absetzen muss. Dann holt er meine Koffer und ein paar Einkaufstaschen aus dem Fond, während der Hund schwanzwedelnd an meinen Beinen herumschnüffelt.

»Brodie, Hunter, wir sind da!«, ruft Matthew die drei Stufen zur Haustür hinauf. »Jetzt kommt schon raus, ich habe euch gesehen.«

Die Tür geht auf, und meine beiden Cousins schlendern betont cool heraus, die Hände in den Hosentaschen. Der eine groß, dunkelblond, blass und schlaksig – Hunter. Der andere einen halben Kopf kleiner, ein bisschen untersetzt, mit hellroten Haaren und so dicken Sommersprossen, dass sie wie aufgemalt wirken. Das ist Brodie.

Ich lehne an der Wagentür und umklammere den Karton.

»Hi«, sagt Brodie, verzieht den Mund zu einem unsicheren Begrüßungslächeln und nickt mit dem Kinn in meine Richtung. Hunter grunzt etwas, die Geste ist dieselbe, aber bei ihm fehlt die neugierige Wärme im Blick. Dann zieht er die Augenbrauen zusammen und stößt seinem Bruder den Ellbogen in die Seite, um ihn auf den Fleck an meinem Oberschenkel aufmerksam zu machen.

»Hat sie sich eingepie …?«, platzt Brodie prompt heraus.

»Iiieh«, unterbricht Hunter und schneidet eine Grimasse. »Sie stinkt.«

»Cuir stad! Hört auf mit dem albernen Quatsch«, sagt Matthew scharf.

Hunter will abhauen, aber sein Vater hält ihn am Ärmel fest. »Nimm die Koffer deiner Cousine mit rein und zeig ihr das Zimmer. Sie wird sich frisch machen wollen. Weg da, Boomer. Und es sind noch mehr Einkäufe hinten im Wagen.«

Sie reden, als ob ich nicht da wäre, also beschließe ich, die beiden ebenfalls zu ignorieren. Brodie grinst wieder verstohlen, als Hunter mit dem Oberkörper im Kofferraum verschwindet. Ich nehme das mal als Entschuldigung. Die allermeisten Mädchen in meinem Alter nerven mich total. Aber pubertäre Jungs? Nervfaktor: hundertfünfzig Prozent.

»Ich würde erst gern den Vogel …?« Ich drehe mich mit

dem Karton zu Matthew, kralle mich daran fest, als könnte dieser verletzte Vogel mir Halt geben, nicht umgekehrt.

»Ach ja.« Matthew schiebt sich die Tweedkappe in den Nacken und kratzt sich verlegen an der Schläfe. Dann wendet er sich wieder an Hunter. »Geh mit ihr in den Stall rüber. Die alte Quarantänebox steht leer. Da kannst du den Fasan lassen. Stellt ihm ein bisschen Hafer und Wasser hin. Hunter gibt dir alles, was du brauchst. Und dann kommt rein. Es gibt Essen. Brodie, du hilfst mir mit dem Gepäck.«

»Warum ich?«

»Weil ich es sage.« Matthew tut so, als würde er seinem Sohn eine Kopfnuss geben, und nimmt Hunter die ersten beiden Taschen ab.

Naserümpfend macht Hunter auf dem Absatz kehrt und geht mir voraus. »Na, dann komm, Stinki, ich habe Hunger.«

Kapitel 2

Loch Eriboll, Schottische Highlands, Juli 1983

Der stichelhaarige Hengst schnaubte entsetzt und wich rückwärts aus.

Menschen. Auf einmal waren da überall Menschen. Sie schrien durcheinander, fuchtelten mit erhobenen Armen vor ihm herum. Andere kümmerten sich um das reglose Bündel Mensch, das zwischen ihnen im Sand lag.

Jemand hob einen seltsam aussehenden Eisenstab von der Ladefläche eines offenen Pick-ups und hielt ihn sich vors Gesicht, als wollte er hindurchsehen. Der Eisenstab knallte, dabei sprühten Funken aus einem Rohr. Etwas zischte an seinem Kopf vorbei.

Erschrocken machte der junge Rotschimmel auf der Hinterhand kehrt. Aus dem Stand galoppierte er an. Weg von den Männern. Von dem Lärm. Vom Geruch nach Blut und Angst und Hass.

Doch nach vielleicht fünfzig Yards hielt er an. Zitternd. Schnaubend. Drehte sich um und suchte sie mit den Augen in dem aufgeregten Gewusel aus Menschen.

Mhairi.

Er durfte nicht fliehen. Nicht ohne sie. Er wollte zu ihr. Aber die Männer machten ihm fürchterliche Angst. Ging es ihr gut?

Er hörte sie weinen. Dann endlich entdeckte er sie. Sie sprang aus dem Auto, in das man sie gezerrt hatte, und warf sich dem Mann in den Arm, der erneut das Feuerrohr gehoben hatte und damit auf ihn zielte.

Es war alles so schnell gegangen. Eben noch hatten beide Mädchen lachend auf seinem Rücken gesessen. Dann war aus dem Nichts ein Wagen am Strand aufgetaucht und hatte versucht, ihnen den Weg abzuschneiden. Menschen!

Menschen bedeuteten immer Gefahr. Seine Instinkte hatten ihn auch vor dem älteren Mädchen gewarnt. Sie hatte nach Angst gerochen. Nach Stress. Aber er fühlte die Zuneigung der beiden Mädchen zueinander. Sie war wahr und aufrichtig.

Und er vertraute Mhairi. Dann war das zweite Fahrzeug gekommen. Sie hatten ihn gejagt, und die Mädchen hatten geschrien.

Und dann war es passiert.

Wieder pfiff ein Schuss dicht an seinem Kopf vorbei. Der Hengst wich mit aufgesperrten Nüstern zurück. Er wieherte.

»Nein! Bitte nicht. Lasst ihn in Ruhe. Ihr dürft ihm nicht wehtun«, schrie Mhairi so laut, dass ihre Stimme bis zu ihm getragen wurde.

Das ältere Mädchen bewegte sich endlich. Es kam zu sich.

Zwei Männer nahmen Maggie hoch und trugen sie in das größere Fahrzeug.

»Es war ein Unfall. Er konnte nichts dafür. Maggie, sag es ihnen doch! Maggie! Mach um Himmels willen den Mund auf und sag ihnen die Wahrheit! Dad, nein!«

Der Mann mit dem Feuerrohr schüttelte Mhairi ab, hob die Waffe erneut an sein Kinn und ließ sie noch einmal explodieren.

Diesmal spürte der Hengst einen stechenden Schmerz an seinem Ohr. Sein Instinkt zwang ihn zu fliehen. Panisch jagte er davon. Über den Strand, hinunter ans Wasser, in die Brandung. Er galoppierte hinein, stürzte sich in die Wellen, und als seine Hufe keinen Grund mehr fanden, schwamm er. Er schwamm so lange, bis die Nebel ihn verschlangen.

Am Strand gab es ein Handgemenge. Jemand entriss Maggies Vater das Gewehr. Arme legten sich um Mhairis Schulter. Sie strampelte sich frei und schlug hysterisch um sich. Tränen strömten über ihr Gesicht. »Lasst mich in Ruhe. Lasst mich los!« Sie rannte ans Ufer, watete in die Wellen und blieb dort stehen, zitternd vor Kälte und vor Schmerz.

Er war fort. Im aufziehenden Nebel verschwunden.

»Bitte. Komm zu mir zurück, lass mich nicht allein. Nimm mich mit!«, schluchzte sie. Das Wasser schwappte ihr bis zum Bauch. Ihre Beine brannten im eisigen Wasser. Es kümmerte sie nicht. Nichts kümmerte sie mehr. Maggie hatte es kaputt gemacht. Sie hatte alles kaputt gemacht.

Fitzgibbons Farm, Hope, Sutherlandshire, heute

Die Box am Ende des Stalls ist ringsherum vergittert. In der unteren Hälfte, die mir bis zur Brust reicht, sind die oxidierten Zinkrahmen mit Brettern aus schwerem dunklem Hartholz ausgefüllt. Darüber reichen senkrechte Gitterstäbe bis zur Decke. Der Betonboden ist kahl, an der weiß verputzten Außenwand hängen Spinnweben, auch in den Ecken.

Was für ein trostloses Gefängnis, ist mein erster Gedanke. Immerhin fällt Tageslicht herein. Durch ein Fenster im Mauerwerk kann ich ein Stück blauen Himmel sehen, über den die Wolken jagen. Aber Hunter ist bereits auf dem Weg, es zu schließen. Damit mein Patient nicht entkommen kann – oder womöglich Beute der schwarz-weißen Katze wird, die uns aus der luftigen Höhe eines großen Rundballens Heu vom Gang aus beobachtet. Die Plexiglasscheibe ist ebenfalls vergittert, und die Stäbe sind so eng, dass nicht mal ihr schlanker Körper hindurchpassen würde. Ich glaube sowieso nicht, dass sie sich an den Fasan herantraut. Und der Hund scheint auch eher harmlos zu sein – altersbedingt.

»Da drüben gibt's Wasser, und in der Truhe an der Wand ist Hafer«, erklärt Hunter mit einem Kopfnicken in Richtung der Stallgasse und mustert mich und meinen Karton abschätzig. »Willst du ihn nicht abstellen?«

Mein Blick klebt an dem kahlen Boden der Pferdebox. »Gibt es hier irgendwas zum Einstreuen? Stroh vielleicht?«

»In der Kammer da drüben ist ein Vorrat mit Sägespänen. Das ist leichter sauber zu machen.« Er verschränkt die Arme vor der Brust. »Ich helfe dir nicht dabei, und ich werde auch nicht babysitten.«

»Okay.«

»Ich wusste nämlich gleich, dass du uns eben doch nur zusätzliche Arbeit machst. Wir haben genug eigenen Kram um die Ohren.«

»Okay.«

Hunter bleibt stehen. Ich ebenfalls, unentschlossen, was ich zuerst tun soll. Außerdem ist es creepy, wie er jede meiner Bewegungen beobachtet. »Wir sollen uns beeilen, hat Dad gesagt.«

Wieso lässt er mich nicht einfach in Ruhe, wenn er sowieso nicht vorhat, mit anzupacken? »Ich komm schon zurecht, danke. Du kannst ruhig reingehen.«

Er rührt sich nicht vom Fleck.

»Es ist okay«, wiederhole ich.

Weil er sich immer noch nicht trollt, stelle ich den Karton in eine Ecke und vergewissere mich, dass der Deckel nicht aufspringen kann. Drinnen ist alles ruhig. Dafür spüre ich Hunters bohrenden Blick in meinem Nacken.

»Wo wart ihr all die Jahre? Dein Vater hat sämtlichen Kontakt auf null gefahren. Es hat Tante Meghan das Herz gebrochen. Warum kommst du jetzt? Was willst du hier?«

Ich verdrehe genervt die Augen und starre die Wand an.

Dann stehe ich auf und quetsche mich an meinem Cousin vorbei auf die Stallgasse.

»Ich will gar nichts.«

Er weicht keinen Inch mehr als nötig zur Seite und rümpft angewidert die Nase. »Wir sind kein Asyl für schwer erziehbare Schulversager.«

»Ich hab auch keins beantragt.«

»Dad sagt, du willst deine Familie kennenlernen.«

»Als ob.« Ich gebe einen verächtlichen Laut von mir.

»Du stinkst echt.«

Ich beschließe zu schweigen, greife mir eine große Schaufel, die neben Mistgabeln und Forken säuberlich aufgereiht an der gegenüberliegenden Wand hängt, und mache mich auf den beschriebenen Weg, die Stallgasse hinunter. Entlang der rechten Seite zeugen Spuren im Betonboden und an der Decke davon, dass hier früher ganz ähnliche Gitterboxen waren wie die, in der mein Unfallopfer auf seine Freiheit wartet. Jetzt gibt es allerdings nur noch eine zweigeteilte, riesige Lauffläche, die durch drei Balken getrennt ist. Beide Stallhälften haben eine Tür zum Gang und eine, die nach draußen führt. Diese beiden Mauerdurchbrüche scheinen ebenfalls nachträglich gemacht worden zu sein. Zum Gang hin ist der Laufstall mit einer halbhohen, roh gezimmerten Bretterwand begrenzt. Der Stall ist leer und wirkt, als wäre er länger nicht benutzt worden. Kein Pferd weit und breit, was mich allerdings wundert, denn die Heunetze sind gefüllt und das Wasser in den Bottichen sieht frisch aus.

»Ganz schön viel Aufwand für so einen Vogel, oder?«, ruft Hunter mir nach.

»Macht mir nichts aus!«, rufe ich zurück. Es kann mir egal sein, ob es die Pferde noch gibt oder nicht. Wenn die Stimmung so frostig bleibt, verschwinde ich in ein paar Tagen wieder. Sobald der Fasan zurück in die Freiheit kann. Sie können mich nicht zwingen, hierzubleiben, dazu müssten sie mich auch in so eine Gitterbox sperren. Ich bin alt genug, um allein auf mich aufzupassen. Ich schlage mich schon durch. Ich brauche niemanden.

In der Ecke der von Hunter beschriebenen Kammer liegt ein

großer Haufen grober Sägespäne, der angenehm nach frischem Holz duftet. An der Wand lehnt eine Schubkarre. Perfekt.

Ich schaufele die Karre halb voller Späne und mache mich auf den Rückweg. Hunter ist verschwunden.

Zehn Minuten später ist alles erledigt. Der Fasan sitzt ein bisschen verwirrt in den Spänen und mustert mich, während ich noch einmal überprüfe, ob das Fenster wirklich fest verschlossen ist. Den Pappkarton habe ich auf die Seite gekippt, falls er einen Unterschlupf sucht. In der anderen Ecke habe ich den Boden freigelassen, damit nicht alle Späne in der Wasserschüssel landen, wenn er zu scharren anfangen sollte. Eine Handvoll Haferkörner liegt großzügig auf dem Boden verteilt. Ich hoffe, das Picken und Suchen ist gut gegen Langeweile und Angst vor der fremden Umgebung. Immerhin hechelt der Wildvogel nicht mehr. Das sah wirklich spooky aus, ich wusste gar nicht, dass Vögel das können.

»Ich komme später vorbei und gucke nach dir«, verspreche ich halblaut. »Und dann besorge ich dir noch ein paar Äste, damit es nicht so kahl ist, und falls du lieber auf Zweigen sitzt oder dich verstecken willst.«

Leises Miauen schreckt mich auf. Der Fasan zieht den Hals ein. Offenbar denken wir das Gleiche: Katzen fressen Vögel. Schnell ziehe ich die Boxentür zu und vergleiche den Abstand der Gitterstäbe mit dem Umfang der getigerten Katze, die sich in der Mitte der Stallgasse niedergelassen hat und mich reglos aus wassergrünen Augen anstarrt. Nur ihre braune Schwanzspitze zuckt hin und her. Ich frage mich, wie viele Katzen es hier wohl gibt. Diese hier ist definitiv eine andere als vorhin.

»Fasan ist heute aus«, stelle ich klar, lehne den Besen, mit dem ich die Späne zusammengefegt habe, an die Wand und gehe in die Knie. Vielleicht ist es nicht die schlauste Idee, eine fremde Katze streicheln zu wollen, aber im Gegensatz zu den anderen Bewohnern dieses Hofs sieht sie nicht so aus, als ob sie mich zur Begrüßung kratzen oder beißen will. Im Gegenteil, sie wirft sich auf den Rücken, rollt sich genüsslich hin und her und fängt an zu schnurren, als ich meine Hand ausstrecke, um sie am Kopf zu kraulen. Ich muss lächeln.

»Wenigstens eine, die nichts dagegen hat, dass ich hier bin«, sage ich leise. Die Katze drückt ihren Kopf fest gegen meine Hand und schnurrt noch lauter. »Wie heißt du denn?«

Auf einmal verdunkelt ein Schatten den Eingang. Brodie.

»Das ist Mizzy«, sagt er und hängt demonstrativ den Besen wieder in die Wandhalterung. »Die lässt sich nicht anfassen, und du sollst dich beeilen. Das Essen wird kalt.« Er bleibt einen Moment lang unschlüssig stehen. »Nimm es Hunter nicht übel, wenn er so schroff ist. Er macht sich nur Sorgen wegen Tante Meghan. Weil ...« Er lauscht in Richtung des Hauses und bricht ab.

»Weil?«, bohre ich nach. Aber Brodie schüttelt den Kopf.

»Rühr einfach nicht in alten Wunden, okay? Es war ein ziemlicher Hammer, dass du nach all der Zeit mit gerade mal 'ner Karte zu Weihnachten so urplötzlich auf der Matte stehst. Dad sagt, es ist kompliziert mit euch.« Er mustert mich. »Egal. Wir warten. Ich wollte nur nachsehen, ob du wieder in die Futtertruhe gefallen bist.« Spricht's und macht auf dem Absatz kehrt.

Stimmt! In die Futtertruhe haben sie mich damals gesteckt. Sofort habe ich wieder den leicht modrigen Geruch von altem Holz, gequetschtem Hafer und Spinnweben in der Nase. Es hat Stunden gedauert, bis jemand mein Weinen gehört hat. Ich habe nicht gewusst, dass ich einfach nur hätte aufstehen und den Deckel nach oben drücken müssen. Die Truhe war nicht verriegelt.

Heute bin ich nicht mehr so naiv. Nachdenklich kraule ich Mizzys Kinn, und sie schließt genüsslich die Augen. Von wegen, sie lässt sich nicht streicheln.

In meiner Erinnerung waren Onkel Matthews Söhne wesentlich älter, aber das stimmt gar nicht. Hunter war damals sogar einen halben Kopf kleiner als ich, Brodie einen Kopf größer, obwohl er der jüngere der beiden und etwa ein halbes Jahr älter ist als ich. Inzwischen habe ich ihn eingeholt, aber Hunter ist in die Höhe geschossen und überragt mich. Er müsste siebzehn sein, vielleicht auch schon achtzehn. Keine Ahnung, wann er Geburtstag hat. Interessiert mich auch nicht.

In alten Wunden rühren. Das beruht schwer auf Gegenseitigkeit. Idioten. Ich bleibe definitiv nur so lange, bis der Fasan wieder fit ist!

Regel Nummer eins: Übernimm keine Verantwortung für ein Lebewesen, das du nicht mitnehmen kannst, wenn du abhaust. Schon gebrochen.

Seufzend stehe ich auf. Mizzy maunzt beleidigt.

»Ich komme später zurück«, verspreche ich. »Lass den Fasan in Ruhe, hörst du?«

Die Katze schleckt sich, immer noch auf dem Rücken liegend, über die linke Vorderpfote. Ich nehme das mal als Zusage.

Im nächsten Moment nehme ich aus dem Augenwinkel einen Schatten wahr. Die schwarz-weiße Katze ist vom

Heuballen gesprungen. Und schon sind die beiden zu einem spielerisch fauchenden, raufenden Knäuel verschmolzen. Das Spiel der beiden lässt mich lächeln, und ich sehe ihnen ein wenig zu. Aber mein Magen knurrt, und es nutzt ja nichts: Irgendwann muss ich wohl reingehen.

Im Haus folge ich den Geräuschen durch den Flur, vorbei an meinem Gepäck in ein helles Esszimmer. Es sitzen bereits alle am Tisch. Brodie und Hunter, Matthew und … das muss Tante Meghan sein. Komisch, dass ich mich an sie so gut wie gar nicht mehr erinnern kann. Unsicher bleibe ich im Türrahmen stehen.

»Hallo, mein Kind. Schön, dass du bei uns bist. Komm rein und setz dich.« Sie hebt als Erste den Kopf und lächelt mir entgegen. Ein warmes Lächeln, das die zahlreichen Fältchen um ihre Augen vertieft. Und doch stimmt damit etwas nicht, es wirkt aufgesetzt, sie guckt irgendwie durch mich hindurch. Sie hat die hohen Wangenknochen, die allen Fitzgibbons zu eigen sind. *Die stehen für unsere Abenteuerlust,* hat Mum immer gesagt – sagt Dad. Tante Meghans Haare sind hochgesteckt und fast weiß. Das erstaunt mich, auch wenn sie älter als Matthew und Mum ist.

Zögernd erwidere ich das Lächeln. Ein Telefon klingelt. Eine Entschuldigung murmelnd, legt Matthew seine Serviette auf den unbenutzten Teller und geht in die Küche. Alles sieht so ordentlich aus, und ein wenig, als wäre die Zeit vor mindestens dreißig Jahren stehen geblieben. Auf den Fensterbänken steht allerlei Nippes herum, Pferdefiguren und Hirsche aus Bronze und Porzellan, Kerzenständer, Blumentöpfe – und unter jedem Gegenstand liegt ein gehäkeltes Deckchen.

Durch eine offen stehende Schiebetür kann ich einen Blick ins benachbarte Wohnzimmer erhaschen. Am Fenster steht ein Ohrensessel mit einem Wollkorb. An der Wand hängen gerahmte Fotografien, eine Uhr mit einem laut klackenden Messingpendel, ein kleines Geweih und ein ausgestopftes Moorhuhn. Ich schlucke. Deswegen die Sprüche in der Tierarztpraxis. In einer Glasvitrine glänzen Pokale und Trophäen. Und auf dem Boden liegen lauter verschiedene kleine Teppiche, als ob sie die Laufwege vor Abnutzung und Dreck schützen sollen. Mein Blick geht zum Tisch zurück. Auch hier ist alles perfekt arrangiert, jedes Besteckteil akkurat an seinem Platz.

Mir war nicht klar, was das Essen für ein formelles Ereignis sein würde. Ein Kennenlerndinner, so richtig mit Stoffservietten, Porzellanschüsseln und Blumenvase. Natürlich hätte ich mich sonst mehr beeilt. Schuldbewusst betrachte ich meine schmutzigen Fingernägel und die versiffte Hose und traue mich nicht, auch nur einen Schritt näher auf den cremefarbenen Teppichboden und den nächstgelegenen Läufer zu machen. Die Stallarbeit hat mich nicht sauberer gemacht.

»Ich, äh … ich würde mir gern noch schnell die Hände waschen und etwas Frisches anziehen, wenn das okay ist.«

»Sicher, Liebes«, antwortet Meghan. »Hunter, zeig Shona bitte ihr Zimmer.«

»Aber …« Geräuschvoll stellt mein Cousin die weiße Schüssel auf den Tisch zurück, aus der er sich eben Kartoffeln auftun wollte, wechselt einen Blick mit Brodie und schiebt wütend seinen Stuhl nach hinten. Ich sehe von hier, wie seine Wangenmuskeln arbeiten.

»Bleib bitte sitzen«, sage ich schnell. »Ich möchte euch

keine Mühe machen. Niemandem hier. Ich … es ist oben, oder? Ich finde mich schon zurecht. Fangt einfach an, ja?«

»Erste Tür links«, sagt Meghan und nickt. Sie lächelt wieder, ihr Gesicht ist mir zugewandt, aber ihr Blick ist leer und geht durch mich hindurch. »Schön, dass du so tierlieb bist, Shona. In unserem Haushalt wissen wir das als Tugend zu schätzen. Sind deine Koffer schon oben?«

Hunter versteht den Wink mit dem Zaunpfahl und wirft seine Serviette auf den Tisch. »Ist ja gut, ich mach's.«

»Ich komme wirklich klar«, wehre ich ab, aber da ist er schon mit drei langen Schritten an mir vorbei im Flur, hebt meine Schuhe auf, die ich mir am Eingang ausgezogen habe, knallt sie auf ein kleines Regal und schnappt sich die Koffer. Verblüfft sehe ich ihm hinterher. Er legt all seine Wut in die Geschwindigkeit, mit der er die Treppe hinaufpoltert.

Brodie grinst verstohlen. Aber als Meghan sich räuspert, wird er sofort wieder ernst.

»Danke«, murmele ich verlegen, trete den Rückzug an und stolpere Hunter nach. Auf der Wandseite der Treppe verläuft eine eigenartige Metallschiene, ein schmaler Bürostuhl steht davor, und ich frage mich einen Augenblick, ob der vielleicht für mich sein soll. Dann kapiere ich, dass es sich um einen Treppenlift handelt.

Der Boden knarzt unter meinen Füßen, und das Holz des Treppengeländers fühlt sich glatt und weich an, abgerundet durch unzählige Berührungen. Das Haus ist alt, also nicht *antik* alt, sondern eben einfach kein Neubau. Schon meine – unsere – Großeltern haben hier gelebt. Ich glaube, sie haben es gebaut, ich weiß es aber nicht sicher, sie sind schon gestorben, als ich klein war. Ich vermute, dass der Treppenlift noch aus ihrer Zeit stammt. Wir hatten nie viel Kontakt. Das ist schon eine komische Sache, wenn ich so darüber nachdenke. Andere haben große Familien, feiern gemeinsam Feste, besuchen sich. Darauf war ich früher eine Zeitlang neidisch, wenn ich zu Kindergeburtstagen eingeladen war und die Häuser und Wohnungen aus allen Nähten platzten vor Besuch. Bei uns gab es Dad und mich. Punkt. »Wir sind eben anders.« Mit diesem Satz bin ich aufgewachsen. *Wir brauchen niemanden. Wir sind uns selbst genug. In Familien gibt es nur Streit.* Wie viel davon ist eigentlich meins – und wie viel davon habe ich blind von Dad übernommen, aufgrund unserer Geschichte? Ich glaube, Mama hat alles zusammengehalten. Ohne sie sind die Kontakte zum Fitzgibbons-Zweig unserer Familie quasi eingeschlafen. Und auf Dads Seite gibt es niemanden mehr. Von Schulwechsel zu Schulwechsel ging ich auf weniger Partys, brachte seltener Kinder mit nach Hause, trieb mich mehr alleine rum. Abschiede tun zu sehr weh. Das habe ich nicht von Dad, das habe ich selbst gelernt. Und eine Weile war es auch ziemlich leicht, das vor ihm zu verbergen. Einer der Vorteile von Dads Job. Er ist so eine Art Troubleshooter für große Firmen. Das bringt viele Überstunden – und viel Freiheit für mich mit sich. Und ich vermisse wirklich nichts. Ich habe am liebsten meine Ruhe. Meine Noten haben auch immer gepasst. Leider haben irgendwann ein paar engagierte Lehrer angefangen, an meinen Social Skills herumzumeckern. Den ersten Schulwechsel habe ich Dad dummerweise selbst aus den Rippen geleiert, weil ich nicht länger unter dem Radar fliegen konnte. Bei der nächsten Schule war das Thema nur leider gleich in den Akten. Direkte Folge: Ich musste bei AGs mitmachen, damit ich nicht zur Außenseiterin würde – und habe das Tierschutzengagement vielleicht ein bisschen zu wörtlich genommen. So what?

Hunter reißt mich aus meinen Gedanken. »Bad ist da drüben durch die Tür.« Bestimmte Artikel und ganze Sätze werden in den Highlands anscheinend überbewertet. Mir soll's recht sein.

»'kay«, sage ich ebenso wortkarg.

Er wirft meinen Koffer mit Schwung auf ein schmales Holzbett mit karierter Bettwäsche und bestickten Kissen. *Home sweet home* steht auf einem, *Dinnae fash* auf einem zweiten.

Das Bett steht am Fenster. Die Aussicht zieht mich hinaus, über Schafweiden und Wiesen, hinunter zum See. Weit hinten am Horizont geht das Blau des Wassers über in das diesige Blaugrau der sanften Hügelketten der Highlands. Ein etwas höherer Gipfel ragt heraus. Das ist sicher der Ben Hope. Wie herrlich es sein muss, auf einem Pferd dort entlangzureiten. Auf dem blanken Rücken des Schimmels, den ich heute Nachmittag an der Steilküste gesehen habe, über den schmalen Sandstrand zu preschen. Den Hof und den winzigen Weiler hinter sich zu lassen, immer weiter nach Norden zu galoppieren, am Fluss entlang, der von diesem Loch gespeist wird. Bis zur Mündung am Meer. Frei zu sein. Alles zu vergessen. Ich fühle die drahtigen Mähnenhaare zwischen meinen Fingern, die warmen Muskeln des Pferderückens unter meinen Beinen, spüre den feinen Sprühregen der Gischt auf meinen Armen und im Gesicht. Das Pferd schnaubt im Rhythmus seiner trommelnden Hufe. Wind in meinem Haar, Sonnenstrahlen auf meiner Haut und die Wärme eines anderen Körpers an meinem Rücken. Ich höre

Kinderlachen und die Stimme einer Frau. Aber ich kann die Worte nicht verstehen.

»Ich dachte, du wolltest dich waschen und umziehen«, drängelt Hunter.

»Was?« Blinzelnd fahre ich herum. Ich brauche einen Moment, um mich in der Realität zurechtzufinden.

»Ich sagte …«

»Sorry, ja … natürlich«, unterbreche ich ihn. »Ich bin gleich unten.«

Hunter murmelt irgendwas von »völlig verpeilt« und trollt sich. Ich höre seine Schritte die Treppe hinunterknarzen. Immer noch verwirrt von den eindrücklichen Bildern in meinem Kopf ziehe ich den Reißverschluss meines Koffers auf und angele nach meiner schwarzen Löcherjeans, einem frischen schwarzen T-Shirt und meinem Kulturbeutel. Eigentlich neige ich nicht zu Tagträumen. Und schon gar nicht zu solchen, die sich so real anfühlen wie … Erinnerungen. Wo kam das her?

Als ich meine Hände einseife und abspüle, starrt mich aus dem kleinen Badezimmerspiegel über dem Waschbecken ein ratloses blasses Gesicht mit graugrünen Augen an. Die dicke Kajallinie ist ein bisschen verlaufen, aber ich traue mich nicht, jetzt noch mehr Zeit darauf zu verwenden, mich neu zu schminken. Hastig reiße ich ein Stück Klopapier ab, wische unter meinen schwarz gefärbten Wimpern entlang und entsorge das Blatt im Klo. Dann ziehe ich mir das verschwitzte Shirt über den Kopf, schlüpfe in die frische Hose, knülle die alten Klamotten zu einem Haufen zusammen, den ich in eine Ecke trete, und fahre mir mit den Fingern durch die Haare, um die Strähnen zu entheddern und zu einem schnellen Zopf zu bündeln. Nicht schön, aber funktional. Von dem coolen Auberginеton ist leider nichts mehr übrig. Jetzt ist das Rotblond wieder da. Die dunkelviolette Tönung war das Äußerste, was ich Dad rausleiern konnte. Färben hat er nicht erlaubt, weil ich noch keine achtzehn bin und eh schon so »schmal und durchscheinend«, wie er es genannt hat. Am liebsten hätte ich richtig schwarze Haare. Oder dunkelblaue. Aber so was werde ich hier oben im Nirgendwo sicher nicht zu kaufen kriegen. Was soll's.

»Fertig«, sage ich und seufze. »Du schaffst das!« Mein Spiegelbild mustert mich skeptisch. Wer's glaubt ... Selbst ungefärbt und ungeschminkt – ich passe hier so was von überhaupt nicht rein, in diese spießbürgerliche Idylle mit gehäkelten Tischdeckchen, wo jeder Gegenstand an seinem festen Platz steht und alles so aufgeräumt und sauber ist, dass ich mir vorkomme wie in einem Museum für Heimatkunde. Und dann noch diese grauenvollen Geweihe und der ausgestopfte Vogel. Jagdtrophäen, das ist so eklig. Ich will hier nicht sein. Aber die frische Landluft wird mir ja so guttun. Die Wut auf Dad klettert wieder in mir hoch. *Es ist eine Chance, mit der Vergangenheit abzuschließen. Frieden zu schließen. Mach dir dein eigenes Bild, nicht eingefärbt durch meine Augen. Versau's nicht, wenn es dir wichtig ist, Shona. Das sind unsere einzigen Verwandten.* Du kannst mich mal, Dad!

Ich atme noch einmal tief durch und laufe nach unten. Der Teppich dämpft meine Schritte, aber das Knarzen des Holzes verrät mich doch.

»Ruhe jetzt. Ich will nichts mehr davon hören«, schnappe ich Matthews Stimme auf.

»Aber Dad!«, beschwert sich Hunter.

»Nein. Wenn hier jemand Durcheinander reinbringt, dann seid ihr das. Lernt sie erst mal kennen und gebt ihr eine Chance. Sie gehört zur Familie und Schluss.«

Als ich um die Ecke biege, herrscht Schweigen am Tisch. Die Luft ist so dick, dass man sie schneiden könnte. Ich muss mich richtig überwinden, den Raum zu betreten.

Brodie stochert lustlos in seinen Kartoffeln herum. Jetzt haben sie doch schon angefangen mit dem Mittagessen. Es gibt Salat, Fisch mit Lauchgemüse in einer undefinierbaren weißen Soße und Kartoffeln. Für mich also Beilagen pur. Nicht schlimm. Ich esse keine Tiere, aber ich mache auch kein Drama draus. Hoffentlich gibt das auch umgekehrt keine Grundsatzdiskussionen.

Ich rutsche auf den einzigen noch freien Stuhl, werfe einen schnellen Blick hinüber zu Brodie und lege mir wie er die Serviette auf den Schoß.

»Entschuldigung«, murmele ich leise.

»Schon gut«, sagt Onkel Matthew und deutet so etwas wie ein Lächeln an. »Heute ist alles ein wenig verspätet und durcheinander. Ab morgen halten sich dann alle wieder an die Regeln.«

Er widmet Brodie einen vielsagenden Blick, bevor er mich ansieht. »Wir nehmen die Mahlzeiten gern pünktlich und gemeinsam ein. Alle helfen bei der Vorbereitung und dem Aufräumen hinterher. Frühstück gibt es werktags um sieben, am Wochenende um acht, Lunch um zwölf Uhr dreißig, Dinner um neunzehn Uhr dreißig. Es sei denn, auf dem Hof ist etwas zu tun, was dem im Weg steht. Dann natürlich nach Absprache. Dreimal in der Woche haben wir eine Haushaltshilfe, die

Meghan unterstützt. Ich könnte mir allerdings vorstellen, dass wir das ein wenig runterfahren können, jetzt, wo du da bist. Natürlich erst, wenn du mit den Hausaufgaben fertig bist.«

»In der Schulzeit«, sage ich und meine es eigentlich als Frage.

»Natürlich«, erwidert er. Er lächelt mich freundlich an, aber seine Augen studieren mich wachsam. Ich komme so schnell gar nicht mit, ich hänge noch bei den Frühstückszeiten am Wochenende. Um acht? Ernsthaft? Und wann kann man mal ausschlafen?

Aber Matthew redet bereits weiter. »Jeder hier hat seinen Aufgabenbereich, für den er oder sie verantwortlich ist. Meine Schwester Meghan natürlich etwas eingeschränkt.« Er greift neben sich nach ihrer Hand und drückt sie lächelnd. Meghan erwidert das Lächeln etwas verkniffen und tupft sich den Mund mit ihrer Serviette ab. »Es wäre schön, wenn du das nicht so seltsam betonen würdest, Matt.«

»Natürlich, Liebes, entschuldige.«

Als ich mir Wasser einschenke, dreht Meghan ihren Kopf in meine Richtung und hält mir ihr Glas hin. Wieder geht ihr Blick dabei ins Leere. »Würdest du mir bitte auch etwas geben, Shona?«

»Sicher.« Ich greife noch einmal nach dem schlichten weißen Krug und fülle das Glas zu zwei Dritteln. »Gut so?«

»Perfekt.« Sie lächelt mich an und fährt mit der freien Hand neben ihrem Teller über die Tischdecke, als würde sie nach einem Platz für ihr Trinkgefäß suchen.

Da, endlich, begreife ich, was los ist. Deswegen hat Joe, der Tierarzt, so komisch gestockt, als er vorhin von ihr sprach.

Darum räumen mir alle hinterher. Alles hier hat aus einem Grund seinen angestammten Platz: Damit sie es wiederfindet und nicht darüber stolpert. Oder … fällt.

Tante Meghan ist blind.

Und im Rollstuhl sitzt sie auch.

Wie blind bin *ich* eigentlich?

Shit.

Kapitel 3

Stille lag über dem Loch Hope. Der schneeweiße junge Hengst senkte den Kopf, bis die zarten Tasthaare an den Nüstern fast sein Spiegelbild berührten. Er schnaubte, als wäre er ungehalten über das, was er sah, und die Wasseroberfläche kräuselte sich leicht.

Oberhalb der Böschung, wo das Wäldchen begann, knackte ein Zweig. Alarmiert drehte er die Ohren in die Richtung und lauschte. Regungslos. Lange. Doch es war nur ein Reh, das im Schutz der Morgendämmerung zögernd das Dickicht verließ, um zu trinken.

Der Schimmel witterte noch einmal, sog mit geblähten Nüstern die Düfte des anbrechenden Tages ein. Dann senkte auch er die Lippen in das Seewasser, ruderte ein paarmal planschend mit dem Maul auf und ab und trank schließlich in kurzen, nervösen Zügen. Süßwasser. Kühl und frisch rann es seine Kehle hinab. Es schmeckte köstlich.

Ruckartig hob er den Kopf, lange bevor das Reh zurück ins Unterholz huschte. Er lauschte wieder.

Verfolgte ihn jemand? Hatte der Hüter bemerkt, dass er sich bei Tag erneut davongestohlen hatte? Die Insel verlas-

sen und die Hügelkette überquert? Wusste er, wohin es ihn zog? Und wichtiger noch: Würde er versuchen, ihn aufzuhalten?

Wieder blickte er auf sein Spiegelbild hinab. Dann hob er den Vorderhuf und senkte ihn kraftvoll mitten hinein. Einmal. Zweimal. Dreimal scharrte er durch das Bild, bis zum Boden. Bis der aufwirbelnde Sand jede Reflexion dieses fremden Pferdes unterbrach, das ihn vom Grund des Sees eigensinnig anzublicken schien.

Wasser spritzte bis in sein Gesicht, und er schüttelte ungehalten die Mähne. Er setzte den zweiten Huf ins Wasser, tastete sich langsam tiefer hinein und schwamm, wollte den Geruch loswerden, der an ihm zu haften schien. Nach Brackwasser und Algen.

Es zog ihn zu den drei Ponys, die auf der anderen Seite des Hügels bei den Menschen lebten.

Manchmal, in Nächten, in denen das Mondlicht von Wolken gedämpft wurde, spielte er ein wenig mit Cory, dem temperamentvollen Sohn der alten Stute. Sie stiegen und schnappten spielerisch nacheinander, und ihre Hufe mit dem wehenden Behang durchschnitten den Nachtwind. Aber sobald die Wolken den Mond freigaben, sprang der Schimmel zurück über den Zaun und verschwand Richtung Seeufer. Bei Tag hatte er sich noch nie so nah an die Siedlung getraut. Wie alle seiner Art. Seit Jahrhunderten lebten sie unentdeckt von den Menschen, weil sie sich fernhielten. Das hatte ihm seine Familie schon eingeschärft, als er noch ein Fohlen gewesen war. Niemand verließ die Insel nach Morgengrauen, wenn es nicht absolut sein musste. Es war viel zu riskant.

Doch er war jung und stark und schnell. Er vertraute der Kraft seines Körpers. Und dem Schutz des Morgennebels.

Beinahe geräuschlos verließ er den See, schüttelte die Tropfen aus seinem Fell und witterte, die Nüstern weit aufgesperrt. Ein neuer Geruch lag in der Luft, eine Schwingung, sie kam aus dem Stall, aber stärker noch vom Farmhaus. Jemand war angekommen. Er spürte Unruhe, Aufregung, einen seltsamen Sog.

Der junge, weiße Hengst machte ein paar Schritte auf die Farmanlage zu, in Richtung der Holunderbüsche, die den Anfang des gepflasterten Weges markierten, und witterte erneut. Es roch nach Menschen, nach Gefahr. Aber auch nach … er konnte es nicht benennen. Fremd und doch vertraut. Sein Herz schlug schneller. Er durfte nicht weiter. Nicht jetzt. Unwillig stampfte er auf. Es war zu gefährlich. Sie durften ihn nicht sehen. Zögernd machte er einen Schritt rückwärts, noch einen. Blieb schnaubend stehen. Dann kehrte er auf der Hinterhand und galoppierte in die andere Richtung den Strand hinab.

Er musste sich ablenken. Laufen. Schnell wie der Wind. Er wollte das Sonnenlicht in seinem Fell spüren, wenn er über die Hügel flog. Aber er würde wiederkommen. Später. Wenn es dunkel war.

Es gibt eine Spülmaschine. Das ist ein echter Fortschritt. Und offenbar hat niemand ein Problem damit, auch Töpfe und Pfannen in die viereckige Minna zu schichten. Die Gemüsereste bekommen die Hühner, das übernehme ich. Ihr Gehege ist gleich hinter dem Kücheneingang. Der liegt ebenerdig und barrierefrei. Ein kleiner Kräutergarten und ein paar Gemüsebeete säumen den rot geklinkerten Weg zum Hühnerstall und Auslauf. Auf einmal ergibt es auch Sinn, dass rund ums Haus so viele Wege gepflastert oder betoniert sind. War meine Tante schon blind, als ich klein war? Wieso erinnere ich mich nicht daran? Oder an einen Rollstuhl? Ist das der Grund, weshalb Onkel Matthew angeboten hat, dass ich den Sommer hier verbringen kann? In seinem Brief stand, dass Meghan sich so sehr wünschen würde, dass die Männer – damit meinte er Dad und sich – einen Strich unter die Vergangenheit ziehen könnten, die Funkstille beenden. Wie gerne sie mich kennenlernen würde ... *Es ist niemandes Schuld, Shona. Wir hatten einfach eine grundverschiedene Art, mit dem Tod deiner Mutter umzugehen*, sagte Dad. Und dass der Schulpsychologe auch meinen würde, ein Tapetenwechsel und damit Abstand zur Großstadt, meine Wurzeln kennenzulernen – das alles könne mir helfen, meinen Weg zu finden. Er hat Dad darin bestärkt, das hier durchzuziehen.

Tja, und Onkel Matthew hat offenbar geschickt die Gelegenheit beim Schopf gepackt. Zwei Fliegen mit einer Klappe. Beim Essen klang es ja beinahe so, als ob er eine Bespaßerin für seine behinderte Schwester suchen würde. Dann wüssten auch immer alle, wo ich stecke. Aber dafür bin ich die Falsche. Definitiv. Dann lieber ins Internat, falls Dad seine Drohung wirklich wahrmacht. *Shona, auch wenn wir beide das im Zorn gesagt haben, vielleicht ist Schottland wirklich deine Chance. Komm wieder zu dir. Diese Ausbrüche, das bist doch nicht du. Kann es nicht wirklich sein, dass die*

Tiere, um die es bei deinen Ausrastern immer wieder geht, nur Projektionen sind? Dass du in Wirklichkeit etwas in dir selbst befreien willst? Das fand ich einen sehr interessanten Ansatz … Gequirlter Hirnklempnerquatsch. Ich kann es einfach nicht leiden, wenn man mit seinen Tieren so umgeht wie die in der Reitschule damals. Oder wie die blöde Tracy Rose und ihr grässlicher Fanclub. Man kann auch in alles was reininterpretieren. Hmpf.

Missmutig kicke ich einen Kieselstein in die Büsche.

Als ich zurückkomme, ist alles andere erledigt. Die Männer sind weg.

»Willst du erst auspacken, oder soll ich dir den Hof zeigen?«, fragt Meghan und überrumpelt mich damit völlig. Ich hatte eigentlich vorgehabt, mich in mein Zimmer zu stehlen und Musik zu hören. Dabei kann ich ganz gut abschalten. Oder Pläne machen. Wie ich hier wieder wegkomme, zum Beispiel.

Sie sitzt in dem Ohrensessel am Fenster und häkelt, der Rollstuhl steht neben ihr, und ich frage mich automatisch, ob sie da allein hinübergeturnt ist oder ob ihr jemand geholfen hat. Der alte Hund mit der grauen Schnauze, Boomer, liegt zu ihren Füßen und hebt aufmerksam den Kopf. Seine Augen sind milchig, ich glaube nicht, dass er noch viel sieht.

»Matthew hat dich dazu abgestellt, auf mich aufzupassen, aber ich bin erstens alt genug, allein klarzukommen, und zweitens sollten wir das schöne Wetter ausnutzen, findest du nicht?«

»Kann es sein, dass es eher umgekehrt ist?«, platze ich heraus. »Dass du auf mich aufpassen sollst?«

Sie schmunzelt. »Wäre dir das so herum lieber?«

»Was ich will, ändert nichts an den Tatsachen, richtig?«

»Nein, das vielleicht nicht. Aber abhängig von der Einstellung lässt sich manches leichter ertragen – oder eben schwerer …« Sie atmet tief durch. »Gib mir einfach eine Chance, okay? Bitte.«

Ich schlucke und knete meine Ellbogen. Ein dummer Kloß formt sich in meinem Hals und verhindert, dass ich etwas erwidern kann. Nicht, dass mir etwas Passendes einfallen würde.

»M-hm«, würge ich hervor. Jetzt nur nicht anfangen zu heulen!

»Du bist verletzt, Shona. Ich verstehe das«, sagt sie leise.

»Ist das so?«, frage ich und räuspere den Belag von meiner Stimme. Ich vermute, dass jetzt gleich ein Vortrag darüber kommt, dass sie viel schlimmer dran ist als ich, dass hinter all den Wolken immer die Sonne lacht und dass Familie zusammenhält und dies hier kein Gefängnis ist und all so was. Aber Fehlanzeige. Sie lässt das Thema einfach fallen.

Man sagt ja, dass blinde Menschen mit den anderen Sinnen umso schärfer wahrnehmen. Ich weiß nicht, ob ich lange genug hier sein werde, um das herauszufinden. Aber die ruhige Stärke, die Tante Meghan ausstrahlt, beeindruckt mich. Irgendwie. Und schon breche ich die zweite meiner Regeln. Ich mag sie. Verdammt.

Matthew und Brodie sind auf irgendeine Schafweide verschwunden, um Zäune zu reparieren. Hunter habe ich vorhin auf einer lauten Geländemaschine davonknattern gehört. Meine Tante erklärt mir, dass er drei Dörfer weiter eine Ausbildung bei einem Mechaniker macht.

»Wir sind also die letzten beiden, die übrig sind.«

»Okay.«

»Okay«, wiederholt sie und lächelt wieder.

Einstellungssache also. Nervös kaue ich auf meinem Daumennagel herum. Ich habe null Erfahrung mit behinderten Menschen. Warum hat Dad mir nichts davon erzählt? Oder … hat er? Ich habe die Angewohnheit, zu Hause ziemlich häufig mit Kopfhörern rumzulaufen. Mein Vater hat mich mindestens fünfmal vor der Abfahrt an irgendwas erinnert, damit ich nicht in Fettnäpfe trete. Als ob es nichts Wichtigeres gegeben hätte, über das wir hätten reden müssen. Nicht *einmal* hat er mich gefragt, ob ich *wirklich* hierherkommen *möchte*. Ob ich es *gut* fände, den Sommer hier zu verbringen. Dass ich ganz weit von ihm wegwill, ist mir im Streit rausgerutscht, Mann. So wie ihm rausgerutscht ist, dass er Matthew ja fragen könnte. Wir haben ganz sicher beide nicht damit gerechnet, dass mein Onkel einfach Ja sagt. Ja, verdammt. Ich weiß, dass ich mir das Ganze hier selbst eingebrockt habe. Aber dass er das gnadenlos durchzieht. Einfach so … Und dann auch noch irgendwie begeistert von der Idee ist … Wie kann man so stur sein? Er wird schon sehen, was er davon hat.

»Passt mir gut, das mit dem Hofansehen … -zeigen«, sage ich und überspiele plappernd meine Unsicherheit. »Ich bräuchte eh noch einen Ast für den Fasan. Also, wenn irgendwo einer rumliegt. Ich muss nicht extra … ich dachte nur …«

»Das ist eine gute Idee«, fällt Tante Meghan mir ins Wort. »Ich zeige dir den Schuppen, in dem die Gartengeräte sind, falls wir eine Säge brauchen.«

Mit sicherer Hand zieht sie den Rollstuhl zu sich heran,

stützt sich auf den Lehnen des Ohrensessels ab und macht zwei Schritte zu ihrem Gefährt hinüber, noch bevor ich meine Arme ausgestreckt habe, um ihr zu helfen, falls sie stolpert. Damit wäre diese Frage beantwortet. Erwartungsvoll sieht sie zu mir herauf. »Also?«

»Das klingt nach einem Plan.« Ich habe noch nie eine Säge in der Hand gehabt, aber daran soll es nicht scheitern.

Tante Meghan nickt und rollt los. Offensichtlich braucht sie niemanden zum Schieben. Boomer folgt ihr auf dem Fuß. Aber dann wittert er irgendetwas und witscht durch den Flur davon.

»Reitest du?«, fragt sie als Nächstes.

Ich schüttele den Kopf. Dann fällt mir ein, dass sie das ja nicht sehen kann, zumal sie bereits drei Yards vor mir ist. Ich beeile mich, sie zu überholen, damit ich wenigstens die Küchentür öffnen kann.

»Nein«, antworte ich und schließe die Tür hinter uns. »Nicht mehr.«

Meghan legt ein ganz schönes Tempo vor. Ich muss mich ranhalten, damit ich sie nicht verliere. Der Weg ist breit genug, dass wir gerade so eben nebeneinander gehen können. Ich habe das Gefühl, ich sollte eine Erklärung hinterherschicken. »Früher, als Kind bin ich viel geritten. Ich hatte Reitunterricht und war sogar ziemlich gut, glaube ich. Aber … Dad hat es dann nicht mehr erlaubt.«

»Dann?«, hakt sie sofort ein. »Was ist passiert?«

Ich zucke mit den Schultern und verziehe das Gesicht. Weniger, weil ihr Ton etwas von einem Verhör hat, sondern weil es eine ziemlich große Umstellung ist, wenn man sich im Gespräch ständig darauf konzentrieren muss, nicht alles mit Gesten zu beantworten.

»Du musst nicht drüber reden. Entschuldige, ich wollte nicht neugierig sein.«

Der gepflasterte Weg macht ein paar Windungen an einer Rosenhecke entlang.

»Nein, ist schon okay«, schwindele ich und bücke mich unter einem niedrig hängenden Rosenzweig hindurch. Ich will tatsächlich nicht darüber sprechen. Trotzdem komme ich mir ertappt vor. »Als ich zwölf war, bin ich …« Ich beiße mir auf die Zunge. Das geht sie nichts an. Ich kenne meine Tante quasi erst seit einer halben Stunde, da werde ich ihr nicht gleich sämtliche meiner Geheimnisse anvertrauen. »Dad hat es verboten.« Nachdem es ihn eine Stange Geld und viele Überredungskünste gekostet hat, die Wogen nach meiner kleinen Pferde-Befreiungsaktion wieder zu glätten. Die Stallbesitzer wollten sogar die Polizei und das Jugendamt einschalten. Mann, die waren echt sauer wegen der paar Kollateralschäden. Ich konnte doch nicht ahnen, dass die Pferde derart durchdrehen. Fast so schlimm wie ihre Besitzer … aber mir hat das nur gezeigt, wie sehr die Tiere unter dem Eingesperrtsein gelitten haben. Leider war dieser Verein allerdings sehr gut vernetzt. Man könnte sagen, dass ich es mit einer einzigen Aktion geschafft habe, im kompletten Großraum London eine Reitschulsperre zu bekommen.

»Oh, das tut mir leid. Reiten ist das, was ich am meisten vermisse. Vielleicht kannst du ja hier wieder anfangen? Ich würde auch nicht petzen.«

»Ich weiß nicht. Vielleicht bin ich zu alt dafür.«

Meine Tante lacht auf und hält sich gleich darauf ein Taschentuch vor den Mund, als ob sie das Geräusch zurücknehmen will. Soll ich jetzt beleidigt sein oder wie verstehe ich diese Reaktion?

Wir schweigen ein paar Yards.

Der Weg gabelt sich, und sie hält an. Wieder bin ich verblüfft, wie genau sie abschätzen kann, wo wir uns befinden.

»Da drüben ist der Geräteschuppen«, sagt sie und hält einen Moment inne, um mit ihrer Hand links hinter den Hühnerstall zu zeigen. »Aber lass uns erst mal weitergehen.« Ihr blinder Blick geht in die Ferne und nimmt einen verträumten Ausdruck an. »Wenn einen das Pferdevirus befallen hat, dann wird man es ein Leben lang nicht los, glaub mir.«

»Vielleicht hat es mich ja nie richtig erwischt«, gebe ich ein bisschen gereizt zurück.

»Ja, vielleicht«, sagt sie nachdenklich, und dann ändert sich ihr Tonfall. »Wer weiß, wozu es gut ist. Die Pferde haben nicht allen in dieser Familie Glück gebracht, und doch … Mir scheint, wir haben eine Gemeinsamkeit gefunden.«

Sie wendet mir ihren Kopf zu. Wieder irritiert es mich, wie ihre blinden Augen durch mich hindurchsehen. Als würde meine äußere Hülle für sie keine Rolle spielen.

»Inwiefern?«, frage ich verblüfft.

Sie lächelt mich an. »Wir lassen uns nicht von etwas abbringen, nur weil es andere für richtig oder falsch halten. Wenn es nach Matthew ginge, müssten zum Beispiel alle Fitzgibbons-Frauen größtmöglichen Abstand zu sämtlichen Pferden über einem Stockmaß von eins fünfzig wahren.«

»Aber wieso habt ihr dann welche?«, frage ich erstaunt. »Sie sind doch noch da, oder? Der Stall war leer.«

»Ja, unsere drei uralten Highlandponys. Die gelten wohl als ungefährlich in seinen Augen«, antwortet sie, und ihr Gesicht nimmt dabei einen verschmitzten Ausdruck an. »Sie sind tagsüber auf der Weide. Selbst Matthew kann nichts gegen sie sagen, so klein und verlässlich, wie sie sind, außerdem gehören sie zur Familie. Sie wären perfekt für dich, um wieder einzusteigen. Erinnerst du dich nicht an sie? Deine Mutter hat …«

»Meghan?«, schallt in diesem Moment eine Männerstimme durch den Garten.

»Wir sind hier hinten, bei den Apfelbäumen!«, ruft sie in die Richtung, aus der die Stimme meines Onkels kam. Sie zeigt mit dem ausgestreckten Arm über den Weg, der die akkurat gemähte Streuobstwiese durchteilt.

»Wenn du dem Weg ein Stückchen weiter folgst, kommst du direkt zu den Weiden. Da stehen die drei. Pflück ihnen doch ein bisschen Löwenzahn, und freunde dich mit ihnen an. Die Äpfel können sie leider nicht mehr beißen.«

Mit gerunzelter Stirn betrachte ich den roten Apfel in meiner Hand, den ich aus der Küche mitgenommen habe. »Und wenn ich ihn klein schneide?«

»Wenn du ein Messer hast?«

Ich nicke. Aber ich sage nichts. Ich komme aus der Großstadt. Da geht man nirgendwohin ohne ein Messer, wenn man so aussieht wie ich. Oder ohne Pfefferspray.

»Cory ist der Mausgraue mit dem Aalstrich. Seine Mutter ist die braunfalbe Stute mit den schwarzen Beinen. Sie heißt Hazel. Und dann gibt es noch Cashew, den cremefarbenen Wallach mit den Zebrabeinen und der dunkelbraunen Mähne. Ihn haben wir von unserem Nachbarn übernommen, als er die Pferdehaltung aufgegeben hat. Es gibt kaum noch Highlandponys in der Gegend.«

Ich bin versucht, Tante Meghan von dem Schimmel zu erzählen, den ich an der Steilküste gesehen habe. Aber ich zögere.

»Und die Wildpferde?«, frage ich lediglich.

»Wildpferde?« Sie zieht erstaunt die Augenbrauen hoch. »Nein, Schätzchen. Da muss ich dich enttäuschen. So was wirst du hier nicht finden. Auf den Äußeren Hebriden, auf Eriskay und Uist, da gibt es noch eine Handvoll Ponys, die halbwild gehalten werden. Aber auch sie gehören alle jemandem.«

Ich schüttele den Kopf. »Nein, Ponys meine ich nicht. Große Pferde, mit Behang an den Fesseln und Hufen wie Pizzateller.«

»Ah, Clydesdales, die braunen Riesen aus der amerikanischen Bierwerbung? Ja, die stammen aus Schottland. Aber die laufen hier erst recht nicht frei herum. Und das ist auch gut so.« Sie räuspert sich und streicht sich eine silbrige Haarsträhne hinters Ohr. »Themawechsel. Matthew kommt. Wir reden später weiter. Los, geh schon. Da unten findest du auch eine Totholzhecke, die die Jungs als Windschutz aufgeschichtet haben. Da kannst du dir ein paar Äste für deinen verletzten Fasan herunternehmen.«

Ich runzele die Stirn. Erst jetzt höre auch ich die Schritte. »Aber …?«

»Ich komme zurecht. In einer Stunde würde ich mich freuen, wenn du mir bei einer Tasse Tee alles erzählst, was du mit meinen drei Goldstücken erlebt hast. Sei bitte pünktlich. Ich warte ungern.« Mit einer scheuchenden Handbewegung schickt sie mich fort. Dafür, dass ich niemanden hier oben mögen wollte, ist sie wirklich ziemlich cool. Wie alt mag sie sein? Mum wäre dieses Jahr zweiundfünfzig geworden. Matthew ist der mittlere der drei Geschwister, Tante Meghan die Älteste. Um die sechzig also, sie sieht älter aus. Ob sie jemals aus diesem Kaff rausgekommen sind? *Ich* werde hier jedenfalls definitiv nicht lange bleiben, schießt es mir schon wieder durch den Kopf. Ich werde mir irgendwo einen Sommerjob suchen, Geld sparen, und dann bin ich weg.

»Ach, hier bist du! Wo ist Shona? Christopher sagte, wir sollen gut auf sie achten, sie kennt die Highlands nicht, und wer weiß, wie sie …«

»Lass sie doch erst mal ankommen, Matt. Sie läuft schon nicht gleich in Sandalen in die Berge und verstaucht sich den Knöchel. Gib ihr ein bisschen Zeit, um sich zurechtzufinden.«

Matthew brummt irgendwas, und Meghan lacht. Hinter mir höre ich die beiden leise weiterreden. Ich bleibe stehen und erwarte beinahe, dass mein Onkel mich zurückpfeift, aber die Stimmen entfernen sich. Anscheinend gehen sie zum Haus zurück. Erleichtert atme ich aus und laufe weiter. Endlich allein. Ich bin es nicht gewohnt, so viel zu reden und mit Menschen zusammen zu sein, die ich nicht kenne. Was würden sie wohl tun, wenn ich tatsächlich abhauen würde? Meghan wäre vermutlich enttäuscht. Brodie und vor allem Hunter wären ganz sicher erleichtert. Und Matthew würde sich bestätigt sehen in dem, wie er mich einschätzt. Als naives, verzogenes Stadtkind. Aber wo sollte ich hin?

Zurück zu Dad? Meine Niederlage eingestehen und klein beigeben? Ganz sicher nicht. Vielleicht ist was dran an dem, was Meghan über die Sache mit der Einstellung gesagt hat. Und solange der Fasan nicht zurück in Freiheit ist, kann ich eh nicht weg. Ich fühle mich für ihn verantwortlich. Sobald ich meinem Onkel oder meinen Cousins den Rücken zudrehen würde, kann ich mir lebhaft vorstellen, was sie mit dem wehrlosen Tier anstellen würden. Wir leben in einer Zweiklassengesellschaft, was das angeht. Okay, vielleicht sind Tierrechte wirklich mein Trigger-Thema.

Nachdenklich ziehe ich mein Taschenmesser aus der Jeans, klappe es auf und schneide den Apfel in kleine Stückchen. Neugierig heben zwei Highlandponys die Köpfe aus dem Gras. Das dritte liegt im Schatten eines perfekten Kletterbaums und döst. Ich nehme an, dass es sich dabei um Hazel handelt. Sie ist die einzige mit schwarzen Beinen. Als sie mitbekommt, dass die anderen beiden gemächlich zu mir an den Zaun trotten, steht sie auf und folgt ihnen.

Alle drei haben dicke, runde Weidebäuche, nur Hazels Rücken ist etwas eingefallener als der von den anderen Ponys, und die Kuhlen über ihren Augen sind ebenfalls tiefer. Aber die Augen selbst sind klar und wach und sehen mich unter langen, seidigen Wimpern an.

Ich frage mich, wie alt die drei sind.

Bei ihnen habe ich jedenfalls keine Scheu, den Blick zu halten und mich ausgiebig beschnuppern zu lassen. Meine ganze Seele liegt offen und ungeschützt vor ihnen. Und doch fühle ich mich sicher und geborgen. Hier kann ich endlich weinen. Dankbar kraule ich Hälse, Ganaschen, Köpfe und lasse mir die Hände mit Apfelsabber einschäumen. Mit manchen Familienmitgliedern in Kontakt zu kommen, fällt mir leichter als mit anderen.

Kapitel 4

Der fremde Junge spielte nervös mit der Wasserflasche in seiner Hand. Er wollte zu den Pferden, aber etwas ließ ihn zögern. Etwas war anders als sonst. Er atmete flach und wartete, bemüht, kein Geräusch zu machen.

Eigentlich hatte er nur nach Hazel sehen wollen.

Die alte Stute bereitete ihm Sorgen. Sie baute ab. Ihr Rücken war über den Winter eingefallen, die Kuhlen über ihren Augen waren inzwischen so tief, dass sie voll Wasser liefen, wenn der Wind den Regen vom Meer wie eine Wand über das Land schob. Er wollte ihr Geschichten erzählen, aus alter Zeit. Ihr zuhören. Ein wenig Zeit mir ihr verbringen, viel hatte sie nicht mehr. Die Leute beschäftigten sich nicht wirklich mit den drei Ponys. Sie fütterten und versorgten sie, aber sie sahen nicht in ihr Herz. Sie hörten ihre Seele nicht. Nicht mehr.

Zumindest war das bisher seine Erfahrung gewesen.

Hazel blubberte entzückt. Er sah durch das Blattwerk, wie sie die Ohren spitzte. Natürlich hatte sie ihn längst wahrgenommen, da konnte er sich noch so sehr in die Schatten der Bäume ducken. Doch die Luft war nicht rein. Es war jemand bei ihnen, auf der Weide. Ein zierliches Mädchen, das seinen Körper in viel zu großen, dunklen Klamotten versteckte. Ihre Schultern bebten, sie stand ein bisschen ungelenk bei Hazel, das Gesicht tief in ihre Mähne vergraben, beide Arme um ihren Hals geschlungen. Er konnte nur ihren Hinterkopf mit rotblonden Haaren in einem sich auflösenden Zopf ausmachen, aber das genügte, um zu wissen, dass er sie noch nie hier gesehen hatte. Diese Haarfarbe war etwas Besonderes. Anders als das Karottenrot vieler Menschen hier oben, das mit Sommersprossen und blasser Haut einherging. Viel heller wiederum als all die Mahagoninuancen. Die Farbe glich am ehesten der goldenen Tönung von Bergspitzen im Sonnenuntergang.

Bis zu den Bäumen spürte er die Traurigkeit des fremden Mädchens. Das löste Verwunderung bei ihm aus. Die Menschen aus Hope waren ihm genauso fremd wie er ihnen. Er hatte nichts mit ihnen zu schaffen.

Und das war gut so.

Normalerweise.

Ich habe keine Ahnung, wie lange ich so bei den Ponys stehe und heule, die Hände tief unter drahtigen Mähnenhaaren vergraben, das Gesicht in ihr Fell gekuschelt. Irgendwann hebe ich den Kopf. Weil mir zuerst bewusst wird, dass die drei mit den Ohren nicht mehr bei mir sind, sondern irgendetwas oder jemanden hinter mir abscannen? Oder spüre ich zeitgleich mit ihnen den Blick in meinem Nacken, das Kribbeln, das mir sagt, dass ich beobachtet werde? Erschrocken fahre ich herum. Ist die Stunde um? Bin ich zu spät? Bekomme ich einen Anschiss?

Aber es ist niemand da. Zumindest scheint es so. Ich ziehe die Augenbrauen zusammen und studiere die Umgebung in der Richtung, in die die Pferde sehen. Ich sehe alles nur verschwommen, aber da ist niemand. Und doch stößt Cashew ein tiefes Begrüßungswiehern aus, das mir Gänsehaut macht. Ich greife in meine Hosentasche, vergewissere mich flüchtig, dass das Taschenmesser da ist, wo es sein soll, komme mir im selben Moment fürchterlich albern vor und ziehe ein Taschentuch heraus, um mir erst mal die Nase zu putzen und die Augen abzutrocknen. Vielleicht kann ich dann besser gucken. Und klarer denken.

Von hier kann man weit übers Tal blicken. Ich kann Loch Hope sehen. Der See scheint nur ein paar Yards hügelabwärts hinter der Weide zu beginnen. Die Wiese wird von einer niedrigen Wildrosenhecke und Holundersträuchern eingefasst, die den Pferden ein wenig Schutz vor dem Wind bieten. Und wenn ich das richtig sehe, führt dort drüben zwischen den Büschen ein Trampelpfad hinunter ans Wasser.

Als ich mich umdrehe, kann ich vom Wohnhaus nur das obere Stockwerk erahnen. Apfelbäume und Rosenbüsche schränken die Sicht ein, aber ich weiß, dass das rechte Fenster dort oben meins sein müsste. Andere Häuser scheint es weit und breit nicht zu geben. In den Highlands muss das nichts heißen. Aber das Anwesen der Fitzgibbons ist das einzige auf dieser Seite des Lochs, wenn ich mich recht an das erinnere, was Onkel Matthew während der Fahrt so alles erzählt hat. Bis zur nächsten Farm sind es sicher ein oder zwei Meilen.

Für Touristen ist die Gegend zu abgelegen, außerdem ist die ganze Anlage Privatgrundstück. Wer sollte sich hier also herumtreiben? Sutherlandshire ist eine der am dünnsten besiedelten Gegenden Europas. Ich hab's auf der Zugfahrt hierher gegoogelt. Nicht mal die Midges, diese fiesen kleinen Stechmücken, für die es laut Onkel Matthew sogar saisonale Vorhersagen gibt, verirren sich häufig hierher.

»Hier draußen ist niemand, der hier nicht hingehört«, sage ich leise und streichele Cashew über den Hals. Hazel brummelt kurz, als ob sie mich verstanden hätte. Dann streckt sie als Erste wieder den Kopf ins Gras. Die anderen beiden tun es ihr gleich. Was immer da war, scheint also erstens wieder weg und zweitens immerhin nicht gefährlich zu sein. Das monotone Geräusch des Grasrupfens und Malmens hat eine beruhigende Wirkung auf mich.

Ich fröstele trotzdem. Ich hätte mir noch eine Jacke drüberziehen sollen. Aber es war ja auch nicht geplant, dass ich so lange hier draußen bleibe. Die Sonne hat sich zurückgezogen. Es zieht sich zu, und der Wind, der immer mehr dunkle Wolken vom Meer herantreibt, hat aufgefrischt. Nirgendwo sonst kann man vier Jahreszeiten an einem einzigen Tag erleben, tippe ich.

»Willkommen im Hochland«, seufze ich. Mein Handy liegt oben im Zimmer. Es steckt noch in meiner Jackentasche, weil vorhin alles so schnell gehen musste. Eine Armbanduhr habe ich nicht um. »Ich sollte gehen, schätze ich. Aber morgen komme ich wieder.«

Als ich unter dem Holzzaun hindurchtauche, fällt mein Blick auf den Stapel mit wild aufgeschichtetem Totholz, von dem Tante Meghan gesprochen hat.

Ein paar der längeren Äste tragen an den Verzweigungen welkes Blattwerk. Lange kann es noch nicht her sein, dass diese Stücke gesägt wurden. Perfekt für meinen gefiederten Patienten. Mühsam zerre ich drei Holzstücke aus dem Windbrecher. Sie sind an der Wetterseite mit feuchtem Moos bewachsen und ziemlich lang und sperrig. Wenn ich mir nicht auch die nächste Hose an meinem ersten Tag komplett einsauen will, sollte ich vermutlich zweimal gehen. Aber dazu habe ich keine Lust. Und einen der Äste hierzulassen, kommt nicht infrage. Es dauert ein bisschen, aber dann habe ich die widerspenstigen Dinger strategisch so platziert, dass es klappen müsste. Beim Versuch, mir alle zusammen auf die Schulter zu laden, stolpere ich allerdings über das hinterhältige Blattzeugs und falle beinahe hin. In den Sträuchern Richtung Seeufer raschelt es. Ruckartig fahre ich herum und verliere noch mal fast das Gleichgewicht. Jetzt kommt ein anderes Geräusch aus dem Gebüsch. Ein Kichern. Ganz kurz nur, aber eindeutig menschlich. Männlich. Jung. Glaube ich. Also habe ich mich doch nicht getäuscht vorhin. Das ist definitiv nicht Boomer.

»Brodie?«, rufe ich auf gut Glück. Wie lange beobachtet mein Cousin mich wohl schon? Das ist doch krank! »Sehr witzig! Können wir diese Spielchen nicht lassen?«

Mein Herz hämmert doppelt so schnell wie normal. Eins der Pferde brummelt wieder. Hazel. Sie hat den Kopf aus dem Gras gehoben und bläht die Nüstern. Mein Kopf fliegt zu ihr, dann zurück in Richtung der Büsche. Dort ist jetzt wieder alles ruhig. Zu ruhig.

Die Ohren der Stute kreiseln wie Antennen, die etwas auf ihrem Radar empfangen wollen. Mein Radar ist eine leichte Gänsehaut auf den Armen.

Entnervt lasse ich die Äste sausen. »Los, komm raus. Ich könnte ein bisschen Hilfe gebrauchen. Ich sag's auch nicht weiter, wenn du dich mal ausnahmsweise von deiner netten Seite zeigst.«

Aber es bleibt alles still.

»Ich warte!« Ziemlich lange sogar.

Nichts. Über die gesamte Weide fegt der Wind, aber dieses Gebüsch bleibt stumm.

»Dann eben nicht«, grunze ich. »Idiot.« Jetzt sind mir meine Klamotten egal. Ohne Rücksicht auf Verluste lade ich mir die mörderischen Äste auf, schleppe und schleife sie über Gras und Erde auf den geklinkerten Weg und trete den Rückweg Richtung Haus und Stallungen an. Ich bleibe erst stehen, als sich ein paar abstehende Zweige in der Rosenhecke verhaken. Und auch erst da, beim Versuch, sie zu entheddern, schiele ich zurück und erhasche einen flüchtigen Blick auf einen hellblonden Haarschopf. Halb verborgen hinter den Holundersträuchern steht ein Typ in einer verwaschenen Jeans und einem karierten Hemd bei den Pferden, und Hazel reckt ihm mit geschlossenen Augen ihr Kinn hin, damit er sie zwischen den Ganaschen kraulen kann.

»Ey!«, rufe ich.

Ganz kurz nur treffen sich unsere Blicke. In seinem liegt etwas Erschrockenes. Regungslos sieht er mich an. Dann taucht er ab, macht einen Schritt rückwärts und ist verschwunden. Schneller als ein Geist »Buh!« sagen kann.

Hazel wiehert ihm nach. Ich frage mich, ob meine Verwandten wissen, dass die Pferde einen heimlichen Besucher haben. Aber vielleicht ist der auch gar nicht heimlich. Ich bin gerade erst angekommen. Es wäre klug, sich nicht sofort in alles einzumischen. Der Junge sah nicht gefährlich aus. Hazel mochte ihn. Kann mir also egal sein. Wahrscheinlich war es ein Freund von Brodie oder Hunter. Ich werde es schon noch erfahren – ob es mich interessiert oder nicht.

Der Fasan hockt in der hintersten Ecke des Kartons. Von den Körnern hat er kaum etwas angerührt, aber eine Ecke der Späne ist durchwühlt, und ich entdecke mehrere spiralförmige, hellgraue Würstchen. Die Verdauung funktioniert, das nehme ich als gutes Zeichen. Ich meine mich zu erinnern, dass Fasane als Hühnervögel gern auf Bäumen schlafen. Keine Ahnung, ob er das nach dem Unfall hinbekommt. Daher klemme ich die Äste in unterschiedlicher Höhe so zwischen die Metallstangen, dass er sich sowohl daran hochhangeln als auch hinauffliegen kann.

Dann beeile ich mich, ins Haus zu kommen. Diesmal stelle ich meine Schuhe ordentlich aufs Regal. Doch ich hätte mir keine Sorgen machen müssen. Anscheinend hat mich Tante Meghan noch nicht zurückerwartet. Sie liegt auf dem Sofa und schläft. Blöd. Ich wollte sie nach dem WLAN-Passwort fragen, damit ich googeln kann, was Fasane sonst noch fressen. Mein Blick fällt auf die Wohnzimmerwand hinter ihr. Sie besteht aus prall gefüllten Buchregalen. Leise, um sie nicht zu wecken, schleiche ich näher. Vielleicht finde ich ja einen alten Schinken über Vögel, eine Enzyklopädie oder so was Altmodisches. Mein Blick gleitet über Gartenratgeber, schottische Mythen, eine Gesamtausgabe von Jane Austen, Gedichtbände von Robert Burns, diverse Romane, Fotoalben und Jagdzeitschriften in Schubern, säuberlich nach Jahreszahlen sortiert. Nichts, was ich brauchen könnte.

Doch, hier: ein Naturführer. Behutsam ziehe ich das Buch aus seiner Lücke.

»Wie geht es deinem Patienten?« Tante Meghans Stimme erschreckt mich derart, dass ich beinahe das Buch fallen lasse.

»Gut, danke«, stammele ich. »Das hoffe ich zumindest. Ehrlich gesagt, mache ich mir ein bisschen Sorgen, ob er genug frisst.«

Das Sofa knarzt altersschwach, als sie sich aufrichtet und sitzend die Decke zusammenlegt.

»Verstehe. Nun, vielleicht ist ihm die Gefangenschaft aufs Gemüt geschlagen? Wenn du dich nicht überwinden kannst, ihm ein paar Würmer und Käfer auszugraben, dann versuch's mal mit Löwenzahn und anderen Unkräutern. Sie fressen ganz gerne Blätter, aber auch Beeren und Sämereien. Du findest alles im Garten. In den Büchern wirst du nicht viel anderes entdecken.«

Ich nicke und schneide gleich darauf eine Grimasse, weil ich mir diese sinnlose Kopfbewegung in Tante Meghans Gesellschaft einfach nicht abgewöhnen kann. »Danke. Kann ich mir das Buch trotzdem ausleihen?«

»Aber sicher, Liebes. Du wohnst jetzt hier. Du brauchst nicht zu fragen. Bitte bedien dich, auch mit Obst oder Getränken. Es steht alles im Kühlschrank.«

»Wo ist eigentlich Onkel Matthew?«, frage ich misstrauisch.

»Der musste noch mal weg. Wie sieht es aus mit Tee? Magst du?« Sie klopft einladend neben sich aufs Sofa.

Wenn es etwas gibt, wozu ich gerade überhaupt keine Lust habe, dann ... »Ja, gern«, höre ich mich sagen. »Soll ich Wasser aufsetzen?«

»Das wäre reizend.«

Ich lasse mich von ihr um den Finger wickeln wie ein dreijähriges Mädchen, fehlt nur noch, dass ich mir Schleifchen in die Haare flechten lasse, um ihr zu gefallen. Mit vorgeschobener Unterlippe schlurfe ich in die offene Küche und fülle den Teekessel.

»Der Backofen läuft«, stelle ich fest. »Soll ich da irgendwas machen?«

»Nein, alles gut. Das wird Clotted Cream. Die braucht noch ein paar Stunden. Clotted Cream zuzubereiten ist eine langwierige Sache. Erst muss man die Sahne im Wasserbad stundenlang im Ofen eindicken lassen und danach mindestens ebenso lang kalt stellen. Isst du gerne Scones mit Cream?«

»Wenn sie ohne Rosinen sind, ja, supergern.«

Sie lacht. »Du bist eindeutig eine Fitzgibbons. Deswegen habe ich immer genug auf Vorrat hier, um eine Großfamilie durchzufüttern.«

Tante Meghan leitet jeden meiner Handgriffe, als ob sie mich vor sich sähe. Ich brauche überhaupt nicht zu fragen. Eine Viertelstunde später sitzen wir mit gekauften Butterkeksen und rauchigem Earl Grey nebeneinander an dem niedrigen Couchtisch und betreiben Small Talk wie zwei ältere schottische Ladys. Das Einzige, worüber sie mich ausquetscht, sind die Pferde und der Fasan und wie die Sicht über das Loch war, neblig oder klar. Es scheint sie zu freuen, dass ich in der Ferne sogar den Ben Hope sehen konnte. Sie fragt nicht nach Dad, nach dem, was vorgefallen ist – obwohl ich davon ausgehe, dass er es ihnen ganz sicher erzählt hat. Und sie gibt mir das Passwort.

»Das Internet hier draußen ist allerdings eine Katastrophe.

Ich kann dir nicht garantieren, dass du irgendwo außerhalb der Küche eine gute Verbindung hast. Meist dauert es Stunden, um etwas hochzuladen. Und das Mobilnetz ist noch schlimmer. Brodie und Hunter …«

»Hm«, mache ich einsilbig. Das Sofa ist weich und gemütlich, und auf einmal sind meine Augen bleischwer.

»Du bist müde, oder?« Tante Meghan schmunzelt. »Ich habe dich lange genug gelangweilt. Bis zum Abendessen ist noch Zeit, und dein Fasan wird nicht verhungern, wenn du ihm erst später etwas anderes bringst. Geh ruhig in dein Zimmer und leg dich ein wenig hin. Du wirst auch endlich auspacken wollen. Ich hoffe doch, dass du bei uns bleibst?« Ihre Mundwinkel zucken belustigt beim letzten Satz.

Können blinde Menschen Gedanken lesen? Ich beschließe, nicht darauf einzugehen. »Ja, die Fahrt war anstrengend. Das wäre schön. Aber soll ich nicht zuerst beim Abräumen helfen?«

»Ich mach das schon. Das hält mich fit. Ruh dich aus … Morgen beginnt der Ernst des Lebens.«

Ich halte in der Bewegung inne. Dann öffne ich den Mund wie ein Goldfisch auf dem Trockenen. Das bedeutet irgendwas. Und da kommt die kalte Dusche auch schon.

»Matthew hat dich zur Schule angemeldet«, sagt sie. Schwapp.

»Aber es sind nur noch ein paar Tage bis zu den Sommerferien?!«, protestiere ich und springe auf.

Sie seufzt leise, schiebt unsere Gedecke zusammen und stapelt sie geschickt auf einem Tablett auf ihrem Schoß. »Das habe ich ihm auch gesagt. Sieh es als Chance, neue Kontakte zu knüpfen. So lernst du die Gesichter schon mal kennen,

Lehrer, Schüler … vielleicht findest du eine Freundin in Bettyhill? Das macht es leichter, im Herbst anzuknüpfen.«

Ich brauche keine Freunde, tobt es in mir. Und wieso Herbst? Im Herbst bin ich längst zurück in London. Aber ich sage nichts. Stattdessen balle ich die Fäuste und presse die Lippen zusammen. »Bettyhill?«, presse ich endlich heraus.

»Brodie geht auch dort auf die *Farr High*. Es sind nur dreiundzwanzig Meilen von hier. Der Bus fährt morgens um acht. Genug Zeit, dass du dich vorher noch um deinen Fasan kümmern kannst.« Sie rollt in die Küche.

Mit brennenden Augen stürme ich die Treppe hinauf und schließe die Tür zu meinem Zimmer. Ich will hinter mir abschließen, aber natürlich steckt kein Schlüssel. Ich kann hier nicht bleiben.

Vertrauen – beruht so was nicht auf Gegenseitigkeit? Was um Himmels willen hat Dad ihnen alles erzählt? Heiße Tränen laufen mir übers Gesicht. Halb blind werfe ich mich auf das fremde Bett. Gibt es denn auf dieser Welt nirgends einen Ort, an dem ich mich zu Hause fühlen kann?

Ich muss eingeschlafen sein. Als ich wach werde, ist es draußen immer noch hell, aber das sagt nichts aus. Ende Juni geht die Sonne erst abends um halb elf unter. Noch so eine Information, mit der Onkel Matthew auf der Autofahrt unser Schweigen auflockern wollte. Verschlafen reibe ich mir über die verquollenen Augen.

Wie spät mag es sein? Ich habe wirr geträumt, von dem Schimmel am Strand. Ich bin ihn geritten, ohne Sattel und Zaumzeug, einen endlosen Sandstrand entlang. Wir wurden verfolgt. Ich habe Brodie und Hunter schreien hören und mich in seiner schaumkronenweißen Mähne festgehalten, in der ein paar Fasern Seetang klebten. Wir waren schnell wie der Wind, aber ich hatte keine Angst und der Fasan flog vor uns her, als wollte er uns den Weg zeigen.

Ich schüttele den Kopf, um die Traumgespinste loszuwerden, und starre an die Decke. Fasane schaffen gerade mal die Entfernung vom Boden zu ihrem Schlafbaum. Sie können nicht fliegen. Genauso wenig wie ich. Es wird Zeit, dass ich es realistisch betrachte: Wir sind hier gefangen, alle beide, wir können nicht weg. Darüber täuschen weder hübsch bestickte Kissen noch eine ganze Box voller Äste und Blätter hinweg.

Kapitel 5

Die Ponys hoben ihre Köpfe aus dem Gras und witterten. Sie hatten den jungen Hengst zuerst entdeckt und starrten ihm entgegen. Das war immer so, auch bei den Highlandrindern oder den Schafen. Letztere scherten sich nicht groß um ihn, sie nahmen einfach seinen Geruch auf, stellten fest, dass von ihm für sie keine Gefahr ausging, und ignorierten seine Anwesenheit. Aber die Schafe liefen ja auch seelenruhig in der Mitte der Straße weiter, wenn eine dieser stinkenden Blechkisten kam, egal, wie laut es daraus hupte.

Er bewunderte diese Wollwolken für ihre gelassene Dickköpfigkeit. Stur konnte er auch sein, extrem hartnäckig, wenn es darauf ankam. Gelassenheit zählte jedoch eindeutig nicht zu seinen Stärken. Dafür war er zu scheu, zu jung, zu sehr auf der Hut. Sein Leben lang hatte man ihn mit Geschichten über die Unvorsichtigen gewarnt, die sich einzig auf ihre Kraft und Schnelligkeit verlassen hatten. Die den Zweibeinern vertraut hatten, die auf dem Festland lebten – und eingefangen worden waren, in Frondienste gepresst, vor einen Pflug gespannt oder vor schwere Wagen.

Noch nie hatte ein menschliches Wesen ihn berührt, geschweige denn auf seinem Rücken gesessen. Er war ein Schatten. Wild – und frei.

Aber diese andere Welt, hier drüben, wo es domestizierte Pferde gab und Behausungen aus Stein, diese Welt zog ihn magisch an. Immer stärker in letzter Zeit. Er kam regelmäßig her – meist im Dunkel der Nacht. Im Nebel. Und wenn es noch so gefährlich war, sich zu weit heranzuwagen. Zu nah an die Zäune, die Häuser, die Stallungen, wo alles nach Mensch roch.

Er mochte ihren Gestank nicht, nach Rauch und Diesel, nach Eisen und gebratenem Fleisch. Und doch faszinierte ihn all das.

Der Schimmel zog die Oberlippe ganz weit hinauf, stülpte sie um und flehmte. Da war er wieder, dieser sonderbare Geruch, der ihm fremd und seltsam vertraut zugleich war.

Ein neuer Duft, der in das alte Farmhaus eingezogen war, das außerhalb des kleinen Weilers zwischen den Wiesen lag. Er brachte etwas in ihm in Aufruhr. In seiner Brust meldete sich wieder diese Sehnsucht, die er nicht benennen konnte. Stärker noch als das letzte Mal. Sie war schon immer in ihm gewesen. Aber nun veränderte sie sich, wuchs, entwickelte eine Form. Einen Klang vielmehr. Es waren unzusammenhängende Töne, diffus, verschwommen, ganz zart und zerbrechlich noch, aber sie hatten zu schwingen begonnen, irgendwo in seinem Inneren.

Er musste seiner Bestimmung folgen.

Er wusste um die Gefahr.

Er würde eben wachsam sein.

Ihm würde nichts geschehen. Nichts von dem, was in den

alten Geschichten weitergegeben wurde, die nur dazu dienten, die Jungen fernzuhalten von den Abenteuern, die auf sie warteten.

Tante Meghan hat leider recht. Das Internet ist langsamer als eine Schnecke auf Asphalt. Selbst das WLAN stürzt immer wieder ab. Es dauert ewig, bis sich eine Seite aufbaut, und wenn ich irgendwo klicken will, friert der Bildschirm ein. Genervt stöpsele ich mein Handy zum Laden in die Steckdose am Kopfende des Bettes. Auf die Küche, in der immer irgendein Fitzgibbons herumhängt, habe ich keine Lust. Wenn ich Glück habe, ist es irgendwo auf dem Grundstück besser. Oder in Bettyhill. Und bis dahin habe ich den Naturführer, um Sachen über Fasane nachzuschlagen. Wenn ich etwas über die Gegend erfahren möchte, muss ich wohl meine Verwandten fragen – oder es selbst herausfinden. Letzteres liegt mir mehr. Aber ich sollte mir wetterfeste Schuhe anziehen. Das hat mir Dad eingeschärft. Dad.

Stöhnend drehe ich mich auf den Rücken, verschränke die Arme hinter dem Kopf und starre an die minzgrün verputzte Zimmerdecke. Eine ganze Weile lang. Minzgrün! Wer macht so was?

Ich drehe den Kopf ein wenig und betrachte die Wände. Sie sind halbhoch in einem senkrechten Streifenmuster tapeziert, immer dasselbe Minzgrün und ein dunkler Mooston im Wechsel. Eine Bordüre mit Blätterranken schließt das Ganze ab. Darüber ist die Wand in einer Schwammtechnik gestrichen, flirrende helle Gelbtöne auf Weiß, ein wenig so, als würde die Sonne hereinscheinen. Die Farben finde ich schön, ich mag die obere Hälfte, aber die Balken erinnern mich an Zäune und verstärken das Gefühl der Enge in meiner Brust: abgeschoben und eingesperrt. Das wiederum erinnert mich an den Fasan. Verflixt, ich wollte ihm Kräuter und Beeren pflücken. Der elektronische Wecker auf dem Fensterbrett zeigt an, dass noch eine Dreiviertelstunde Zeit ist bis zum Abendessen. Das sollte locker reichen.

»Hoch mit dir, Shona!«, motiviere ich mich halblaut. »Tiere darf man nicht hängen lassen. Sie sind von uns abhängig. Immer.« Seufzend nehme ich Schwung und setze mich aufrecht hin. Mein Blick fällt auf die Regale und die vollgestellten Fensterbänke. Das ist alles viel zu überladen, und in diesem Augenblick kann ich es einfach nicht ertragen, mich so machtlos und ausgeliefert zu fühlen. Also beginne ich damit, den ganzen Nippes abzuräumen und in das unterste Fach des einfachen Kleiderschranks zu stopfen.

Ich frage mich kurz, ob das ein Akt der Auflehnung ist oder ein Eingeständnis, dass ich wohl eine Weile hierbleiben werde. Vermutlich eine Mischung aus beidem, aber meine Sachen komplett auszupacken und in den Schrank zu räumen, bringe ich trotzdem noch nicht fertig. Das würde es endgültig machen. Ich kann gut noch ein wenig aus dem Koffer leben. Und jetzt muss ich mich um den verletzten Vogel kümmern.

Als ich mit einem Arm voll Löwenzahn, wilden Gräsern mit Samenständen und ein paar Walderdbeeren, die ich im Garten entdeckt habe, in den Stall zurückkomme, renne ich beinahe in Hunter hinein. Er trägt drei Stallhalfter und Stricke in seinen Händen.

»Oh. Holst du die Pferde rein?«

Er sieht mich mürrisch an und geht weiter. »Nein, ich wollte sie ins Kino und danach zum Eis essen einladen«, gibt er über die Schulter zurück.

Aber so leicht gebe ich nicht auf, das gehört zu meinen Regeln.

»Und wozu dann die Halfter?«

»Weil sie kaum freiwillig von der saftigen Wiese runter wollen.«

»Wieso müssen sie das?«

Hunter bleibt stehen und dreht sich zu mir um. »Du hast echt keine Ahnung von Pferden, oder?« Seine Stimme klingt resigniert.

»Eigentlich schon. Es ist nur eine Weile her, dass ich geritten bin.«

»Lass mich raten, in einer Halle oder auf dem Platz?«

»Beides«, gebe ich zurück und schiebe das Kinn ein Stückchen vor.

Mein Cousin verdreht die Augen zum Himmel, aber seine Stimme klingt eine Spur freundlicher. »Reiten heißt nicht, dass man Ahnung von Pferden hat. Sie dürfen nicht zu viel Gras fressen, damit sie nicht fett werden oder krank«, erklärt er, plötzlich nachsichtig.

»Damit sie keine Hufrehe bekommen, meinst du?« Insgeheim triumphiere ich, dass mir der Name der gefürchteten Krankheit eingefallen ist.

Hunter seufzt. »Oder ’ne Stoffwechselstörung oder … dass sie eben fett werden. Deswegen kommen sie nachts rein.«

»Kann ich helfen?«

»Du lässt nicht locker, wenn du was willst, oder?« Er legt

den Kopf schief und mustert mich. Anscheinend imponiert ihm das.

»Ungern.« Ich lasse mich zu einem Grinsen hinreißen.

Hunter quittiert es mit einem schottisch klingenden Grunzlaut. »Dann komm.«

Ha! Das Eis ist gebrochen.

»Ich muss nur noch schnell dem Fasan …« Höchstens eine Sekunde drehe ich mich mit meinem Kräuterstrauß zur hinteren Box um, doch als ich wieder zur Stallgasse blicke, ist mein Cousin verschwunden.

»Gipskopf.«

»Das habe ich gehört!«, schallt seine Stimme von draußen. »Komm nach. Du weißt ja, wo sie sind.«

Ich spüre, dass meine Ohren rot werden, aber das kann er ja zum Glück nicht sehen. Noch nie habe ich so schnell Wasser gewechselt (wie schafft es eigentlich ein verletzter Vogel, eine Stahlschüssel umzutreten?), nasse Einstreu getauscht und Pflanzen (ich habe sie extra teils mit Wurzeln ausgegraben) in eine zweite Wasserschale daneben gestellt. Die Walderdbeeren und ein paar Samen lege ich auf einem Margarinedeckel vor meinem künstlichen Gebüsch ab und schiebe ihn ins Halbdunkel. Der Fasan gibt lustige Geräusche von sich. Es scheint ihm soweit gut zu gehen da drinnen. Erleichtert ziehe ich die Boxentür zu und suche nach einem Ort, wo ich den von der Wasserschlacht völlig durchnässten Karton zumindest vorläufig entsorgen kann. Eine leere Schubkarre am anderen Ende der Stallgasse scheint mir perfekt dafür.

»Fertig. Wünsch mir Glück!«, rufe ich dem Fasan zu und renne den Klinkerweg hinunter zu der Pferdewiese.

Als ich keuchend dort ankomme, hat mein Cousin bereits

zwei Ponys aufgehalftert. Gehorsam zuckeln ihm Hazel und Cory an durchhängenden Stricken hinterher. Hunter streckt mir das dritte Kopfstück entgegen. »Du nimmst Cashew.«

Es ist eine Weile her, dass ich einem Pferd ein Halfter umgelegt habe. Meine Knie sind ein bisschen wackelig, aber meine Wangen glühen.

»Gern«, japse ich und drehe mich zu dem cremefarbenen Wallach um. Cashew beobachtet mich, ohne das Grasen einzustellen, aus dunkelbraunen Augen.

»Na, komm, heb den Kopf. Du hast doch jetzt genug gefressen, oder? Im Stall gibt's feines Heu.« Ich bücke mich und versuche, das Halfter an den grünen Halmen vorbei um sein Maul zu bekommen. Aber Cashew rupft unbeirrt Büschel um Büschel, bewegt sich dabei gemütlich weiter und kommt mir nicht einen Inch entgegen. Ich probiere es als Nächstes mit sanftem Druck, lege meinen Arm von unten um seinen Kopf und versuche, ihn hochzuschieben. Aber der Winkel ist blöd und das Pony einfach kräftiger als ich.

Im Nacken spüre ich Hunters Blick. Mir schießt der Schweiß aus allen Poren.

»Komm schon, bitte mach mit«, zische ich leise, während ich hilflos an Cashew herumziehe.

Der Wallach setzt ungerührt den nächsten Schritt, und ich habe Mühe, meine Füße und das Halfter aus dem Gefahrenbereich seines Hufs zu sortieren. Plötzlich reißt er ruckartig den Kopf hoch. Damit habe ich nicht gerechnet und entgehe nur knapp einem Kinnhaken.

Hunter macht ein spöttisches Geräusch. »Ich geh dann schon mal vor. Ich will noch duschen vor dem Essen.«

»Nein, warte auf mich, ich hab's gleich!«, rufe ich ihm nach.

Endlich gelingt es mir, Cashew das Halfter über die Ohren zu streifen. Bevor ich es zuhaken kann, saust der Kopf des Wallachs wieder nach unten, aber das rettet ihn nicht mehr.

»Ha!«, triumphiere ich und lasse den Karabiner in den Ring klicken. Jetzt bin ich am längeren Hebel. Ächzend richte ich mich auf und schiebe mir eine Haarsträhne aus der Stirn. Cashew schnaubt, und es klingt ein bisschen wie »Menno«. Aber als ich schnalze und kurz am Strick ruckele, kommt er endlich mit. In meinem Gesicht breitet sich ein zufriedenes Grinsen aus.

»Soll ich das Weidetor schließen?«

»Kann offen bleiben«, erwidert Hunter, ohne sich zu uns umzudrehen.

Die Hufe unserer kleinen Karawane klappern über den gepflasterten Weg. Ich mag dieses Geräusch. Ich habe fast vergessen, wie sehr mir dabei das Herz aufgeht. Vielleicht trage ich dieses Virus ja doch immer noch in mir. Gedankenverloren kraule ich Cashews Mähne. Es tut gut, Pferdeduft zu atmen und Fell zwischen meinen Fingern zu spüren.

Ich betrachte meine Hand und zerreibe die schmierigen schwarzen Krümel, die sich durch das Streicheln auf meiner Haut gebildet haben. »Wie oft putzt ihr die drei eigentlich?«

»Vor dem Reiten.«

»Ich dachte, ihr reitet sie nicht mehr?«

»Eben.«

Ich strecke Hunters Rücken die Zunge heraus.

Wir erreichen das Stallgebäude. Mein Cousin öffnet das Gatter, das in den kleinen Sandauslauf führt, nimmt Hazel und Cory die Halfter ab und hängt sie sich über die Schulter.

Cory wälzt sich sofort. Bis zum Essen ist noch eine knappe halbe Stunde Zeit. »Wo ist denn das Putzzeug?«, frage ich. »Ich würde die drei gern ein wenig bürsten.«

Er zieht die Augenbrauen hoch und mustert mich skeptisch.

»Ich weiß«, schiebe ich schnell nach. »Nicht zu viel, damit das Fell seinen Schutzfilm gegen Regen und Wind behält.«

Hunter hebt gleichgültig die Schultern und schließt das Tor. »Tu, was du nicht lassen kannst. Die Sattelkammer ist neben der Haferquetsche. Aber sei pünktlich drinnen. Ich will nicht schon wieder warten müssen.«

Zwanzig Minuten später sieht man bei den Pferden nur mit extrem viel gutem Willen einen Vorher-Nachher-Unterschied. Bei mir ist der dafür umso krasser: Ich bin staubig, zerzaust und voller Pferdehaare in verschiedenen Farbnuancen und Längen – aber so glücklich wie schon lange nicht mehr.

»Jetzt muss ich flitzen«, verkünde ich erschöpft und sammele Hufkratzer, Striegel und die beiden Bürsten, die ich benutzt habe, in den kleinen Korb. Im Dauerlauf bringe ich das Putzzeug zurück in die Sattelkammer, werfe noch einen schnellen Blick in die Box mit meinem Fasan, der bereits mit dem Köpfchen unterm Gefieder döst, wasche mir die Hände an dem kleinen Waschbecken am anderen Ende der Stallgasse und klopfe den gröbsten Schmutz von meinen Kleidern. Vier Minuten vor der Zeit bin ich bereit für die zweite Mahlzeit mit meiner Familie.

Es gibt Suppe und Reste vom Mittagessen. Ich helfe Brodie, den Tisch zu decken, und wir albern sogar ein bisschen mit dem Besteck herum. Tante Meghan bläht schnuppernd die

Nasenflügel, als ich wieder auf den Platz neben ihr rutsche und meinen Stuhl zurechtschiebe.

»Eau de Cheval«, wispert sie und zwinkert mir zu. Ich nehme an, dass sie sich bestätigt fühlt. Um ihren Mund spielt ein wissendes Lächeln.

Hunter kommt nach mir herein. Sich zu setzen und nach dem Brotkorb zu greifen sind eine fließende Bewegung bei ihm. Er murmelt eine Entschuldigung und tauscht einen Blick mit seinem Bruder, den ich nicht deuten kann.

Das Essen verläuft größtenteils schweigend. Onkel Matthew informiert mich offiziell über meine morgige Teilnahme am Unterricht in der *Farr High* und die Busfahrzeiten nach Bettyhill.

»Melde dich bitte bei der Rektorin. Sie wird dich einer Klasse zuweisen. Brodie zeigt dir das Büro und wird nach dem Unterricht auf dich warten, damit du den richtigen Bus erwischst. Es ist sicherlich alles kleiner und überschaubarer als in der Großstadt, aber es kann nicht schaden, am Anfang ein wenig Unterstützung zu haben in der fremden Umgebung, nicht wahr, Brodie?«

Er zwinkert seinem Jüngsten zu. Brodie nickt und lächelt mich an, wirft aber gleich darauf einen unsicheren Blick zu Hunter hinüber.

»Nach den Sommerferien sehen wir weiter«, beendet Onkel Matthew seine Ansprache und greift nach dem Brotkorb.

Ich wage nicht, zu widersprechen. Sie meinen es sicher gut, aber alles ist so haarklein von ihnen durchgetaktet – als ob ich sonst auf dumme Ideen kommen könnte. Ins Meer springen und nach Island schwimmen, zum Beispiel.

Wie lange kann man es eigentlich bei den Temperaturen im

Nordatlantik aushalten? Wenn ich einen Neoprenanzug hätte und ein bisschen üben würde, könnte ich es vielleicht aus der Drei-Meilen-Zone rausschaffen. Müsste mich ein Schiff dann nicht an Bord nehmen? Bei meinem Glück wäre es vermutlich irgendein schottischer Fischer, der schon im Sandkasten mit Matthew gespielt hat. Oder mich würde ein Seeungeheuer fressen. Ich verwerfe den Gedanken an Flucht über den Nordatlantik und schiebe eine Nudel zwischen zwei Karottenstückchen in meiner Suppe herum. Wieso hat Dad mir das angetan? Wir hätten doch darüber reden können.

Reden? Wie oft denn noch? Das Echo seiner Stimme hallt in meinem Kopf. So wütend. Oder schwang Verzweiflung darin mit? Sein trauriger Blick, als die Polizisten mich die Stufen zu unserer Wohnung hochbegleitet haben, nachdem das mit den Pferden passiert ist. Besorgt und überfordert sah er aus – und enttäuscht. Und doch hat er sich sofort schützend vor mich gestellt, um mich abzuschirmen vor der Nachbarin, die schon am Fenster stand und sich schnell hinter den Gardinen versteckt hat.

Reden? Wie oft denn noch? Warum tust du diese Dinge, Shona? Lass mich dir doch helfen …

Unser Streit nach der Sache mit Tracy Rose.

Ich brauche keine Hilfe, Dad, die Tiere brauchen das. Du kapierst gar nichts. Das kotzt mich alles so an.

Ich hacke die Nudel so heftig mit dem Löffel entzwei, dass das Porzellan quietscht und ein bisschen Suppe auf das Tischtuch spritzt. Ich vermisse Dad furchtbar, und ich würde so vieles gern ungesagt machen.

»Schmeckt es dir nicht?«, erkundigt sich Tante Meghan besorgt. Aber bevor ich antworten kann, werden wir alle durch das Klackern trabender Hufe abgelenkt. Draußen, direkt vor dem Fenster, huschen drei schnelle Schatten vorbei.

Boomer erwacht aus seinem komatösen Schlaf unter dem Tisch und lässt sich zu einem einsilbigen »Wuff« hinreißen, bevor er weiterschnarcht.

»Zum Donnerwetter!«, schimpft Onkel Matthew und wirft klirrend sein Besteck hin. »Wer war als Letztes im Stall?«

»Ich«, durchbreche ich kleinlaut die Stille, die dem Gepolter folgt.

»Wahrscheinlich hat sie das Tor nicht richtig zugemacht«, sagt Brodie. »Kann doch mal passieren.«

»Doch, das habe ich, ganz sicher!«, widerspreche ich.

Hunter unterdrückt ein Grinsen. »Dann sind die drei also drübergeflogen. Vielleicht haben sie das ja von deinem Fasan gelernt.«

»Hört auf zu streiten«, bittet Meghan. »Fangt sie lieber ein.«

»Na los, worauf wartet ihr? Helft zusammen.« Onkel Matthew macht eine ausladende Handbewegung, und schon stürzen Brodie und Hunter in den Flur hinaus.

Ich flitze hinterher und sehe gerade noch, wie sie sich abklatschen. Hätte ich mir ja denken können. Bis ich meine Schuhe zugeschnürt habe, sind die beiden längst in ihre Gummistiefel gestiegen und draußen.

»Hazel kann Riegel öffnen«, höre ich hinter mir Tante Meghans ruhige Stimme. Sie ist mir in den Flur nachgerollt. »Wir müssen endlich mal auf die automatischen Sicherheitsschnappverschlüsse umstellen, wie sie die meisten Farmer in der Gegend seit Ewigkeiten schon an den Weidegattern nutzen. Haben dir die Jungs nicht gesagt, dass du die Kette mit dem Karabiner vorlegen musst?«

Ich verkneife mir zu sagen, dass Hunter der Letzte am Tor war und ich zwischen den Holmen des Paddocks durchgeschlüpft bin. Es spielt keine Rolle.

»Nein«, antworte ich verkniffen.

Sie atmet tief durch. »Gib ihnen Zeit, mo nighean. Es ist auch für sie nicht leicht. Ich habe mich so sehr auf deinen Besuch gefreut … Ich glaube, sie sind ein wenig eifersüchtig und fühlen sich zurückgesetzt. Nach all den Jahren bekommen sie urplötzlich ihre Cousine vor die Nase gesetzt und sollen sich kümmern.«

»Ich brauche keinen Babysitter.«

»Wir wussten, dass es nicht einfach werden würde«, sagt Onkel Matthew. »Sie haben sich ein Bild zurechtgebastelt von der Verwandtschaft aus der Stadt. Ganz normale Patchworkprobleme, sagt man nicht so?« Mit verschränkten Armen lehnt er im Türrahmen. »Du musst ihnen etwas entgegensetzen, Shona. Gaun yersel'. Du schaffst das. Und lerne, Verantwortung zu übernehmen. Wenn die Tiere in Mitleidenschaft gezogen werden, hört der Spaß auf.«

Ich schlucke meine Antwort hinunter, froh, nach draußen fliehen zu können, bevor der Kloß in meinem Hals übermächtig wird. Wegen meines Verantwortungsgefühls für Tiere bin ich ja hier.

Kapitel 6

Geschützt zwischen den Felsen ließ der Junge sich von der Sonne trocknen. Wassertröpfchen schimmerten auf der blassen nackten Haut seines marmorierten Oberkörpers. Auf seiner Brust und den Unterarmen hatte sich zwischen fast unsichtbaren hellblonden Härchen eine Gänsehaut gebildet. Er merkte es kaum. Ihm machte weder die Kälte des Windes etwas aus, noch hatte ihn das eisige Wasser gestört. Er liebte es, durch den Nebel zu schwimmen, aber er konnte nicht sagen, was er faszinierender fand: den Rausch, wenn seine Lungen sich zum ersten Mal wieder mit Luft füllten, gleich nach dem Auftauchen. Oder das Kribbeln, wenn seine Füße den feinen Ufersand ertasteten, das Land zu spüren, diese ersten zwei, drei Schritte darauf zu setzen, auf die fast schon pulverigen Quarzkristalle. Dann fühlte er sich lebendig, egal, wie gefährlich es war.

Aber er sollte nicht hier sein.

Die Bucht war einsam, sie war schwer zugänglich, und kaum ein Einheimischer verirrte sich hierher. Aber das hieß nichts. Er war ein Fremder. Man begegnete Seinesgleichen mit Misstrauen, mit Furcht und manchmal mit blankem Hass. Die einschlägigen Erfahrungen seiner Vorfahren lasteten wie ein Rucksack voller Felsbrocken auf seinen Schultern und mahnten ihn, stets wachsam zu sein, sich nie unbeobachtet zu fühlen.

Er drehte sich um und spähte durch die Steine. Alles schien ruhig. Ein paar Möwen stritten sich am Ufer um einen Fischkopf. Sonst war niemand zu sehen. Verstohlen huschte er über den Strand, das Ufer hinauf, wo er seine Kleidung verborgen hatte, ein unscheinbares Päckchen, vor schottischen Wetterumschwüngen geschützt in Plastikfolie eingeschlagen. Eilig streifte er das karierte Baumwollhemd und die ausgeblichene Jeans über, schlüpfte barfuß in die abgetragenen Sneaker, die er in einer Mülltonne gefunden hatte, und versteckte die leere Schutzhülle an den Wurzeln einer dornigen Wildrosenhecke. Dann lief er zurück ans Wasser, um die zweite der beiden kleinen Plastikflaschen aufzufüllen, die er bei seiner Kleidung deponiert hatte. Sorgsam achtete er dabei darauf, nicht wieder nass zu werden.

Er war neugierig auf das Mädchen. Etwas flüsterte ihm zu, dass sie eine Außenseiterin war. Eine, die nicht dazugehörte. Sie war wie er.

Und das zog ihn magisch an, gegen jede Vernunft. Vielleicht war ja doch etwas dran an den alten Legenden.

Die Pferde sind zum Glück nicht Richtung Straße gerannt, sondern schnurstracks zurück Richtung Wiese. Den Spuren nach zu urteilen, haben sie unterwegs kurz an den Obstbäumen Halt gemacht, aber offenbar eingesehen, dass die Äpfel noch viel zu klein und zu sauer sind. Das hat sie nicht davon abgehalten, dort eine ziemliche Verwüstung anzurichten. Tante Meghans Rosen haben anscheinend besser geschmeckt. Überall liegen angesabberte Früchte, ausgespuckte Stücke, Blätter und kleinere Zweige auf dem Boden.

Ich laufe weiter, meinen Cousins hinterher. Wieso ist das Weidegatter zu? Wir haben es doch extra offen gelassen? Ich erspähe Hazel unten am Ufer des Sees, zumindest glaube ich, dass sie es ist. Wie kommt man da hin? So weit habe ich die Umgebung noch nicht erforscht. Die Wallache scheinen in den Wald gerannt zu sein. Ich habe Seitenstechen und muss einen Moment stehen bleiben, um zu verschnaufen.

Hinter mir knackt es in den Büschen. Zuerst sehe ich nur Cashews Kopf. Dann taucht Cory hinter ihm auf und macht Anstalten, an ihm vorbeizudrängeln.

»Halt sie fest!«, brüllt Hunter irgendwo aus dem Dickicht. Na klasse. Und wie? Ich habe nicht mal ein Halfter, die haben die Jungs mitgenommen.

Cory springt mit einem gewaltigen Satz über ein paar niedrige Sträucher, direkt auf mich zu. Cashew schnappt nach ihm, als er überholt wird, und hängt sich dran. Ach du Scheiße. Und jetzt? Reflexartig breite ich die Arme aus.

»Hier geht's nicht weiter!«, rufe ich schrill und erschrecke vor meiner eigenen Stimme. Den Wallachen scheint es genauso zu gehen. Irritiert wenden sie ab, zumindest haben sie also nicht vor, mich umzurennen. Aber ich werde sie nicht entwischen lassen. Mit ein paar schnellen Schritten in die andere Richtung gelingt es mir, ihnen den Weg abzuschneiden. Brodie kommt von rechts. Auch er hat die Arme auf Hüfthöhe ausgebreitet. In einer Hand hält er ein Halfter und einen Strick.

Cory hebt die Vorderhufe ein paar Inches vom Boden ab und macht auf der Hinterhand kehrt, als er begreift, dass er nicht an uns vorbeikommt. Aber von dort nähert sich Hunter. Langsam kreisen wir die Pferde ein, die panisch einen Weg aus der Umzingelung suchen und aus geblähten Nüstern schnorchelnde Geräusche von sich geben.

»Gut gemacht, Shona. Ganz ruhig, Cory. Himmel, was hat euch denn so erschreckt?«, fragt Brodie in einlullendem Singsang.

Erst jetzt sehe ich, dass die Flanken des kleinen Wallachs zittern. Seine Brust ist dunkel vor Schweiß. Cashew drängt sich von hinten an ihn. Auch er schwitzt, und ich kann das Weiße in seinen aufgerissenen Augen sehen. »Alles gut«, sage ich mit tiefer Stimme und hoffe, dass es ebenfalls beruhigend klingt. Immerhin haben die beiden ihren hektischen Trab aufgegeben und tänzeln nur noch nervös auf der Stelle. Brodie gelingt es, seinen Strick über Corys Hals zu legen. Da endlich nimmt der Wallach den Kopf herunter. Brodie kann ihm das Halfter umlegen, und in derselben Sekunde gibt auch Cashew auf.

»Wo ist Hazel?«, fragt Hunter. Plötzlich steht er hinter mir und wirft seinem Bruder das zweite Halfter zu.

»Ich glaube, ich habe sie unten am See gesehen«, antworte ich.

Hunter sieht mich seltsam an und drückt mir das dritte Stallhalfter in die Hand. »Dann sieh zu, dass du sie nach Hause bringst. Wir haben unsere Pferde schon. Dad sagt, wir sollen dir was beibringen, solange du hier bist.«

Brodie will offenbar etwas entgegnen, aber Hunter reißt ihm

den Strick aus der Hand, schnalzt und setzt sich mit Cory in Richtung Stall ab. Cashew hat offenbar nicht vor, seinen Freund allein gehen zu lassen, also muss Brodie hinterher, wenn er sich das Führseil nicht aus der Hand zerren lassen will.

Mir bleibt der Mund offen stehen. Mit geballten Fäusten brülle ich den beiden nach: »Spinnt ihr? Was habe ich euch eigentlich getan?«

»Bring einfach Hazel nach Hause, und mach nächstes Mal das Tor richtig zu.«

»Wie wär's, wenn ihr Hazel selber holt?!« Wütend knalle ich das Zaumzeug auf den Boden.

Brodie dreht sich noch einmal um, sein Bruder stapft einfach weiter. »Nimm's nicht persönlich!«, ruft er gut gelaunt. »Du musst noch eine Menge lernen, Shona. Die Dinge laufen hier ein bisschen anders als in der Stadt. Dein Dad möchte sowieso nicht, dass du mit den Pferden hier abhängst. Hat er unserem Dad am Telefon gesagt. Bedank dich bei Tante Meghan, dass wir dich trotzdem lassen. Aber es ist nicht schlimm, wenn du's nicht packst.«

Was soll das denn heißen? Stimmt das etwa? Und ob ich das packe! Ich bücke mich nach Hazels Halfter und Strick – und halte in der Bewegung inne, als ich begreife, dass sie mich sauber manipuliert haben.

Brodie grinst nur. »Du schaffst das«, formt er tonlos mit den Lippen und zwinkert mir aufmunternd zu. Dann dreht er sich um und läuft seinem Bruder Seite an Seite mit Cashew nach.

Cory bemerkt, dass ich stehen geblieben bin, vielleicht vermisst er auch seine Mutter. Jedenfalls wiehert er durchdringend und will zurücklaufen. Aber Hunter lässt ihn nicht umkehren. Natürlich nicht. Und weg sind sie.

Missmutig hebe ich Hazels Halfter auf. Selbstverständlich muss ich sie suchen gehen. Ich kann sie ja nicht einfach ihrem Schicksal überlassen, bloß weil meine Cousins hirnlose Gipsköpfe sind – oder ziemlich clevere, je nach Perspektive. Ich seufze.

Irgendwo in der Ferne antwortet ein Pferd auf Corys Wiehern. Es klingt verzweifelt. So schnell ich kann, renne ich in die Richtung, aus der es kam, runter zum See. Jetzt ist mir völlig egal, dass ich den Weg dorthin nicht kenne. Hoffentlich ist der alten Stute nichts passiert.

»Wo steckst du Hazel? Rede mit mir!«

Die Sonne steht tief über den Hügeln und zaubert ein sanftes rotgoldenes Glitzern auf das Wasser des Lochs. Ich bin so froh, dass es noch immer hell ist. Hinter der Weide stoße ich auf einen Wildwechsel. Mein Bauchgefühl rät mir, dem Trampelpfad zu folgen. Richtige Entscheidung! Er führt direkt ans Wasser. Der Strand ist leer, aber im Sand kann ich klar die Hufabdrücke von mehreren Pferden erkennen. Anscheinend waren sie alle drei hier unten. Es geht ein paarmal hin und her und durcheinander, teils ist der Sand tief aufgewühlt – sieht nach einer richtigen Party aus. Ich glaube, die drei hatten Spaß. Vielleicht war ihnen einfach nur langweilig und sie sind deswegen abgehauen? Aber egal, wie – irgendwer hat trotzdem nicht aufgepasst oder sie ganz bewusst rausgelassen, um mir eine Lektion zu erteilen.

Die Spuren sind nicht eindeutig. Welche gehören zu Hazel, welche zu Cory und Cashew? Ich finde kein Hufpaar, das allein von der Gruppe wegführt. »Wo bist du, Hazel?«, murmele ich und lege mir eine Hand über die Augen, um die Umgebung abzuscannen. Sie kann inzwischen überall sein.

»Hazel?«, rufe ich laut und drehe mich suchend in alle Richtungen. Ganz schwach meine ich, ein erneutes Wiehern zu hören. Es kommt von den Hügeln. Ich klettere zwischen Felsen und Sträuchern hindurch und finde eine weitere Wiese. Sie wird auf der anderen Seite von Bäumen begrenzt, darum habe ich sie vorher nicht gesehen. Inzwischen ist die Sonne untergegangen. Der Himmel ist in spektakuläre Rottöne getaucht. Aber ich habe keine Zeit, um stehen zu bleiben und das Farbspiel zu bewundern. Da hinten im Stacheldraht hängt ein Pferd. Mir wird eiskalt, doch es ist nicht Hazel. Es ist ein riesiger Schimmel. Er ist gestürzt und versucht verzweifelt, auf die Beine zu kommen. Mein Herzschlag verdreifacht sich. Ist das derselbe, den ich heute Vormittag am Meer gesehen habe?

Als das mächtige Tier mich bemerkt, strampelt es noch stärker im Versuch, sich zu befreien, aber das geht nach hinten los. Der Draht zieht sich nur noch enger zusammen.

Ganz behutsam pirsche ich mich näher heran. Das Gras steht überall kniehoch, das Gatter hängt nur noch in einer Angel, der Zaun ist marode. Ein paar Pfosten sind bereits umgefallen oder stehen bedenklich schief. Diese Wiese ist schon sehr lange nicht mehr für Weidetiere benutzt worden, so wie es aussieht. Ich vermute, dass sie zu dem Nachbarn gehört, der die Pferdehaltung aufgegeben hat. Aber zwei Reihen Stacheldraht? Wie vorsintflutlich ist das denn?

»Beruhige dich, mein Schöner. Alles wird gut.« Ich zeige ihm meine offenen Handflächen. »Ich will dir nichts tun. Im Gegenteil, ich helfe dir, verstehst du mich?«

Der Schimmel bäumt sich auf und wieder schneidet der Draht tiefer in sein Vorderbein. Um seinen Hals und den

Schweif hat sich das Teufelszeug auch gewickelt, aber die dichte Mähne scheint ihn bisher vor schlimmeren Verletzungen bewahrt zu haben. Soweit ich das erkennen kann, jedenfalls. Verzweifelt sehe ich mich um, aber da ist niemand außer mir, und ich traue mich nicht, laut zu rufen, damit das Pferd nicht noch panischer wird.

Inzwischen bin ich so nah an ihm dran, dass ich ihn berühren kann. Ganz vorsichtig streiche ich ihm über die schweißglänzende Brust und mache noch einen letzten, halben Schritt auf ihn zu.

Mit seinen Augen versucht er, jeder meiner Bewegungen zu folgen. Seine Nüstern sind so weit aufgesperrt, dass ich die zarte rosafarbene Innenhaut sehen kann. Er schnorchelt und röchelt bei jedem Atemzug und versucht vergeblich, auf die Füße zu kommen. Ich streichele und plappere einfach weiter. Er muss wahnsinnige Angst haben. Und Schmerzen. Aus der Wunde am Bein quillt Blut. Das will ich mir lieber gar nicht so genau ansehen. Ich konzentriere mich auf sein Gesicht und den rostigen Stacheldraht um seinen Hals. Stöhnend lässt er zu, dass ich ihm die Stirn streichele.

»Siehst du? Ich tue dir wirklich nichts. Es ist alles in Ordnung. Wir kriegen das wieder hin, du musst mir nur vertrauen, okay? Würdest du das für mich tun? Dann kann ich den Anfang von diesem blöden Draht suchen. Aber du musst ruhig bleiben. Du darfst nicht nach mir treten oder weiter so herumzappeln, verstehst du? Das macht es nur schlimmer.«

Endlich gibt er auf. Schnaubend und keuchend lässt er sich auf die Seite fallen, kommt aber mit Kopf und Hals sofort wieder hoch. Ich habe Mühe, seinen riesigen Hufen auszuweichen.

»Hey, ich mach das, du musst nichts tun. Bleib einfach nur ganz still liegen, ja?«

Mit zitternden Fingern taste ich nach meinem Taschenmesser. Ein Königreich für eine Drahtschere, aber es muss auch damit gehen. Wenn ich nur wüsste, wo ich ansetzen soll? Und wo anfangen? So vorsichtig ich kann, verfolge ich den Draht um den Hals des Pferdes zu seinem Ursprung zurück.

»Ich muss auf die andere Seite, hinter deinen Rücken … nicht erschrecken, ja?«

Während ich in Zeitlupe, immer weiter streichelnd und kraulend, um den Hengst herumklettere, rede ich in monotonem Singsang auf ihn ein, erzähle ihm, was mir gerade so einfällt. Einfach nur reden, meine Stimme scheint ihn zu beruhigen.

»Eigentlich habe ich ja Hazel gesucht. Ich mache mir ziemliche Sorgen um sie. Kleine Highlandponystute, hellbraunes Fell, schwarze Beine, schwarze Mähne und Schweif, du hast sie nicht zufällig gesehen, oder? Ich glaube ja, dass Hunter das Gatter bei uns am Stall mit Absicht nicht ordentlich verriegelt hat, damit er mir das in die Schuhe schieben kann. Aber beweisen kann ich es natürlich nicht … Ich bin neu hier, weißt du …? Ganz ruhig, ich hab's gleich. Du machst das super.«

Die Mähne des Schimmels hat sich vollkommen um den Stacheldraht gewickelt. Er wird ein paar Strähnen einbüßen, aber das ist nicht das Schlimme. Der Stahl schneidet ihm tief ins Fell, und die spitzen Stacheln ritzen durch die Haut. Dort ist das Fell rosa verfärbt, und stellenweise sind da kleine, dunkelrote Flecken. Ich kann an dem Draht herumdrücken und ziehen, so viel ich will, mit dem Messer komme ich da nicht durch, ich muss den vermaledeiten Anfang finden. Vorsichtig hangele ich mich um den massigen Pferdekörper herum. Wenn nur nicht so viel Spannung auf dem Draht wäre.

»Meine Cousins verhalten sich wie die letzten Arschlöcher, ehrlich gesagt. Ich hab's mir ja nicht ausgesucht, hier zu sein. Ja. Ich habe Mist gebaut in London. Die anderen Mädchen in der Schule sagen, ich bin ein Freak. Aber hey – *die* sind die Freaks! Eingebildete, fancy Upperclassgänse. Aber was will man erwarten, wenn selbst die Mütter ihren Maltesern, Chihuahuas oder Papillons die Krallen lackieren und das Fell einfärben? Doch, ehrlich. Bunte Ohren, alberne Muster, so was machen die. Ich erzähl dir was, aber du darfst dich nicht aufregen. Bleib ruhig liegen, okay? Weißt du, was die letzte Geburtstagsfeier war, zu der ich eingeladen wurde? Eine Shoppingtour mit Tracy Rose auf die Kreditkarte ihrer Mum. Totlangweilig, sage ich dir. Bis der Malteser ihrer Mum in die teure Markenhandtasche gepinkelt hat, in der sie ihn herumgeschleppt hat. Sie hat einen Schreikrampf bekommen und wollte die arme Lulu zur Strafe in den Springbrunnen vor der Schmuckabteilung tunken. Da ist mir der Kragen geplatzt, verstehst du? Was hat so ein Hund überhaupt bei einer Geburtstags-Shoppingtour verloren? Ich habe nicht lange nachgedacht. Ich hab Tracy Rose einfach die vollgepinkelte Tasche über den Kopf gestülpt. Ich meine ... was hättest du denn gemacht an meiner Stelle?«

Meine Stimme überschlägt sich, weil ich immer noch so wütend bin, wenn ich daran denke, wie dämlich mich alle angeglotzt haben. Und wie sauer sie auf mich waren, weil wir danach aus dem Kaufhaus geflogen sind. Hochkant. Mit Ladenverbot. Alle. War ja klar, dass Tracy Rose sich rächen würde. Prompt versucht der Hengst, sich wieder freizukämpfen. Er schlägt mit dem Kopf und rudert mit den gefesselten Vorderbeinen. Aber um die kann ich mich jetzt noch nicht kümmern. Erst muss der Hals freikommen. Ich habe zu viel Angst, dass sich die Stacheln in lebenswichtige Blutgefäße bohren.

»Nein, warte, alles gut. Bleib ruhig, mein Großer, ganz brav. Du machst das wirklich prima, leg dich wieder hin. Ich rege mich auch nicht weiter auf. Ich bin ganz bei dir. Bitte. Ich hab's gleich, versprochen.«

Mit sanftem Druck streichele ich ihm über das feuchte Fell und hoffe, dass er sich wieder beruhigt.

»Schwitzt du so stark, du Armer, oder bist du geschwommen? Schwimmen Pferde gern? Ich habe keine Ahnung, ehrlich gesagt.«

Der Hengst gibt noch einmal ein heiseres Stöhnen von sich. Sein Atem geht rasselnd, aber mit den Ohren verfolgt er jede meiner Bewegungen, und vielleicht auch meine Worte, so kommt es mir zumindest vor. Er zappelt etwas weniger, und da gelingt es mir endlich, ein Stück Draht zu entfernen. Der Schwung, als der Draht sich vom Pfosten löst, wirft mich um. Ich lande unsanft auf dem Hosenboden, und das Ende schlägt mir gegen die Schläfe. Egal.

»Ha!«, rufe ich triumphierend. Irgendwie schaffe ich es nun, so viele Mähnenhaare frei zu knibbeln und zu entknoten, dass ich eine ganze Armlänge dieser Mordwaffe zusammenrollen und um einen Pfosten wickeln kann. »Dieses Teil ist uns nicht mehr im Weg«, erkläre ich dem Schimmel. »Und jetzt kümmern wir uns um deine Beine. Lässt du mich dahin? Du wirst mich nicht treten, okay? Mit deinen Riesenhufen könntest du mir vermutlich jeden Knochen brechen, aber das hast du ja nicht vor. Du weißt, dass ich dir helfen will, richtig?«

Vorsichtig krieche ich in Richtung der Hinterhand des Hengstes. Sein Schweif hat sich komplett in den Draht gewickelt. Wenn ich ihm die Beine befreit habe und er aufspringt und losprescht, würde das nicht gut enden.

»Ich hoffe, das ziept nicht zu sehr«, murmele ich vor mich hin. »Wir kommen gut voran. Ehrlich.« Ein völlig verfilztes Haarbüschel muss ich tatsächlich mit dem Taschenmesser durchsäbeln, und das tut mir in der Seele weh. »Aber es tut deiner Schönheit keinen Abbruch, ganz sicher nicht … die paar Haare … das wächst ganz schnell wieder nach.«

Gedankenverloren zupfe ich ein paar Algen und schleimige Wasserpflanzen aus seinem Schweif.

»Du schwimmst wirklich gern, oder? Kein Wunder, dass du so weiß bist. Du bist wunderschön. Weißt du das eigentlich? Wem magst du wohl gehören? Tante Meghan sagt, es gibt keine wild lebenden Pferde mehr hier oben in den Highlands. Irgendwer muss dich dann ja freigelassen haben. Auf jeden Fall scheinst du genug zu fressen zu finden. Verhungert siehst du nämlich nicht aus. Warst du das heute Vormittag, unten am Strand? An der Steilküste?«

Ich beiße mir auf die Zunge und turne zurück nach vorn. »Entschuldige, normalerweise rede ich nicht so viel. Aber du bist ein guter Zuhörer. So. Jetzt kommt das Schlimmste. Ich versuche, ganz vorsichtig zu sein. Halt nur bitte einfach so still, wie du kannst.«

Das Pferd stöhnt wieder, als ich versuche, einen Finger unter den rostigen Draht zu schieben, der sich um das Röhrbein gewickelt hat. Ich habe Angst, das Messer einzusetzen, aber es bleibt mir nichts anderes übrig. Die Schlingen haben tief eingeschnitten und sich so stark zusammengezogen, dass ich einfach nicht anders darunter komme. Außerdem blutet die Wunde, was im Prinzip gut ist, damit sie sich hoffentlich nicht entzündet, aber das macht das Ganze zu einer ziemlich rutschigen Angelegenheit. Ich greife mit einer Hand in den dichten Behang, um ein wenig Halt zu haben, und lege mir den Fuß auf meinen Oberschenkel. Er ist noch schwerer, als er aussieht. Der Stacheldraht ist so rostig, dass er bricht, als ich das Messer verkante. Mir bleibt kurz das Herz stehen, weil das Blut nun stärker nachquillt und in feinen Tröpfchen über die langen nassen Haare perlt, aber jetzt kann ich ansetzen. Ich brauche Kraft, doch mit wenigen Griffen kann ich den Draht schließlich wegbiegen.

»Gleich bist du frei, mein Schöner. Nur noch ein klein wenig Geduld … Hey, für den Fall, dass du es gleich furchtbar eilig hast, renn mich nicht um, ja? Und die Sache mit Tracy Rose, das bleibt bitte unter uns, versprichst du mir das?« Ich sehe dem Hengst in die immer noch schreckgeweiteten Augen, und als unsere Blicke sich treffen, muss ich plötzlich schlucken und weiß einen Moment lang nicht, wie ich weiteratmen soll. Noch nie habe ich ein Pferd mit solchen Augen gesehen. Sie sind dunkelblau mit einem kleinen Anteil Braun und schillern wie das Meer bei Sturm, Schaumkronen inklusive. Sein Blick geht unglaublich tief. Ungebremst falle ich hinein, glaube unterzugehen, und meine Brust schmerzt. Ich ringe nach Atem, als ich mich wie unter Zwang löse und wieder auftauche, und ich habe am ganzen Körper Gänsehaut. Mir läuft ein Schauer … direkt über die Seele.

Dann begreift das Tier, dass es frei ist. Der Hengst rappelt sich in eine aufrechte Position, stützt sich auf die Vorderbeine und kämpft sich schwungvoll hoch. Ich kann mich gerade noch zur Seite werfen. Einen winzigen Moment lang schwankt der Schimmel. Ich fürchte schon, dass er das Gleichgewicht verlieren könnte. Da schüttelt er seinen Kopf mit der langen Mähne, wiehert einmal und flieht mit einem gewaltigen Satz über den morschen Zaun. »Kannst du Hazel sagen, sie soll dringend nach Hause kommen?«, rufe ich ihm hinterher.

Ich bleibe noch einen Augenblick sitzen, denn ob meine zitternden Knie mich jetzt tragen würden, das bezweifle ich. Inzwischen ist es beinahe dunkel. Und die Ponystute habe ich immer noch nicht gefunden.

Der Hengst taucht noch einmal auf. Er steigt und wiehert schrill. Eine wunderschöne Silhouette vor dunkelviolettem Himmel. Doch da ist noch ein zweites Wiehern, leiser, dunkler, es antwortet ihm.

»Hazel?«, wispere ich und kämpfe mich hoch. Dann laufe ich los, langsam zuerst, wie in Trance. Der Schimmel bleibt eine Sekunde lang stehen, er sieht in meine Richtung, als ob er warten würde, dass ich wirklich komme. Dann prescht er mit erhobenem Schweif zwischen den Hügeln davon.

Kapitel 7

In dem Maße, in dem Panik und Verzweiflung weniger wurden, drang der Schmerz in das Gehirn des Hengstes vor. Sein Bein brannte wie Feuer. Der Schimmel stampfte mit dem Fuß auf, um das Beißen abzuschütteln, das ihn quälte wie lästige Midges. Das machte es allerdings nur schlimmer. Er lahmte. Aber auf den Schmerz konnte er keine Rücksicht nehmen. Er musste fort, bevor die Männer zurückkamen.

Das Mädchen hatte sie nicht gerufen. Sie hatte ihn befreit. Obwohl er ihre Angst als noch stärker wahrgenommen hatte als seine eigene. Das verwirrte ihn.

Nach ein paar hundert Yards hielt er noch einmal an und blickte zurück. Auch verletzt war er immer noch schneller als jeder Zweibeiner. Aber sie versuchte gar nicht, ihn einzuholen.

Er schüttelte seine Mähne und schnaubte.

Das Mädchen hatte ihn verstanden. Sie folgte Hazels Wiehern. Sie würde die alte Stute finden, und einen Weg, um sie zu befreien. Und er musste fort. Jetzt. Er durfte nicht länger zögern. Widerstrebend galoppierte er an.

Er dachte an ihre sanfte Berührung auf seiner Haut. Sie

hatte ihn beruhigt und aufgewühlt zugleich. Und das verwirrte ihn noch mehr. Darüber hinaus hatte sie ihm sogar etwas geschenkt: Sie hatte ihm ihre Geschichte anvertraut.

Vertrauen.

Zwischen ihm und einem Menschen.

Sie hatte seine Seele berührt.

Und er die ihre.

Und damit machte sie ihn verwundbar.

»Hazel!« Ich folge ihren Rufen und finde die kleine Stute völlig aufgelöst und panisch auf der anderen Seite eines schier undurchdringlichen Brombeergestrüpps. Die ganze Weide ist ringsum mit demselben, maroden Stacheldraht eingesäumt, aus dem ich gerade den Hengst befreit habe.

Sie ist schweißnass und völlig außer sich vor Furcht. Entlang des alten Zauns, der stellenweise mit neuen Pfosten repariert wurde, hat sie durch ihr stetiges Auf-und-ab-Tigern einen regelrechten Graben gepflügt. Ob der Hengst sich bei dem Versuch, zu ihr zu gelangen, so verletzt hat?

»Wie bist du nur hier hineingeraten?« Ich klettere durch den zweireihigen Zaun, vorsichtig bemüht, weder an der oberen noch der unteren Drahtreihe hängen zu bleiben, und überquere die Wiese, um sie zu erreichen. Gräser, Disteln und Unkräuter reichen mir teilweise bis zur Hüfte. Hazel befindet sich am unteren Ende und lässt sich von mir zuerst weder aufhalftern noch beruhigen. Sie ignoriert mich völlig, rennt mich beinahe um, wenn ich mich ihr in den Weg zu stellen versuche, wiehert zwischendurch und bleibt nur kurz stehen, um auf Antwort zu lauschen, bevor sie ihr ruheloses Hin und Her wieder aufnimmt.

Es dauert eine ganze Weile, bis es mir gelingt, den Führstrick über ihren Hals zu werfen. Erst ab diesem Moment scheint sie mich überhaupt wahrzunehmen und ist dann lange genug so verblüfft, dass ich das Halfter über ihren Kopf ziehen und schließen kann.

Ich rede ihr gut zu. »Dein Freund ist in Sicherheit, Hazel, es geht ihm gut. Und jetzt bringen wir dich nach Hause. Ich muss nur kurz das Gatter öffnen, und dann nichts wie weg hier.«

Meine Augenbraue brennt. Als ich sie trotz meiner schmutzigen Finger vorsichtig befühle, bekomme ich klebrige Finger. Meine Nerven liegen genauso blank wie die der alten Stute.

»Scheiß Stacheldraht!«, brülle ich los und rüttele an dem Tor, das zwar nur noch schief in den Angeln hängt, aber dafür mit einem ollen Riegel gesichert ist, dessen Mechanismus ich nicht kenne. Wahrscheinlich ist das blöde Ding einfach zugefallen, als Hazel hindurchgelaufen ist. Ich will nicht losheulen, aber meine Augen brennen. Ich kann nicht mehr. Oder ist das wieder so ein kindischer Streich von Brodie und Hunter?

Die beiden können was erleben! Ich habe die Nase gestrichen voll und male mir in düsteren Farben aus, wo ich mein Taschenmesser ansetzen müsste, um Hunters Motorradreifen zu zerstechen, oder wie es Brodie wohl fände, wenn der Boden seines Schulrucksacks morgen zufällig reißen würde, am besten mitten über einer Pfütze.

Schniefend beiße ich die Zähne zusammen. Natürlich werde ich weder das eine noch das andere tun. Nicht, weil ich mich nicht trauen würde, sondern weil es eine endlose Schleife der Eskalation nach sich ziehen würde. Und das kenne ich schon zur Genüge aus London. Aber irgendwas muss mir einfallen, um diese blöden Spielchen zu beenden. Seinen Frust auf dem Rücken der Tiere auszutragen, das geht gar nicht. Da stimme ich meinem Onkel vollkommen zu. Wenn das jetzt jeden Tag so weitergeht, wo soll das hinführen? Noch etwas wird mir in diesem Moment klar: Anscheinend habe ich mich wirklich damit abgefunden, hier erst mal festzuhängen.

Erst mal!

»Das macht mich so wütend!«, schnaube ich und versetze dem Gatter einen Tritt. Knarzend fällt es einfach um. Die Eisenbänder hängen nutzlos in den Angeln und schwingen leer quietschend hin und her. Das morsche Holz hat sie nicht länger gehalten. Und der Riegel? Aufgesprungen. Ein einfacher Schnappmechanismus mit einem Fallbügel. Merke: Unter Stress kann ich offenbar nicht logisch denken und gerate in Panik.

»Auch gut«, knurre ich nach einer Schrecksekunde und fange Hazel wieder ein, die sich ebenfalls erschreckt hat. Mit aufgesperrten Nüstern betrachtet sie das liegende Gatter, als wäre es das Tor zur Hölle. Zum Glück hat sie nur einen Satz zur Seite gemacht und ist nicht wieder losgerast.

»Du bist definitiv das coolere Pferd von uns beiden, nur an diesem Riegel, da sind wir beide gescheitert, oder? Alles gut. Jetzt ist der Weg frei.«

Ich schnappe mir ihren Strick und binde sie am Zaun an,

damit ich das sperrige Ding im Gras beiseitezerren kann. Das würde mir gerade noch fehlen, dass die alte Stute beim Drüberklettern darin hängen bleibt.

Ich habe keine genaue Vorstellung davon, welche Richtung wir von hier einschlagen müssen, um aus dem Wäldchen zurück auf den Hof zu kommen. Doch das Pony kennt den Weg. Ich kann den zugewachsenen Pfad kaum erkennen, aber sie stapft zielstrebig voran. Und ein paar Minuten später kenne ich mich wieder aus.

Ich bemühe mich, das Rascheln in den Büschen zwischendurch zu ignorieren. Aber als ein paar dickere Zweige im Unterholz knacken, zucke ich doch zusammen, vor allem, als Hazel aufmerksam den Kopf hebt und ebenfalls in die Richtung lauscht. Das kann doch nicht nur der Wind sein, oder? Ob Brodie und Hunter mich beobachten?

»Na komm schon«, locke ich die Stute mit einem Zungenschnalzen, und wir gehen weiter. »Die Blöße geben wir uns nicht, dass sie uns Angst einjagen.« Wahrscheinlich ist es auch nichts. Meine Augenbraue brennt, meine Nerven liegen blank, und das färbt auf die alte Dame ab.

Natürlich bin ich viel zu spät zum Essen dran. Meine schwarze Hose ist voller roter und brauner Sprenkel, mein Pulli hat einen Riss, und die Schramme an meiner Augenbraue sieht auch ziemlich beeindruckend aus, wie ich feststelle, als ich mir die Hände wasche. Immerhin hat sie aufgehört zu bluten.

Onkel Matthew lässt überrascht die Gabel fallen, als er mich sieht.

»Was ist denn los?«, fragt Tante Meghan.

»Shona sieht aus, als hätte sie sich mit einem Haggis geprügelt«, erklärt Hunter und kassiert dafür einen Rippenstoß von Brodie.

»Geht's dir gut?«, fragt er. Und das klingt ehrlich besorgt.

»Frag lieber, ob mit Hazel alles in Ordnung ist«, mault Hunter und reibt sich die Seite.

»Alles bestens«, behaupte ich und setze mich. Wenn meine Augen Funken sprühen könnten, würde die Tischdecke bereits brennen.

Tante Meghan reicht mir den Brotkorb, aber Onkel Matthew besteht darauf, mich zuerst zu verarzten.

Er nimmt mich mit ins Bad und ist ziemlich einsilbig, während er mir die Wunde desinfiziert und mit Klammerpflastern spickt. Ich sitze auf dem Badewannenrand und halte die Arme vor der Brust verschränkt.

»Eigentlich gehört das genäht. Gegen Tetanus bist du geimpft?«

Ich nicke.

»Was ist passiert?«

»Hazel war auf einer ungenutzten Weide hinter dem Wald eingesperrt. Das Gatter ist offenbar hinter ihr zugefallen, und ich habe es zuerst nicht aufbekommen. Da sind ziemlich viele Brombeerbüsche.« Das mit dem Hengst und dem Stacheldraht spare ich aus.

»So, so«, sagt Onkel Matthew nachdenklich und sieht mich an

»Wenn sich so etwas entzündet, ist es kein Spaß. Ausspülen und desinfizieren ist in diesem Fall das mindeste. Falls die Wunde rot wird oder sehr warm, kommst du um einen Arztbesuch nicht drum rum.«

»Das ist nicht meine erste Schramme.« Trotzig presse ich die Kiefer aufeinander – und auch ein bisschen, weil es brennt. »Mir geht's gut. Ich habe einfach nur Hunger, und danach will ich schlafen.«

Er sieht mich ernst an.

»Danke fürs Verarzten … und … nur fürs Protokoll: Ich war das nicht mit Hazel«, schiebe ich hinterher.

»Ich weiß«, sagt er bedächtig, steht schwerfällig von dem kleinen Badezimmerhocker auf und wirft die benutzten Utensilien in den Müll. Dann räuspert er sich. »Es tut mir leid, dass sie ihren Protest an dir auslassen. Ich rede mit den Jungs. Und auch nur fürs Protokoll: Ob du deinem Dad etwas von diesem … Vorfall erzählst, ist deine Sache. Ich werde es ihm nicht sagen. Er macht sich ohnehin schon zu viele Sorgen. Allmählich begreife ich, wieso er dich hergeschickt – und auch, wieso er es gleich wieder bereut hat. Du bist genauso dickköpfig und impulsiv wie deine Mutter.«

Er schiebt das restliche Desinfektionsmittel und die Wattepads in meine Richtung.

Was meint er denn damit? Ich will gerade zu einer Antwort ansetzen, da sehe ich, wie seine Mundwinkel zucken. Anscheinend ist das ein Kompliment.

»Gaun yersel'«, sagt er mit warmer Stimme und nickt.

Das hat er schon mal gesagt. Ich ziehe fragend die Augenbrauen hoch, aber das bereue ich gleich wieder. »Au.«

»Das heißt: Du schaffst das schon. Jetzt komm, die Suppe wird kalt.«

Ich kann nicht schlafen. Die Matratze ist super, daran liegt es nicht, und auch nicht an dem Riss über meiner Augenbraue.

Es ist mir inzwischen auch egal, wie es in Bettyhill sein wird. Ich habe schon viele Schulen überlebt. Diese *Farr High* wird keine Ausnahme sein. Trotzdem bekomme ich kein Auge zu. Ich muss immerzu an den verletzten Hengst denken. Wenn er niemandem gehört, wer kümmert sich dann um ihn? Was, wenn *seine* Verletzung sich entzündet? Onkel Matthew hat recht, und was für mich gilt, wäre sicher auch bei dem Pferd eine gute Idee. Die Verletzung sah nicht gut aus. Ist Stacheldraht überhaupt noch erlaubt? Verbieten müsste man das Zeug!

Mein Blick fällt auf das Fläschchen mit der Wunddesinfektion auf meinem Nachttisch. Für ein Pferd würde das niemals genügen. In der Sattelkammer im Stall habe ich ein kleines Schränkchen mit Medikamenten entdeckt. Da waren auch Verbandsmaterial und Silberspray zum Desinfizieren drin. Aber wie soll ich den Schimmel finden? Und würde er mich überhaupt an seine Wunde heranlassen? Ein gefangenes Tier aus einem Zaun zu schneiden, ist eine Sache – aber einem wilden Hengst eine offene Wunde zu versorgen ... Gedankenverloren beiße ich auf meiner Unterlippe herum. Ich habe Durst. Und aufs Klo muss ich auch.

Es ist weit nach Mitternacht, als ich in meine Pantoffeln schlüpfe und mich im Halbdunkel des Mondlichts die Treppe hinuntertaste. Jetzt, wo alles schläft, kommen mir Geräusche unnatürlich laut vor, die man tagsüber gar nicht wahrnimmt. Da ist das Knacken der Holzdielen unter meinen Füßen, das leise Ticken einer Wanduhr. In der Küche surrt der Kühlschrank, und irgendwo draußen wiehert ein Pferd.

Ein Pferd? Das Geräusch kam nicht aus dem Stall. Es hörte

sich weiter weg an. Ich leere das Wasserglas in einem Zug und stelle es in die Spüle. Elektrisiert haste ich ans Fenster. Aber von hier unten sieht man nichts. Zwei Stufen auf einmal nehmend fliege ich in mein Zimmer. Und da steht er. Draußen, ganz hinten an der Obstbaumwiese. Der schneeweiße Hengst mit Behang an den Beinen, als hätte er Fellstiefel an. Wie eine Marmorstatue sieht er aus, gespenstisch vom Mondlicht beschienen, und wunderschön. Ob er zu mir will? Kann das sein … dass er mich gerufen hat?

Werd nicht verrückt, Shona, ermahne ich mich im Stillen und schließe die Augen. Aber als ich sie öffne, steht er immer noch dort.

Und wartet.

Auf mich.

Ganz sicher jedenfalls nicht auf Brodie oder Hunter. Ich brauche eine Schrecksekunde, um mich zu sammeln. Dann weiß ich nicht, was ich zuerst machen soll. Aber wenn ich zu lange brauche, könnte er verschwunden sein, bis ich bei ihm bin. Also ziehe ich mir rasch eine Strickjacke über den Schlafanzug, husche nach unten und angele halb im Laufen meine Schuhe aus dem Regal. Die ziehe ich besser erst draußen an. Ich will nicht, dass irgendjemand etwas von meinem Ausflug mitbekommt.

So leise wie möglich schließe ich die Haustür hinter mir und renne barfuß über den Hof. Die Kälte unter meinen Füßen vertreibt den letzten Zweifel daran, dass ich doch noch eingeschlafen bin und das alles träume.

Meine Augen gewöhnen sich erstaunlich schnell an die Dunkelheit. Am Himmel sehe ich ein Lichtermeer aus Sternen, viel klarer als in der Stadt, und wenn der Mond hinter den Wolken hervorkommt, kann man alles Notwendige erkennen. Ich schlüpfe in meine Schuhe und laufe weiter.

Cory und Cashew dösen mit abgeknickten Hinterhufen und gesenkten Köpfen im Auslauf. Nur Hazel hat den Schimmel anscheinend auch gehört. Sie sieht mir hellwach entgegen, brummelt leise zur Begrüßung und trottet mir gemächlich nach, als ich unter dem Zaun hindurchtauche und ins Innere des Gebäudes huschen will.

»Ich habe leider gar keine Zeit, Süße«, sage ich entschuldigend und eile an ihr vorbei zum Durchgang in Richtung Sattelkammer. Dann bremse ich ab und kehre doch kurz zu ihr zurück, um ihr die Stirn zu kraulen. »So viel Zeit muss sein, du hast ganz recht«, flüstere ich der alten Stute zu. »Du kennst ihn auch, nicht wahr? Ist er dein Freund? Seid ihr deswegen weggelaufen? Wolltet ihr euch treffen?«

Hazel schnaubt, während ich mich bücke, um mir endlich die Schnürsenkel zuzubinden. Als ich mich aufrichte, atme ich tief aus. Schulterzuckend schiebe ich ihr eine Franse der Stirnlocke aus den Wimpern.

»Ist ja auch egal. Ich frage mich nur, wer dich auf dieser blöden Waldwiese eingesperrt hat. Zu schade, dass du nicht reden kannst. Brodie schwört, er war's nicht. Und vielleicht glaube ich ihm das sogar.«

Hazel reibt ihren Kopf an meinem Arm, als ob sie mich weiterschubsen will.

»Sorry«, sage ich und flitze los. Nicht einmal im Stallgebäude traue ich mich, das Licht anzuknipsen. Hätte ich doch nur mein Handy mitgenommen, aber jetzt ist es zu spät. Was werde ich brauchen? Außer Desinfizieren kann ich nicht viel tun. Selbst ein Verband ist vermutlich keine gute Idee. Wenn er damit irgendwo hängen bleibt, macht es das nur schlimmer. Als ich nach dem Silberspray greife, fällt mein Blick auf eine andere Sprühflasche.

»Kochsalzlösung mit Aktivchlor«, lese ich. »Zur Erstversorgung von offenen Wunden am Pferd.« Das ist doch was. »Nehm ich!«

Als ich die Streuobstwiese erreiche, ist der Hengst verschwunden. Enttäuscht lehne ich mich gegen einen Baum und stöhne. »Das ist jetzt nicht wahr, oder?«

Doch da höre ich ein leises Prusten. Und als ich herumfahre, steht er direkt vor mir, nur wenige Yards entfernt, halb von einem Holunderbusch verborgen.

»Wow«, entfährt es mir, und als Nächstes rutscht mir beinahe die Flasche aus der Hand. Natürlich erschreckt sich der Schimmel, als ich mich verrenke, um eine Handvoll Gazebäusche am Herunterfallen zu hindern. Er weicht nach hinten aus, und ich sehe nur noch seinen Kopf. Plötzliche Bewegungen und wilde Pferde – blöder Fehler.

»Ich tu dir nichts«, flüstere ich schnell – als ob er meine Worte verstehen könnte. Zum Beweis halte ich meine Mitbringsel hoch.

»Hier, sieh mal, ich habe Spray für deine Wunde dabei. Wenn du mich das auftragen lässt, geht es dir gleich besser.«

Gelogen, Shona! Wahrscheinlich wird es sogar ein bisschen brennen. Ich seufze.

»Es wird dir helfen. Bitte vertrau mir. So wie vorhin, ja? Wenn die Wunde sich entzündet, wäre das ganz schlecht. Wir müssen sie säubern, so wie Onkel Matthew es bei mir gemacht hat.«

Ich bewege mich langsam auf den Busch zu. Der Hengst schüttelt die Mähne und geht einen weiteren Schritt rückwärts.

Mist. Was jetzt?

Zu meiner Überraschung schlägt er den Weg in Richtung des Lochs ein. Er lahmt. Ich verziehe mitfühlend mein Gesicht, als ich sehe, wie er bei jeder Belastung des verletzten Vorderbeins mit dem Kopf nickt und einknickt. Nach ein paar Yards bleibt er stehen und blickt sich nach mir um. Wartet er etwa auf mich? Zögernd folge ich ihm. Der Hengst geht weiter. Als ich stehen bleibe, hält auch er an. Dann wartet er, bis ich wieder aufschließe, und hinkt voran, bis wir bei der Wildrosenhecke angelangt sind, die den kleinen Trampelpfad markiert, der direkt zum Strand hinunterführt. Wenn ich mich strecke, kann ich im Halbdunkel eine Gruppe Felsen erkennen. Aber anscheinend will er nicht bis dorthin weitergehen.

»Sollen wir es hier versuchen, ja? Das ist ein guter Ort, du hast recht. Windgeschützt, und du kannst jederzeit ins offene Gelände fliehen, wenn es dir zu viel wird. Bist du bereit?«

Atemlos wage ich mich näher heran, Inch um Inch, ja nicht direkt von vorn, und bemühe mich, ihm dabei nicht in die wunderschönen nachtblauen Augen zu sehen, um ihn nicht noch nervöser zu machen. Fluchttiere mögen das nicht.

Er beobachtet mich genau.

Ein schmaler Streifen um sein Bein schimmert dunkel im Mondlicht. Darunter ist der helle Behang dreckverkrustet und verklebt.

»Wir kriegen das wieder hin, mein Großer«, murmele ich leise. Im nächtlichen Zwielicht versuche ich zu erkennen, welche Spuren der Stacheldraht an seinem Hals hinterlassen hat. Aber diese Schrammen scheinen nur oberflächlich zu sein.

»Mich hat der Draht auch erwischt. Hier siehst du?« Ich deute auf meine Schläfe, wo die Klammerpflaster den Riss über meiner Augenbraue zusammenhalten. »Onkel Matthew wollte mich damit am liebsten zum Arzt schicken, aber für meinen ersten Tag hier bin ich genug Weißkitteln begegnet.«

Der Hengst sieht mich stumm an. Den verletzten Vorderhuf setzt er nur mit der Spitze auf, um das Bein zu entlasten.

»Du musst es schonen, nicht durch die Gegend galoppieren«, schärfe ich ihm ein. Sein spektakulärer Abgang vorhin im gestreckten Galopp hat sicher nicht zur Heilung beigetragen.

»Wir waren mit einem Fasan beim Tierarzt, als ich ankam«, erkläre ich ihm und schüttele den Kopf, als mir bewusst wird, dass ich mit einem Pferd rede wie mit einem Menschen. Aber wieso eigentlich nicht? Der Hengst ruckt sofort zurück, meine plötzliche Bewegung hat ihn verunsichert.

»Entschuldige. Ist ja auch egal. Darf ich mir jetzt deine Verletzung ansehen?«

In Zeitlupe nähere ich meine Hand seiner Schulter. Als ich die Haut berühre, zuckt er, als hätte ich ihm einen elektrischen Schlag versetzt. Ich erschrecke mich ebenfalls, weil ich nicht mit dieser Reaktion gerechnet habe, und muss gleich darauf lachen. Meine Finger zittern ein wenig.

Er schnaubt empört, aber er bleibt stehen. Es scheint ihn große Mühe zu kosten, nicht seinem angeborenen Fluchtimpuls nachzugeben.

»Gleich noch mal, okay?«

Ganz sanft streiche ich über das seidige Fell, spüre die kräftigen Muskeln darunter, das unterdrückte Beben. Ich könnte schwören, dass sein Herz schneller schlägt, meins pocht auf jeden Fall gerade wie verrückt.

Langsam bücke ich mich und gleite mit der Hand an seinem Bein hinab.

Es kommt mir im Wundbereich ein bisschen wärmer vor als das andere. Aber das ist vermutlich noch im grünen Bereich. Hoffentlich. Ich richte mich auf und zeige ihm die runden Tupfer aus Baumwollmull und die Sprühflasche.

»Das macht ein komisches Geräusch, wenn ich da jetzt draufdrücke, aber du brauchst dich nicht zu fürchten. Ich passe auf und bin ganz vorsichtig, siehst du?«

Der Schimmel brummelt unruhig, als ich die Gazebällchen mit der Flüssigkeit benetze. »Vertrau mir, ich will dir wirklich nur helfen«, flüstere ich und beuge mich wieder über die Verletzung.

Ausgerechnet jetzt verkriecht sich der Mond hinter den Wolken. Der Schimmel stampft unruhig mit dem Huf auf, als ich einen der Tupfer an die Wunde halte.

»Das ist unangenehm, oder? Pass auf, wir machen es anders, aber du musst stillhalten, versprichst du das?«

Die ganze Szene ist so surreal und absurd. Es ist, als würde ich mir selbst dabei zusehen, wie ich mich vor das riesige, fremde Pferd hocke, mitten in der Nacht, ohne Halfter oder andere Hilfsmittel, und eine tiefe Wunde mit antiseptischer Lösung einsprühe. Ich muss total bescheuert sein, aber ich mache einfach weiter, halte den Tupfer an den Rand der Wunde und sprühe mit der Flasche mitten hinein, damit der ganze Rost und Dreck sich löst und herausgespült wird.

»Na, immerhin habe ich Schuhe an«, sage ich leise und sehe grinsend zu dem Hengst hinauf. Er hat die Ohren gespitzt und fixiert etwas, oben am Stall. Ich kann nichts erkennen, diverse Büsche und Sträucher versperren den Blick. Vermutlich sind einfach die Ponys neugierig geworden.

»Gleich sind wir fertig«, verspreche ich.

Doch im nächsten Moment macht er ein schnorchelndes Geräusch, reißt den Kopf hoch und schubst mich zur Seite, als er sich mit einem gewaltigen Satz umdreht, über die Wildrosenhecke springt und in Richtung Strand davonjagt. Ich lande unsanft im Holunder und brauche einen Moment, bis ich wieder Luft bekomme. »Was sollte das denn?«

»Shona?«

Der Strahl einer gleißend hellen Taschenlampe blendet mich. Einem Instinkt folgend, kicke ich die Tupfer und das Spray mit der Hand unter den Busch.

»Was machst du hier draußen, Kind?!«

»Onkel Matthew!« Ich ringe nach Luft. »Ich … äh … ich konnte nicht schlafen.« Ich klopfe mir die Hände ab und stehe auf.

Mein Onkel leuchtet mit der Taschenlampe immer noch mitten in mein Gesicht. »Und mit wem hast du geredet?«

»Kannst du das Ding mal runternehmen? Mit niemandem. Selbstgespräche, blöde Angewohnheit.«

»Aha.« Onkel Matthew leuchtet in weitem Bogen die Umgebung und den Boden ab. »Die Erde ist ganz schön zertrampelt«, stellt er fest.

Ist der Mann immer so argwöhnisch?

»Das ist mir noch gar nicht aufgefallen«, sage ich bemüht locker. »Vermutlich waren das die Ponys heute Abend.«

»Gestern Abend«, korrigiert er mich nachdenklich. Sein Blick bleibt an einem tellergroßen Hufabdruck und diversen feuchten Flecken in der aufgewühlten Erde hängen. Stumm zieht er die Augenbrauen hoch.

»Ich … ich musste mal.« Oh Gott, Shona. Hab ich das gerade wirklich gesagt? Wie eklig!

»Das sieht aber eher nach Blut aus«, sagt Onkel Matthew skeptisch, und dann nimmt sein Gesicht abrupt einen sehr viel dunkleren Farbton an, und ich könnte im Erdboden versinken, obwohl es ja gar nicht das ist, was er offenbar glaubt – aber vielleicht ist genau das gerade gut.

»Kann ich jetzt reingehen?«, frage ich etwas pampiger als beabsichtigt und verschränke die Arme. Jetzt, wo der weiße Hengst fort ist und meine Anspannung nachlässt, fange ich an zu frösteln, und meine verleumdete Blase meldet sich auch wieder.

»Ja, natürlich. Ich … tut mir leid, Shona. Brauchst du …? Hätten wir an einer Drogerie halten sollen?« Ich schüttele den Kopf und kann mir nur mit größter Selbstbeherrschung ein verräterisches Grinsen verkneifen.

»Nein«, sage ich und räuspere mich. »Alles gut. Ich habe alles. Nur eben nichts … äh … dabei gehabt … was machst *du* eigentlich hier draußen?«

Immer noch verlegen kratzt er sich am Kopf, und erst jetzt sehe ich, dass das, was er die ganze Zeit in der Hand hält, ein Gewehr ist.

»Es ist nur eine Schrotflinte«, beeilt er sich zu sagen. »Hier treibt sich manchmal ein … Dachs herum.«

»Ein Dachs«, wiederhole ich und linse unauffällig in die Richtung, in die der Hengst verschwunden ist. »Ach was.«

»Ja, elende Biester. Schlimmer als Füchse. Jetzt komm ins Haus. Es ist kalt. Du musst morgen fit sein für die Schule.«

Ich verziehe das Gesicht. »Also, was das angeht …«

Er lacht und breitet den Arm aus, als wäre ich ein entlaufenes Huhn, das er vor sich her in den Stall treiben will. Vielleicht bin ich das sogar in seinen Augen. Ich frage mich wirklich, was und wie viel Dad ihm über mich erzählt hat.

Mein erster Gedanke nach dem Aufwachen gilt dem Hengst. Kaum habe ich die Augen geöffnet, sitze ich senkrecht im Bett und spähe aus dem Fenster. Da ist nichts. Natürlich nicht. Einen Moment lang frage ich mich, ob ich alles nur geträumt habe. Aber an meinem Arm habe ich einen blauen Fleck und ein paar oberflächliche Kratzer von den Holunderzweigen. Kurz streiche ich darüber. Dann schlüpfe ich in meine Pantoffeln und eile ins Bad. Ich muss vor dem Frühstück noch den Fasan versorgen, und ich sollte wohl auch besser die Sprühflasche suchen und zurückstellen.

Auf dem Waschbecken steht eine Packung mit Damenbinden. Ich stutze kurz, dann grinse ich mein Spiegelbild mit den Klammerpflastern über der alten Narbe an der Augenbraue an und beginne gut gelaunt, mir die Zähne zu putzen.

Kapitel 8

Der Junge überlegte den ganzen Tag, wie er ein Gespräch in Gang bringen könnte, wenn sie sich das nächste Mal gegenüberstanden. Ein paar Worte über das Wetter vielleicht? Dann würde sie ihn bestimmt für einen Langweiler halten. Er könnte fragen, ob die Ponys ihr gehörten. Er wusste, dass es nicht so war. Sie war gerade erst angekommen. Sollte er sich nach dem Weg ins nächste Dorf erkundigen? Auch wenn klar war, dass es keines in der Nähe gab? Hope und Heilam waren nicht mehr als drei oder vier zufällig beisammen liegende Höfe. Oder doch über das Wetter reden? Alle Menschen redeten über Wolken und Regen und Wind. Das war unverfänglich. »Ein bisschen Small Talk, nichts weiter. Was ist schon dabei?«

Hazel brummelte leise. Sie blickte ihn aufmerksam aus den gutmütigen braunen Augen an, die er so gut kannte. Gedankenverloren streichelte er dem alten Pferd über die knochige Stirn und spielte mit dem drahtigen Schopf. »Das ist auf jeden Fall sicherer, als dass sie mich womöglich in diesem stinkenden Auto nach Tongue mitnehmen will.«

Die Stute machte ihm neue Sorgen. Sie hatte Bauch-

schmerzen, er fühlte das Grummeln in ihren Eingeweiden und sah die Kummerfalten über ihren Augen. Die nächtliche Aufregung hatte ihr nicht gutgetan. Er hätte nie gedacht, dass so etwas geschehen könnte. War das mit dem Weidegatter wirklich Zufall gewesen? Der Mann mit der Tweedmütze ahnte vielleicht etwas von seinen Besuchen. Hatte das Mädchen ihm von dem weißen Hengst erzählt? Oder von ihm? Sein Herz schlug schneller. Er musste vorsichtiger sein. Er durfte nicht so viel riskieren.

»Ja, ich weiß, dass sie nichts dafür konnte«, sagte er abwesend und tätschelte der alten Stute den Hals. Einer der Jungs hatte also das Stalltor offen gelassen. Absicht oder Versehen. Letztlich spielte es keine Rolle. Er musste besser aufpassen.

»Sie hat versucht zu helfen. Und jetzt helfen wir dir. Wann kommen sie üblicherweise zurück?«

Erste Schultage sind überall Mist. Ich spreche aus reichlich Erfahrung. Natürlich habe ich keine Rucksäcke aufgeschlitzt oder Bücher in Pfützen geworfen. Hätte ich aber gern. Die Uniform kratzt, die Bluse ist steif, und ich hasse Strumpfhosen mindestens so sehr wie Röcke. Vor allem, wenn letztere so kurz sind, dass man meine Beine sehen kann. Ich habe nichts gegen meine Beine, aber ich fühle mich wohler, wenn Hosen drumherum sind.

Brodie hat wirklich versucht, mir zu helfen, mir alles Mögliche erklärt, Witze gemacht, erzählt. Sobald er aus Hunters

Schatten tritt, ist er wie ausgewechselt, kein Vergleich zu seinem Verhalten auf der Farm. Als ob er seinem großen Bruder permanent beweisen müsste, wie cool er ist. Natürlich hat er die Pausen trotzdem mit seinen Freunden verbracht und mich weitgehend in Ruhe gelassen, nachdem er mich am Morgen vor dem Büro der Rektorin abgeliefert hat. Aber ich brauche auch keinen Babysitter.

Die meisten meiner neuen Mitschülerinnen und Mitschüler scheinen auch ganz in Ordnung zu sein. Sie waren hilfsbereit und freundlich, haben mir den Weg in die Bibliothek gezeigt, ein paar Bücher ausgeliehen, so was eben. Und ein paar Bitches gibt's immer, auch hier. Ich komme aus der Großstadt, mit denen komme ich klar. Der Stoff ist auch okay. In Mathe sind sie ein bisschen fortgeschrittener als in meiner letzten Klasse, in Englisch nehmen sie etwas komplett anderes durch, aber gegen Shakespeare habe ich nichts. In Physik und Chemie könnte ich umgekehrt die anderen abschreiben lassen, wenn's drauf ankäme. Da sind wir an meiner alten Schule schon viel weiter gewesen im Lehrplan. Französisch ist eh immer eine Katastrophe, die Kunstlehrerin wirkt ganz okay, das derzeitige Thema ist allerdings lahm. Wer interessiert sich schon für Stillleben? Den Rest werden wir morgen sehen. Immerhin habe ich meine Hausaufgaben schon in der Mittagspause erledigt. Je suis prête – das heißt, ich bin bereit für das, was jetzt kommt. Hoffentlich soll ich Tante Meghan nicht irgendwelche langweiligen Zeitungsartikel vorlesen. Ich würde lieber rausgehen zu den Pferden. Und als Erstes werde ich den Fasan freilassen. Heute Morgen hat er bereits ein wenig in der Pferdebox randaliert. Aber da war keine Zeit mehr. Wenigstens einer, der ziehen kann, wohin er möchte.

Der Schulbus tuckert hügelauf- und abwärts an der kurvenreichen Steilküste entlang. Heute ist mir nicht so übel. Zum einen habe ich etwas Vernünftiges gegessen, zum anderen starre ich im Gegensatz zu allen anderen nicht auf mein Smartphone oder hänge über meinen Büchern. Ich sehe zum Fenster hinaus und träume mich weit übers Meer. Das habe ich schon immer gut gekonnt: in Gedanken in andere Welten flüchten.

Manchmal hoffe ich dann, dass ich wie der Jona aus der Bibel von einem Wal verschlungen und an einem fernen Ufer wieder ausgespuckt werde. Seit Kurzem sehe ich mich immer mal wieder mit einem Pferd in die Fluten reiten. Das hat schon in London angefangen, kurz nach dem Streit mit meinem Vater. Keine Ahnung, was ich im Wasser will. In meiner Vorstellung fühlt es sich jedenfalls nicht kalt an. Ich sitze wie festgeklebt auf dem Rücken des Pferdes und spüre bei jedem Galoppsprung die Wärme seines Körpers, die kraftvollen Muskeln.

Seit gestern ist sein Fell weiß.

Der Bus fährt rumpelnd durch ein Schlagloch und reißt mich aus meinen Tagträumen.

Der Schimmel ist heute nicht am Strand. Erneut frage ich mich, ob es derselbe war wie der, dessen Bein ich in der Nacht versorgt habe. Wahrscheinlich. So viele Ausreißer dieser Größe wird es hier in der Gegend nicht geben.

Und es ist ganz sicher ein Clydesdale, egal, was meine Verwandten sagen. Ich bin doch nicht blöd.

Wie es ihm wohl geht? Hoffentlich hat sich nichts entzündet. Es scheint, als würden sich meine tierischen Patienten die Klinke in die Hand geben. Damit ich bleibe? Ein leiser

Schauder rieselt mir über den Rücken, als ich über den Loch Hope in Richtung Süden blicke. Die Sonne ist zwischen den schnell dahinjagenden Wolkenmassen hervorgekommen und treibt ihre Strahlen über das Wasser des Lochs. Als würde der See wie ein Pfeil auf den Ben Hope zeigen.

Die Bremsen des Busses zischen.

»Wir sind da«, sagt Brodie, nickt mir mit einem knappen Lächeln zu, schultert seinen Rucksack und steuert durch den Mittelgang in Richtung Ausgang. Ich muss mich beeilen, meine Sachen zusammenzusuchen und ihm hinterherzulaufen. Als ich durch den Gang hetze, bilde ich mir ein, dass alle mich anstarren. In Wahrheit blickt kaum jemand auf.

Unsere Haltestelle liegt im Nirgendwo zwischen Schafweiden und braungrünen Heideflächen, durch die schmale Bäche plätschern, und besteht aus einem roten Briefkasten an einer Stange neben einem dreiseitig geschlossenen Plexiglaskasten mit drei Stühlen darin. Und drum herum nur Weite, Wasser, Wiesen, ab und zu durchbrochen von einer dieser uralten, kunstfertig aufgeschichteten Trockenmauern. Manche finden es vermutlich trostlos, aber mir gefällt diese raue Landschaft, in der man kaum einen Menschen trifft, stelle ich jetzt fest und staune einen Moment lang über mich selbst.

Das letzte Stück von hier laufen wir schweigend zu Fuß. Zuerst gehen wir weiter an der einspurigen Straße entlang, die von der A 838 abzweigt und echt mal wieder neu geteert werden könnte. Dann kürzen wir querfeldein über eine abschüssige Wiese ab. Das Gras ist schlüpfrig. Brodie reicht mir ohne viele Worte immer mal eine Hand, wenn wir an eine besonders rutschige Stelle kommen, und nachdem ich mich zweimal fast auf die Klappe gelegt habe, nehme ich seine Hilfe dankbar an.

Der kalte Wind bauscht meinen Rock auf, und jetzt fängt es auch noch an zu regnen. Bei dem Wetter ist eine Unterhaltung schwierig, aber wir sind beide müde vom Tag, und so laufen wir einfach in stillem Einvernehmen nebeneinander her. Ich schlage den Kragen meiner Jacke hoch, froh, dass der wasserdichte Parka mir zumindest bis über den Po reicht. Ich könnte meinen Regenponcho aus dem Rucksack holen, aber dazu bin ich zu faul.

Brodie legt ein strammes Tempo vor, und nach wenigen Minuten kann ich die ersten Häuser sehen. Hope ist nicht mehr als eine Ansammlung von ein paar Farmen in etwas näherem Abstand zueinander. Das eigentliche Dörfchen ist Heilam, aber auch das hat die Bezeichnung »Dorf« nicht wirklich verdient. Wir lassen die Häuser hinter uns, überqueren die Brücke und biegen in Richtung des Sees ab, der hier in den River Hope mündet, bevor dieser ins Meer fließt. Bis zu uns kann ich es riechen. Die Luft schmeckt salzig, und über uns kreischen ein paar Möwen gegen den stärker werdenden Wind an, denen das Wetter offenbar ebenso wenig gefällt wie mir.

Fünf Minuten später haben wir den abgelegenen Hof der Fitzgibbons' erreicht. Es genügt dennoch, dass ich tropfnass bin.

»Wir sind wieder da!«, ruft Brodie, als wir im Hausflur stehen, stellt seine triefenden Schuhe in eine flache Wanne und verschwindet in sein Zimmer. »Wunderbar, ich bin im Wohnzimmer«, höre ich die Stimme von Tante Meghan.

Ich strecke zumindest kurz den Kopf durch die Tür. Gehört

sich das nicht so? Boomer schreckt aus dem Schlaf hoch und bellt ein paarmal, bevor er sich wieder zu ihren Füßen zusammenrollt. Hund müsste man sein.

»Ich gehe mich schnell umziehen«, verkünde ich. »Bin ein bisschen nass geworden. Und dann lasse ich den Fasan frei, wenn das okay ist.« Wenn das okay ist – ich mache es auf jeden Fall, egal, was sie sagt.

Aber Tante Meghan ist ganz cool damit. Wieder einmal: »Da wird er sich freuen. Warum sprühst du ihn nicht mit Kälbermarkierfarbe ein? Bei der nächsten Mauser ist das verschwunden, aber vielleicht rettet es ihn zumindest über *eine* Jagdsaison – nach all der Mühe, die du dir gemacht hast.« Sie zwinkert mir mit blinden Augen aus dem Ohrensessel zu. Anscheinend hat sie ein Hörbuch gehört und dabei gestrickt. In ihrem Schoß liegen Nadeln und Wolle, und die Kopfhörer hat sie noch in der Hand.

»Gegen Autos wird es nicht viel helfen. Aber … gute Idee, danke.«

»Bitte Brodie um die Farbe. Es steht ganz sicher noch eine angebrochene Dose irgendwo in Matthews Werkstatt. Oder in der Garage. Und wenn du zurück bist, erzählst du mir alles. Ich mache uns in der Zwischenzeit eine schöne Tasse Tee. Sie befühlt ihr Handgelenk, an dem sich eine Spezialuhr befindet. Kannst du um halb sechs zurück sein?«

»Klingt gut«, schwindele ich. Dabei habe ich so gehofft, heute Nachmittag ein bisschen Zeit für mich zu haben. Aber jede Minute meiner Zeit scheint hier durchgetaktet.

»Und willst du nicht erst was essen?«

»Mache ich! Später«, rufe ich über die Schulter zurück und renne nach oben, drei Stufen auf einmal nehmend.

Ich rubbele mir einmal schnell mit dem Frotteehandtuch über die Haare, schlüpfe in eine frische dunkle Jeans und das Hemd vom Vortag, das ist eh schon versaut, da kommt es auf Kälberfarbe auch nicht mehr an, und klopfe an Brodies Tür. Aber entweder er hat Kopfhörer auf und hört mich nicht oder er schläft. Vielleicht ist er auch draußen. Egal. Ich weiß, wo die Werkstatt ist, zur Not werde ich diese Farbdose auch allein finden.

Vermutlich sollte ich beim Sprayen gut darauf achten, dass nichts auf den Schwungfedern des Fasans landet. Ich habe keine Ahnung, wie diese Spezialfarbe mit Federn reagiert, aber wenn die verkleistern, ist es bestimmt nicht gut. Das wird noch eine Herausforderung. Heute lässt sich der Vogel sicher nicht mehr so einfach einfangen und festhalten wie gestern. Gedankenverloren schnappe ich mir meinen Hoodie und die Jacke. Aber eins nach dem anderen.

»Wo willst du hin?« Auf einmal steht Hunter in der Tür der kleinen Werkstatt.

»Den Fasan freilassen«, erkläre ich und fasse die Sprühdose fester.

»Und wozu die Farbe?«

»An der Bushaltestelle fehlen ein paar Graffitis.«

»Werden dir verlaufen, bevor sie trocken sind. Geht besser mit Autolack. Linkes Wandregal, zweites Bord.« Er grinst.

»Gut zu wissen.« Ich will mich an ihm vorbeiquetschen, aber mein wortkarger Cousin weicht keinen Inch zur Seite.

Ich atme tief durch. »Es war Tante Meghans Vorschlag. Ich markiere den Vogel, damit er nicht gleich erschossen wird. Sie weiß Bescheid.«

Widerwillig lässt er mich durch. Unsere Schultern streifen sich, und ich kann Hunters bescheuertes Rasierwasser riechen.

»Was hast du eigentlich gegen mich?«, fasse ich mir ein Herz, als ich knapp vorbei bin. »Du kennst mich doch gar nicht.«

Erstaunt zieht er die Augenbrauen hoch. Einen Moment lang geben seine Gesichtszüge Emotionen preis, er guckt ertappt und ein wenig zerknirscht, dann wird seine Fassade wieder undurchsichtig. »Nein, tue ich nicht«, gibt er zu. »Ich finde es einfach nur seltsam, dass du nach all der Zeit hier einfach auftauchst und alles durcheinanderbringst. Tante Meghan war lange stabil. Aber jetzt weint sie nachts wieder.«

»Stabil?«, frage ich bestürzt.

Hunters Kiefermuskeln arbeiten.

»Wir wissen beide, dass du nicht freiwillig hier bist. Dein Gastspiel wird kurz sein, schätze ich. Je länger du bleibst, desto mehr wird es sie schmerzen, wenn du wieder gehst.«

»Und deswegen wollt ihr mich vergraulen? Wo ist da die Logik?«

Er knirscht mit den Zähnen. »Wir haben Besseres zu tun als aufzupassen, dass du nicht verloren gehst. Wieso schickt dein Dad dich überhaupt zu uns, wenn er gleichzeitig Angst hat, dass sich die Geschichte wiederholen könnte?«

»Welche Geschichte denn?« Ich verstehe gar nichts mehr.

»Gar keine«, wehrt Hunter ab. »Unten am Feenhügel ist eine gute Stelle für deinen Vogel«, sagt er beiläufig. »Oder auf der anderen Seeseite. Das West- und Südufer sind mit dem Auto nicht zugänglich.«

In einer fließenden Bewegung zieht er die Werkstatttür hinter mir zu, legt den Riegel vor und hängt ein Schloss ein.

»Ich muss die Farbdose wieder zurückstellen«, erinnere ich ihn.

»Ist ein Zahlenschloss, die einfachste Kombination der Welt: eins, zwei drei, vier. Gegen den Wind genügt es. Der kann sich das nicht merken«, sagt er und grinst wieder kurz.

Ich nehme seinen trockenen Humor als Angebot zum Waffenstillstand und nicke.

»Wo ist dieser Feenhügel? Eigentlich hatte ich vor, den Fasan ein Stück in die Gegend zurückzubringen, wo er uns vors Auto gelaufen ist.« Ich zeige mit der Dose grob hügelaufwärts, in Richtung der A 838.

»Damit ihm das Gleiche noch mal passiert?« Hunter nickt mit dem Kinn in die entgegengesetzte Richtung. »In der Nähe vom Eriboll, Stück weg von Heilam, südlich von hier. Du wirst ihn erkennen. Einsamer prähistorischer Grabhügel am Arnaboll, ein Felsen neben der Schafweide des Nachbarn. Die meisten machen einen Bogen um das Gebiet. Ist verhext, heißt es. Du solltest auch Tante Meghan nichts davon erzählen, wenn du dir einen Vortrag über das Kleine Volk und die Geister der Highlands ersparen willst.«

Ich verdrehe die Augen. »Aberglaube allüberall. Wer hätte das gedacht! Danke.«

Hunter zuckt mit den Schultern, dreht sich zu seinem Motorrad um, das er im Windschatten geparkt hat, und nimmt den Helm von der Lenkstange, um ihn sich aufzusetzen. »Sag meinem Vater, dass ich noch mal wegmusste. Kann spät werden, also hilf du Brodie später mit den Ponys. Ihr kriegt es auch ohne mich hin, sie reinzuholen. Und Tante Meghan spielt gern eine Partie Schach nach dem Essen. Tu ihr den Gefallen, wenn sie dich fragt.«

»Ich kann kein Schach.«
»Bringt sie dir bei.«
»Aber …«

Hunter hört mir nicht mehr zu, er hat bereits den Anlasser seines Motorrads betätigt, steigt auf und braust ohne ein weiteres Wort vom Hof. Ich werde aus meinem Cousin nicht schlau. Vollständige Sätze werden ja von fast allen hier oben anscheinend überbewertet, aber ich kann es nicht leiden, wie hier jeder glaubt, über meine Zeit bestimmen zu können.

Wütend sehe ich der Auspuffwolke nach, dann mache ich auf dem Absatz kehrt und stapfe mitten durch die Matschpfützen ins Stallgebäude.

Der Fasan hat sich richtig gut erholt. Wenn ich mit Tieren zusammen bin, verfliegt jeder Ärger bei mir sofort. Dann bin ich ganz im Hier und Jetzt und vergesse alles um mich herum. Am besten funktioniert das bei Pferden. Aber ein quicklebendiger Fasan, der sich nicht einfangen und in einen Pappkarton mit Luftlöchern sperren lassen will, kommt da ziemlich nahe heran. Vor allem, weil er mit ausgebreiteten Flügeln, über die jetzt diagonal ein fetter neongelber Streifen verläuft, um sich schlägt.

Es dauert geschlagene acht Minuten, bis ich aus purer Verzweiflung auf die Idee komme, meine Jacke über das Tier zu werfen, das inzwischen panisch mit aufgesperrtem Schnabel überall in der Pferdebox herumflattert. Sich so über das bisschen Kolorierung aufzuregen, kann nicht gesund sein. Aber nun zack – Ruhe im Karton. Und zwar wortwörtlich. Ich hoffe nur, dass die Farbe inzwischen so weit trocken ist, dass meine Jacke nichts abbekommen hat.

Jetzt kann ich den Wildvogel behutsam aufheben und in

seine mit Stroh ausgekleidete, provisorische Transportbox setzen. Selbst nachdem ich den Deckel zugeklappt habe und ihn vorsichtig vom Hof trage, verhält er sich weiter ruhig. Nur wenn der Weg ein wenig holprig wird, weil lose Schottersteinchen unter meinen Boots wegrutschen, höre ich das leise Kratzen seiner Krallen und das Rascheln des Strohs auf der Pappe. Es nieselt immer noch leicht, und auf den Trampelpfaden, die in einem ständigen Auf und Ab durch die wellige Landschaft führen, steht teilweise das Wasser. Diesmal war ich schlauer, ich habe meine Wachsjacke übergezogen, aber den Karton kann sie nicht vorm Nasswerden schützen, und meine Kapuze nervt mich. Dann werden meine Haare eben wieder nass, was soll's. Ich will was sehen.

Nach einer gefühlten Ewigkeit bleibt mein Blick an dem nördlichsten »richtigen« Munro kleben. Brodie sagt, so nennt man die Berge der Highlands auf Schottisch. Ben Hope finde ich wesentlich imposanter als den Arnaboll. Er ist bestimmt viermal höher als dieser kleine Hügel vor mir, der höchstens zweihundert Yards hat. Spektakulär ist was anderes. Der Blick hinüber zum Loch Eriboll zum Beispiel.

Das Hügelgrab habe ich noch nicht entdeckt. Hier am Seeufer duckt sich ein verlassenes Farmhaus in der typischen Bauweise der schottischen Crofts in die Landschaft: einstöckig, mit schmalen Fensterchen. Etwas kleiner und mit alten Schindeln eingedeckt, schließt sich direkt das Stallgebäude an. Es hat nur ein einziges Fenster und ist aus Natursteinen gemauert. Wahrscheinlich wird es heutzutage als Bothy von Touristen genutzt, die hier in der Gegend wandern gehen, als Unterschlupf für eine Nacht oder bis ein Unwetter vorübergezogen ist. Hinter dem Gebäude, versteckt in den grünen

Hügeln erspähe ich ein paar umgestürzte, größtenteils moosüberwucherte Grabsteine. Die werde ich mir ein anderes Mal näher ansehen.

Der Karton weicht allmählich durch.

Typisch für mich, dass mir der Gedanke erst jetzt kommt, vielleicht hätte ich doch den Weg auf die andere Seeseite einschlagen sollen. Abgesehen von der kaum befahrenen Strathmore Hope Road ist dort drüben weit und breit nichts. Aber erstens habe ich keine Lust, mit dem nassen Karton noch mal umzudrehen, und zweitens wird der Fasan wahrscheinlich nicht bis rüber zum Loch Eriboll weiterwandern wollen. Denn da müsste er noch mal über die Hauptstraße und vorher ein paar ziemlich unwegsame, felsige Abschnitte dieser Moränenlandschaft hinter sich lassen.

Ich marschiere noch einmal hundert Yards weiter, dann habe ich den perfekten Ort gefunden. Heidesträucher, ein paar höhere Büsche und nichts als Natur. Meine Haare triefen. Außerdem schmerzt mein Rücken von der Schlepperei. So ein Fasan wiegt auf die Dauer mehr als man denkt. Stöhnend setze ich den Karton ab und sehe mich um.

Ich mag es, wie abwechslungsreich das Land hier oben ist. Auf der einen Seite sind da diese kargen, beinahe mondartigen Überbleibsel der Eiszeit, auf der anderen das sanft gewellte, satte Grün der Viehweiden und die daran angrenzenden riesigen Heideflächen. Dann der helle, feinpudrige Sand der Strände, der einem vorgaukelt, man befände sich irgendwo in der Karibik. Und über allem spannt sich das Blau des Himmels, das sich mal spiegelglatt und dann wieder aufgepeitscht und wild im Loch Hope, im Nordatlantik oder im Meeresarm des Loch Eriboll spiegelt.

Ich verliere mich in der melancholischen Einsamkeit dieser Wildheit. Krasser könnte der Unterschied zu Edinburgh oder gar London nicht sein. Und hier komme ich her?

So fühlt sich Heimat an?

Kein Wunder, dass ich mir in der Großstadt mit ihren stinkenden, lärmenden Straßen, dem tristen Häusermeer und zwischen all diesen Menschen immer so deplatziert und fremd vorgekommen bin. Dass mein Herz schneller schlägt, sobald ich hier draußen bin. Es sticht ein bisschen, als ich darüber nachdenke, wie lange ich nicht hier war. Dann muss ich an Mum denken, und mein Herz wird noch schwerer. Sie muss die Highlands so sehr geliebt haben. Und die Pferde.

»Sag's nicht weiter«, verrate ich dem Fasan in meinem Karton. »Aber dein Zuhause ist wirklich atemberaubend schön. Und jetzt lauf.«

Ich falte die durchweichten Deckelstreifen auseinander und drehe den Karton vorsichtig auf die Seite. Der Fasan will zuerst nicht, doch nach einer Schrecksekunde stürzt er sich mit empörten Geräuschen in die Freiheit.

Schmunzelnd sehe ich ihm nach, bis sein neongelb-rotes Federkleid zwischen den Heidepflanzen verschwindet. Dann falte ich die labbrige Pappe zusammen. Wenn sie getrocknet ist, kann man sie vielleicht noch zum Kaminanzünden verwenden. Seufzend richte ich mich auf – und fahre mit einem unterdrückten Aufschrei zusammen. Ich starre direkt in das Gesicht eines hellblonden, sommersprossigen Jungen mit blasser Haut und seltsamen, dunkelblauen Augen.

Kapitel 9

Christopher Hayden starrte auf das Smartphone in seiner Hand. Es klingelte doch. Verflixt. Wieso hob denn niemand ab auf der Farm? Das Funknetz da oben war grauenhaft, aber dies war die Festnetznummer. Er konnte sich ausmalen, dass Shona immer noch sauer auf ihn war, weil er sie beim Wort genommen hatte. Darum hatte er sich keine großen Gedanken gemacht, dass er sie nicht auf dem Handy erreichen konnte und sie ihn beharrlich nicht zurückrief. Sie musste sich ausschmollen, und das gestand er ihr zu. Sie hatte das Temperament ihrer Mutter geerbt, ein paar Tage noch, dann würde sie einsehen, dass sie an der ganzen Situation nicht unbeteiligt gewesen war. Er sah, dass sie seine Textnachrichten gelesen hatte – eine stille Übereinkunft zwischen ihnen, die ihn beruhigt hatte.

Bis heute Morgen.

Er hatte sich eingeredet, dass in allem immer etwas Gutes steckte. Dass es allerhöchste Zeit war, dass sie ihre Familie neu und selbst kennenlernte, wenn auch die Umstände, die dazu geführt hatten, nicht die schönsten waren. Meghan hatte in ihrem Brief ein paar wichtige Wahrheiten ange-

sprochen. Er hatte nicht das Recht, seinen Schmerz über Shonas Zukunft zu stellen. Es waren viele Dinge gesagt worden, in der Zeit kurz nach Mhairis schrecklichem Tod. Sie alle hatten neben sich gestanden, und jeder hatte seine eigenen Wege, mit Trauer und Leid umzugehen. Seinen hatten die Fitzgibbons ebenso wenig verstanden wie er ihre Ansätze. Wenn es ihnen half, mit Mhairis Tod besser klarzukommen, dann war es wohl in Ordnung. Aber damals hatte er diese absurden Geschichten, die sie immer wieder erzählt hatten, einfach nicht ertragen können – und er wollte heute noch nichts von diesem Blödsinn hören.

Er seufzte.

Ohne Mhairi war die Kluft zwischen ihm, dem Lowlander aus der Stadt, und den Fitzgibbons wieder aufgebrochen, tiefer denn je. Traditionsverbunde, wortkarge, abergläubische Hinterwäldler, die an Irrlichter und blutrünstige Wassergeister glaubten. Und ausgerechnet ihnen hatte er jetzt seine einzige Tochter anvertraut!

»Du bist so ein Idiot, Christopher Hayden!«

Ob etwas passiert war? Er hätte Shona niemals allein nach Schottland reisen lassen dürfen.

Man sagte, die Zeit heile alle Wunden. Aber das stimmte nicht. Sie lullte einen nur ein, breitete eine Decke über den Schmerz, wie Schnee auf einer gefrorenen Landschaft. Trügerische Patina, die Schutz versprach, und unter der man erfrieren konnte. Wenn sie einen nicht schweißnass aus Albtraumnächten hochschrecken ließ.

Stöhnend rieb er sich mit den Handflächen übers Gesicht und schüttelte den Kopf. »Hör auf damit, Chris!«

Die Fitzgibbons waren herzensgute Menschen, und die

Stadt war tausendmal gefährlicher für Shona, wenn er es rational betrachtete. Trotzdem wollte das mulmige Gefühl in seiner Magengegend nicht weichen. Ganz genau: Shona war ein Stadtkind, ob sie es wahrhaben wollte oder nicht. Sie hatte keine Ahnung von der rauen Natur der Highlands, von den plötzlichen Wetterumschwüngen da oben, weiß der Kuckuck, in was für Gefahren sie sich durch ihre Sturheit und den ihr eigenen unbedarften Leichtsinn gerade hineinmanövrierte. Irgendwas stimmte nicht. Rational oder nicht – er spürte, dass sich da oben etwas zusammenbraute.

Wütend funkelte er sein Telefon an. »Herrgott noch mal, heb doch endlich einer ab!«

Der Junge blickt mich genauso vorsichtig abwartend an wie ich ihn. Er ist einen halben Kopf größer als ich, etwa in meinem Alter und nass bis auf die Haut. Seine Jeans hat definitiv schon bessere Tage gesehen, und das gilt auch für das zerknitterte Hemd und die Sneaker. Aus seinen verwuschelten blonden Haaren perlen kleine Tropfen und sickern sofort in den Stoff.

»Hi«, sage ich lahm. Das ist jetzt unsere zweite Begegnung. Wer ist das? Müsste er mir Angst machen? Wir sind immerhin ganz allein hier draußen. Habe ich mein Messer eingesteckt, als ich mich umgezogen habe? So ein nasser Karton ist keine besonders imposante Waffe.

Der Regen wird immer stärker, und der Wind frischt wieder auf. Vom Meer treiben dunkle Wolkenberge herein. Das Wetter schlägt um.

Er nickt. »Nasses Wetter heute, oder?«

»Es braut sich was zusammen«, antworte ich.

»Wieso hast du den Fasan angemalt?« Er fragt es ohne Unterton, ganz schlicht.

»Wieso geht dich das was an?«

»Tut es nicht. Aber ich mag Tiere.«

»Und Leute erschrecken, wie es aussieht.«

»Tut mir leid.« Seine Mimik verändert sich, scheu sieht er an mir vorbei.

»Schon gut«, antworte ich widerwillig.

»Wie heißt du?«

»Shona. Und du?«

Er zögert kurz und legt den Kopf schief, als würde er überlegen, ob er mir genug vertrauen kann, um mir seinen Namen preiszugeben.

»Cuan«, sagt er bedächtig, blickt mir direkt ins Gesicht, und seine Augen ziehen mich magisch an. Sie kommen mir vage vertraut vor, und gleichzeitig bin ich mir sicher, dass ich solche Augen noch nie zuvor bei einem Menschen gesehen habe.

Ich schlucke trocken. Mein Herz klopft so laut, dass es mir peinlich ist.

»Cooler Name. Was bedeutet der?«

»Ozean«, antwortet er knapp, wobei er mich immer noch so aufmerksam ansieht, als ob er mich studieren würde.

»Ich habe dich schon mal gesehen, oder? Gestern. Du bist der Junge von der Weide.«

Er nickt. Immerhin gibt er es zu.

»Was hast du mit deinem Auge gemacht?«

Er streckt einen Finger aus, als ob er das Pflaster an meiner Augenbraue berühren will, und ich zucke zurück.

»Nur ein Kratzer«, sage ich unwirsch. »Stalkst du mich etwa?«

»Was ist das?«

»Einen anderen Menschen heimlich beobachten, gegen seinen Willen.«

»Wie soll man denn fragen, ob es der Person recht ist, wenn sie es nicht mitbekommt? Ist das nicht heimlich?«

»Es ist *un*heimlich! Man tut so was nicht. Hat dir das keiner beigebracht?«

Er schüttelt den Kopf. »Du hast mich doch auch beobachtet?«

»Wann?«

Über uns donnert es krachend laut. Cuan zuckt zusammen und macht einen Schritt rückwärts, beinahe, als ob er fliehen will, sich aber gerade noch zurückhalten kann. Ich halte mir die Ohren zu, genau in dem Moment, als er antwortet.

Wir sehen uns an und müssen lachen. Ganz kurz nur, bis es uns bewusst wird, dass es da nichts zu lachen gibt, mitten auf der Heide in einem aufziehenden Gewitter.

»Ich bin mit den Pferden befreundet«, sagt er. »Hazel geht es nicht gut. Sie hat Bauchschmerzen.«

Es donnert wieder. Jetzt zucke ich zusammen, weil es so nah ist und so laut. Und dann ist es, als ob jemand eimerweise Wasser über uns ausschüttet. Hastig ziehe ich mir die Kapuze über die Ohren, obwohl das jetzt auch keinen Unterschied mehr macht.

»Ins Bothy, schnell«, schlage ich vor und laufe los. Der Regen prasselt so stark auf die Wachsjacke, dass ich mein eigenes Wort kaum verstehe. Der steile Weg den Hügel hinunter ist schlüpfrig geworden, und ich muss auf jeden meiner Schritte achten.

»Wie meinst du das? Glaubst du, sie bekommt eine Kolik?«

»Ich weiß es nicht. Du musst dich um sie kümmern. Bitte.«

»Ja, natürlich«. Atemlos drücke ich die Klinke des alten Stalls herunter. »Es ist nicht abgeschlossen. Gerettet!«, rufe ich lächelnd über die Schulter.

Doch als ich mich nach ihm umdrehe, ist er weg.

Sobald es das Wetter zulässt, renne ich auf den Hof zurück. Gleich als Erstes laufe ich am Stall vorbei. Der Auslauf ist leer. Die Pferde sind offensichtlich noch auf der Weide, und ich habe mich ohnehin verspätet – schon wieder. In Erwartung eines derben Anschisses haste ich weiter, auf das Wohnhaus zu, um zumindest kurz Bescheid zu sagen. Umziehen werde ich mich erst, wenn die Pferde drinnen sind, vorher lohnt es sich nicht.

Ich frage mich kurz, ob Brodie schon allein losgestiefelt ist, da sehe ich Tante Meghan durchs Fenster. Sie sitzt im Wohnzimmer auf dem Sofa, kerzengerade, die Hände wartend im Schoß gefaltet. Der kleine Couchtisch ist für zwei gedeckt – mit Tee und Scones.

»Verdammt«, rutscht es mir heraus. Das hatte ich total vergessen.

Im Eiltempo stürme ich hinein.

»Tante Meghan, ich bin da. Tut mir leid, dass ich mich verspätet habe. Das Gewitter hat mich überrascht.«

Ich pfeffere die nassen Schuhe in die Abtropfwanne, renne

ins Zimmer – und bremse ab. Sie ist gar nicht allein. Eine ältere Frau sitzt ihr gegenüber im Sessel und mustert mich mit hochgezogenen Augenbrauen.

»Oh, hallo Shona«, bricht meine Tante das unangenehme Schweigen. »Darf ich dir meine Freundin Esther vorstellen? Ich habe sie auf einen spontanen Plausch eingeladen. Möchtest du auch einen Scone? Hol dir einfach eine Tasse und einen Teller, bist du so lieb?«

»Oh, ich, äh. Hallo … wenn es okay, ist, würde ich gerne zuerst nach den Pferden sehen. Ist Brodie schon los, um sie reinzuholen?«

Sie lächelt sanft in meine Richtung. »Ich habe ihn zu den Mackays geschickt, die Sahne war alle, und zu richtig guten Scones gehört frische Clotted Cream, so viel man will.« Demonstrativ tastet sie nach dem Schälchen auf dem Tisch, das nur noch zu einem Viertel gefüllt ist.

»Das hättest du doch am Telefon erwähnen können, Meghan. Ich hätte welche dagehabt.«

»Nein, nein, Esther. Ein bisschen Bewegung tut dem Jungen gut. Und wenn er Glück hat, trifft er unterwegs auf Matthew und lässt sich von ihm fahren. Das ist seine Zeit jetzt.« Sie dreht sich in meine Richtung. »Traust du es dir zu, die drei allein nach Hause zu bringen? Sie sind ganz brav. Die Halfter hängen in dem kleinen Metallkasten am Weidetor, damit sie vor dem Wetter geschützt sind.«

»Danke, ja, ich weiß.« Ich nicke und nehme mir zum hundertsten Mal vor, daran zu denken, es sein zu lassen. Unschlüssig bleibe ich noch einen Moment im Türrahmen stehen. Hat sie nicht gestern noch gesagt, dass sie immer genug Sahne dahat, um eine Armee zu verköstigen? Ich bin mir außerdem ziemlich sicher, dass sie ihren Bruder am Abend noch gebeten hat, die frische Schale aus dem Ofen für sie in den Kühlschrank zu stellen. Irre ich mich so sehr?

Tante Meghan zwinkert mir zu. »Na, lauf schon, ich halte hier die Stellung. Oh, und nimm den dreien eine Möhre mit. Im Gemüsefach im Kühlschrank sind welche.«

»Bin schon weg. Hat mich gefreut, Sie kennenzulernen, Esther.«

Als ich die Kühlschranktür aufziehe, bleibt mein Blick an einer Porzellanschüssel direkt auf Augenhöhe hängen. Sie ist randvoll mit Clotted Cream. Erst will ich etwas sagen, aber dann klappe ich den Mund unverrichteter Dinge wieder zu. Sie ist blind, nicht blöd, so viel habe ich schon mitbekommen. Also steckt etwas dahinter. Nachdenklich nehme ich die Möhren heraus und gehe nach draußen.

Inzwischen hat es endlich ganz aufgehört zu regnen. Zur Abwechslung wagt sich sogar die Sonne ein wenig zwischen den Wolken hervor und zaubert gleich zwei wunderschöne Regenbögen in den Himmel, die übereinander vom Ben Hope bis hinüber nach Eriboll zu reichen scheinen.

Diese Gegend möchte ich mir auch unbedingt näher ansehen. Auf der Karte sah es so aus, als ob es dort im benachbarten Loch eine Insel gäbe.

Die Pferde lassen sich tatsächlich mühelos einfangen. Ich muss ihnen nicht einmal nachlaufen, sie kommen gemächlich auf mich zugetrottet, als sie mich sehen. Cashew wiehert mir sogar zu. Ich vermute, dass sie einfach froh sind, ins Trockene zu kommen, nass wie sie sind. Aber ich freue mich trotzdem darüber.

Erleichtert bin ich vor allem, dass Hazel auf allen vier Hufen steht und mich aus ihren klaren, nussbraunen Augen ansieht. Wie eine Kolik wirkt das nicht auf mich. Soweit ich weiß, wälzen Pferde sich dann herum. Gesehen habe ich es noch nicht. Allerdings macht mich stutzig, dass sie auf dem kurzen Wegstück zum Hof hinauf mehrmals stehen bleibt und sich nach ihrem Bauch umsieht. Einmal versucht sie, sich in die Flanke zu beißen, aber dafür ist sie nicht beweglich genug. Sie schlägt mit dem Schweif, aber ich sehe keine Fliegen. Und auch Midges, diese penetranten Minimücken, die einem den Sommer im Hochland wirklich vergällen können, sind nicht unterwegs. Hat Cuan recht gehabt?

Gerade als ich das Paddocktor hinter den dreien schließe, fährt Onkel Matthew mit dem Auto in die Einfahrt.

Ich bitte ihn gestenreich, die Fensterscheibe herunterzukurbeln. Brodie sitzt auf dem Beifahrersitz, einen Krug Sahne auf dem Schoß.

»Ich glaube, mit Hazel stimmt was nicht«, platze ich heraus.

Sofort stellt Matthew den Motor aus. Brodie springt neben ihm aus dem Wagen und drückt mir die Sahne in die Hand. »Hast du ihr was Komisches zu fressen gegeben?«

»Nein! Natürlich nicht.«

»Seit wann ist das schon so?«, will mein Onkel wissen. Er legt sein Ohr an den Bauch der Stute und horcht. »Gluckert«, stellt er fest.

»Ist das gut oder schlecht?«, frage ich nervös. Himmel, wieso sind die hier oben bloß alle so einsilbig?

»Gut«, sagt er. »Erst mal.« Er nickt Brodie zu. »Geh eine Runde mit ihr spazieren. Bis sie geäppelt hat. Wenn es schlimmer wird, sag Bescheid.«

»Wieso ich?«, mault Brodie. »*Sie* hat doch …?«

»Ich habe gar nichts!«, widerspreche ich und sehe meinen Onkel an. »Habe ich nicht. Ich war nur kurz weg, um den Fasan freizulassen.«

Er nickt. »Besser, du räumst das Vogelzeug aus der Box. Vielleicht brauchen wir sie später. Und dann kannst du dich mit Brodie beim Führen abwechseln … Hast du dein Handy dabei?«, ruft er seinem Sohn nach. Brodie ist bereits losmarschiert. Er reckt den Daumen in die Höhe. Hazel schlurft mit hängendem Kopf langsam neben ihm vom Hof. Ihre knochige Hüfte schaukelt bei jedem Schritt von links nach rechts.

»Verdammte Pferde«, murmelt Onkel Matthew. »Immer was los.«

Dann legt er mir kurz eine Hand auf die Schulter und nimmt mir den Sahnekrug ab.

»Du bist nass«, stellt er überrascht fest.

»Geht schon«, sage ich.

Er geht ins Haus – und ich komme mir irgendwie dämlich vor.

Es dauert nicht lange, die Box leerzuräumen, viel war ja nicht drin. Allerdings hat es der Fasan geschafft, innerhalb einer einzigen Nacht die ganze Einstreu unbrauchbar zu machen. Ich hole mir die Schubkarre, kippe die feuchten Späne auf den Misthaufen hinter dem Stallgebäude und besorge frische. Komplett leere Boxen stimmen mich irgendwie traurig.

Als ich gerade einen Arm voller Heu aus dem Rundballen in der Stallgasse zupfen will, fängt mich Onkel Matthew ab.

»Heu gibt's heute keins mehr für das alte Mädchen«, brummt er und drückt mir eine dicke, nadellose Spritze in die Hand, die mit einer braunen Flüssigkeit gefüllt ist. »Lös bitte

Brodie ab und gib ihr das ins Maul. Pass auf dabei, klebt wie der Kautabak von Teufels Großmutter.«

»Was ist das?«

»Medizin.« Als er meinen unzufriedenen Blick sieht, ergänzt er mürrisch: »Ist pflanzlich. Hilft. Wenn nicht, muss Joe kommen.«

»Und wie lange muss sie noch spazieren gehen?« Allmählich spüre ich die Kälte der klammen Klamotten bis auf die Haut.

»Bis sie äppelt«, wiederholt Matthew seine Auskunft von vorhin, also trabe ich los. War ja auch eine blöde Frage. Wenn es einem Tier nicht gut geht, dann muss alles andere warten.

»Na endlich.« Brodie drückt mir sofort den Strick in die Hand. »Nicht stehen bleiben. Nicht fressen lassen. Wenn es ihr besser geht, kommst du zurück. Wenn es schlimmer wird, auch.«

»Und was mache ich hiermit?« Ich halte die klebrige Spritze hoch.

Brodie steckt sich die Hände in die Hosentaschen und deutet mit dem Kinn in Richtung Pferdemaul. »Das muss da rein. In den Maulwinkel. Noch nie gemacht?«

Ich schüttele den Kopf und verwünsche zum hundertsten Mal den schicken Reitstall in London, in dem man gut reiten lernt, aber nichts über den richtigen Umgang und die Pflege von Pferden.

»Okay, ich zeig's dir.«

Seufzend bequemt er sich, die Hände wieder aus den Taschen zu nehmen, nimmt den Strick zurück und bedeutet mir mit einem weiteren Kopfnicken, es zu versuchen. »Eine

Hand an den Kopf, am besten den Arm über die Nase, als ob du aufhalftern willst. Sie ist brav dabei. Hazel weiß ja, dass es ihr guttut.«

Er streichelt der Stute über die Stirn, zwirbelt ihren Schopf zwischen seinen Fingern und ordnet die wirren, immer noch nassen Strähnen sanft in die Mitte ihres Gesichts.

Dann räuspert er sich, als ob es ihm peinlich wäre, dass ich den zärtlichen Ausdruck in seinem Gesicht gesehen habe. »So, jetzt du. Ist nicht schwer.«

Wir tauschen die Plätze, und ich lege behutsam meine Hand um Hazels Nasenrücken, so wie mein Cousin es mir gezeigt hat. Ihre großen braunen Augen gucken schmerzerfüllt.

»Gleich geht's dir besser«, flüstere ich und schiebe ihr langsam die Flüssigkeit ins Maul.

Sie schluckt schmatzend und stülpt anschließend flehmend, mit einem angeekelten Gesichtsausdruck die Oberlippe nach außen.

»So widerlich?«, frage ich und wende mich an Brodie. »Was ist da drin?«

»Kräuter und Öle«, erklärt er schulterzuckend. »Mit Sicherheit Fenchel und Kümmel, Angelikawurzel, Schafgarbe ... Tante Meghan stellt die Mischungen selbst her und kocht das Zeug ein. Hier oben hat jede Familie ihre eigenen Rezepte.« Er zögert einen Moment. »Du darfst nicht glauben, dass Dad dir nichts zutraut mit den Pferden. Aber als das mit Meghan passiert ist, und dann noch die Sache mit deiner Mum ...«

»Was haben denn die Pferde damit zu tun?«

Er sieht mich überrascht an. »Das weißt du nicht?«

Ich schüttele den Kopf. In meinem Magen ballt sich ein

Klumpen zusammen. »Dad hat nie mit mir darüber geredet. Ich weiß nur, dass es einen tödlichen Unfall gab. Tante Meghan ist verletzt worden, und Mum starb.«

Brodie zieht die Augenbrauen hoch, über sein Gesicht huscht ein Schatten. Er weicht meinem Blick aus, tippt mit einem Fuß in einen Klecks des klebrigen braunen Kolikmittels und malt mit der Stiefelspitze Muster auf den steinigen Boden.

»Was?«, bohre ich nach. »Bitte sag es mir. Ich kann damit umgehen.«

Er windet sich. Und dann zieht er mir mit einem Satz den Boden unter den Füßen weg. »Die Leute sagen, deine Mum hat sich umgebracht und dabei Tante Meghan zum Krüppel gemacht. Als ob du das nicht ... «

Mir wird schlecht. Ich bekomme keine Luft mehr. Kopfschüttelnd kralle ich mich in Hazels Mähne. Hätte Brodie mich in den Magen geboxt, wäre der Effekt nicht weniger schmerzhaft. »Nein, das kann nicht sein«, wispere ich.

»Shona? Du wusstest wirklich nichts davon? Oh, Scheiße«, flucht er erschüttert. »Verdammt, das tut mir leid. Wieso muss ich es sein, der dir das sagt? Alles okay? Cousinchen?« Behutsam berührt er mich am Arm.

»Ja.« Ich nicke benommen. Dann schüttele ich den Kopf. Nichts ist okay. Natürlich nicht. »Wie?«, presse ich erstickt hervor. Mehr bringe ich nicht heraus.

Brodie mustert mich besorgt. »Bist du sicher, dass ...?«

»Ja!«, funkele ich ihn an.

»Okay.« Er nickt betroffen. »Es ist lange her, und vielleicht stimmt es ja auch gar nicht. Nicht alles, meine ich. Niemand redet wirklich offen darüber. Alles, was ich weiß, ist, dass

Meghan wohl verhindern wollte, dass deine Mum ins Wasser geht. Sie ist ihr mit Hazel hinterhergeritten und hat versucht, sie aufzuhalten. Dabei ist es passiert.«

»Was genau?«, frage ich heiser, während ich den Würgereiz in meiner Kehle hinunterkämpfe. Vor mir sehe ich meine Mutter, die in die eisigen Fluten des Nordatlantiks watet. Das kann nicht sein! Das stimmt nicht! Wieso? Wieso sollte sie das tun? Und mich und Dad allein lassen? Meine Augen brennen. Ich lehne mich mit meinem ganzen Gewicht an den nassen Pferdekörper, und trotzdem habe ich das Gefühl, sämtlichen Halt zu verlieren.

»Dad sagt, der Hengst hat Tante Meghan getreten. Sie ist gestürzt, und seitdem sitzt sie im Rollstuhl und ist blind. Und deine Mum ist ins Wasser geritten und nie mehr aufgetaucht.«

Ich starre Brodie fassungslos an. Meine Mutter ist schuld an Tante Meghans Zustand? Allmählich begreife ich, wieso alle hier so zwiegespalten über meinen Besuch sind. Aber … geritten? Ins Wasser? »Was für ein Hengst denn?« Schnell rechne ich in der Zeit zurück. »Cashew?« Das würde immerhin Onkel Matthews seltsames Verhältnis zu den Ponys erklären.

»Nein. Irgendein Wildpferd, angeblich ein Riesenvieh, Kaltblut vermutlich – eine Ausgeburt der Hölle mit Feuermähne und glühenden Augen, wenn du Tante Meghan fragst.« Ein verlegenes Lächeln huscht ganz kurz über sein Gesicht. »Was weiß ich. Ich war damals ein kleines Kind, genau wie du.« Er mustert mich, und sein schmerzerfüllter Blick sagt das, was auch mir im Kopf herumgeht: Meine Anwesenheit hier reißt jede Menge alter Wunden auf. Bei allen. Aber ich kann doch nichts dafür!

»Hunter und Dad machen sich Sorgen um Tante Meghan. Sie wollte dich unbedingt kennenlernen, solange sie noch einigermaßen fit ist. Sie hat total gedrängelt und Dad genötigt, deinem Vater zu schreiben. Aber seit du da bist, hat sie wieder Albträume …« Brodie grinst schief. »Gut, dass sie blind ist. Du bist deiner Mum wie aus dem Gesicht geschnitten, sagt Dad.«

Da ist er wieder, der schräge schottische Humor.

»Das höre ich in letzter Zeit öfter«, murmele ich.

»Als unser Vater Hunter und mir erzählt hat, dass du kommst, dachten wir, du bleibst vielleicht ein paar Tage und nicht bis zum Herbst oder noch länger.«

»Das war auch nicht meine Idee. Das kannst du glauben.«

Zwei Sekunden lang funkeln wir uns kampflustig an. Dann schlägt Brodie als Erster die Augen nieder. »Du musst ja ganz schön was angestellt haben. Wieso bist du von der Schule geflogen?«

»Ich hab ein Problem mit Tierquälern«, sage ich und denke kurz an Tracy Rose und ihre reichen Freunde, die mir nach der Sache mit der Handtasche das Leben zur Hölle gemacht haben. »Kann sein, dass ich es ein bisschen übertrieben habe. Sie haben mir in der Schule was untergeschoben, um mich loszuwerden. Ich hatte keine Chance.«

»Du hast dich nicht gewehrt?«

»Ich wollte eh weg von da«, ich zucke mit den Schultern. »Alles oberflächliche Bitches und ständig Lärm und schlechte Luft.«

Brodie sagt nichts, er streichelt Hazel, während wir langsam nebeneinander weitergehen.

»Wo kann dieses Pferd hergekommen sein? Und wieso

Feueraugen? Was weißt du noch über die Sache?«, wechsele ich noch einmal zum Thema zurück.

»Nichts.« Er blockt ab. Als hätte jemand einen Schalter umgelegt, ist er plötzlich wieder so verschlossen wie ganz am Anfang, als ich angekommen bin. Er klopft Hazel auf die Kruppe und schnalzt, damit sie ein bisschen Tempo zulegt. »Tante Meghan lebt in ihrer eigenen Welt voll albernem Märchenkram und alten Mythen und regt sich schnell auf. Genau wie Dad, aber anders. Ich möchte nur, dass du verstehst, wieso er ... Es kommt bei allen hier 'ne ganze Menge hoch, dadurch dass du da bist. Sie war damals eine ganze Weile in der Klinik, wegen der Nerven. Fang nicht mit Fragen an, die zu nichts führen und nur schlimme Erinnerungen bei ihr triggern, klar? Es gibt keine wilden Kaltblüter hier draußen. Schon gar keine übernatürlichen. Und wenn du doch ein Monster siehst, dann halte um Himmels willen Meghan gegenüber die Klappe und sag es Hunter, Dad und mir.«

Damit dreht er sich um und stapft zum Hof zurück.

Hazel schubbert sich mit dem Kopf an meiner Schulter. Ich löse meine in ihre Mähne gekrallten Finger und streichele ihr abwesend über den Hals.

Mir ist eiskalt. Ich weiß gar nicht, was mich mehr schockt. Tante Meghan ist blind und sitzt im Rollstuhl, weil sie versucht hat, meine Mutter zu retten? Mum hat sich umgebracht? Mit einem Clydesdale? Was sollte das sonst für ein riesiges Pferd gewesen sein?

Kapitel 10

Jetzt kannte er ihren Namen. Und mehr noch. Sie hatten miteinander gesprochen! Cuan lächelte noch immer in sich hinein, als er seine durchweichte Kleidung zum Trocknen zwischen den Bäumen aufhängte.

Er hatte Holz gesammelt und ein paar trockene Torfbrocken in einem leer stehenden Croft house gefunden. Es gab viele solch verlassene Häuschen in den Highlands, Überbleibsel aus vergangenen Jahrhunderten, die heute Wanderern, fahrendem Volk oder teilweise sogar dem Weidevieh als Unterschlupf dienten. Er hielt sich selten dort oder in Häusern allgemein auf. Unter freiem Himmel fühlte er sich wohler, sicherer. Es steckte ihm im Blut. Im Schutz der Bäume, weit weg von der nächsten menschlichen Behausung, hatte er sein kleines Feuer entzündet. Er wusste, wie man es anstellte, dass der Rauch ihn nicht vorzeitig verriet und ungewollte Besucher anlockte. Trotzdem wurde es Zeit, nach Hause zurückzukehren, solange ihm der Weg noch offenstand. Er durfte nicht zu viel riskieren und auf keinen Fall Aufmerksamkeit erregen.

Cuan legte ein paar Stöckchen nach und wärmte seine

Hände an den Flammen. Auf einem kleinen, mit wenigen Handgriffen und ein paar Drähten gefertigten Gestell köchelte eine Gemüsesuppe, die er an dem Kiosk ein paar Dörfer weiter gegen ein Netz mit frischen Muscheln eingetauscht hatte. Die Muscheln waren sicher mehr wert, aber er hatte keine Lust gehabt, sich mit dem Besitzer des Ladens darüber zu streiten.

In den Hügeln hörte er einen Fasan rufen. Kurz fragte er sich, ob es das Tier war, das Shona freigelassen hatte. Er hatte sie gar nicht gefragt, was es damit auf sich hatte, so aufgeregt war er gewesen, dass sie tatsächlich miteinander geredet hatten. Er überlegte, ob er es riskieren konnte, noch einmal zum Hof zurückzulaufen und nachzusehen, wie es Hazel ging. Aber es war spät geworden, später als beabsichtigt. Er dachte an das Mädchen mit den sonnenuntergangsgoldenen Haaren. Ihre Augen waren meergrün. In seinem Magen rumpelte es unruhig. Ein Gefühl, das er so nicht kannte. Es war nicht nur Hunger, es hatte auch mit ihr zu tun. Seine Gedanken sprangen zu Hazel zurück. Er musste Shona vertrauen. Sie würde sich um die alte Stute kümmern.

Etwas Suppe spritzte aus dem behelfsmäßigen Topf, tropfte zischend in die Flammen und verbreitete einen würzigen Geruch, der ihm das Wasser im Mund zusammenlaufen ließ. Nur noch ein wenig Geduld, bis er essen konnte. Und dann musste er sich beeilen, nach Hause zu kommen, bevor ihn jemand vermisste und er Dinge erklären musste, für die er keine Erklärung hatte.

Außer einer namenlosen Sehnsucht.

Beim Abendessen kommen mir alle noch stiller als sonst vor. Ob Brodie etwas erzählt hat? Vielleicht liegt es aber auch einfach daran, dass Hunter nicht da ist.

Hazel geht es besser. In der Dreiviertelstunde, die ich noch mit ihr am See entlanggewandert bin, hat sie zweimal dampfende, runde Haufen abgesetzt. Alles noch mal gut gegangen also. Trotzdem gruselt mir, wenn ich daran denke, dass ohne Cuans Warnung niemand die Alarmzeichen bemerkt hätte. Aber wie konnte er davon wissen? Wieder habe ich seinen Satz im Ohr: *Ich bin mit den Pferden befreundet.* Und dann muss ich an Brodies Worte über meine Mum denken. Am liebsten würde ich hinausschreien, dass sie alle unrecht haben. Mit ihren Gedanken über mich, über Mum. Aber was, wenn es stimmt? Warum hat Dad mich so auflaufen lassen? Ohne Vorwarnung? Alle wissen Bescheid. Alle außer mir. Gibt es womöglich noch mehr dunkle Familiengeheimnisse? Hier sitze ich, am Ende der Welt zwischen blutsverwandten Fremden, wegen einer vollgepinkelten Hermès-Tasche und eines angeblich gestohlenen Hundehalsbands in meinem Spind. Und irgendwie ergibt plötzlich so vieles Sinn, was ich früher nie verstanden habe. Wieso Dad meine Fragen über Mums Tod und unsere Familie so oft abgewürgt und mich immer wieder vertröstet hat – auf »wenn ich alt genug bin, das alles zu verstehen«. Oh, Dad, ich habe so viele Fragen. Wir müssen definitiv reden! Aber erst muss ich das alles verdauen, sonst drehe ich durch. Ich atme tief ein und leere mein Wasserglas. Mich beschäftigt noch etwas anderes. Vielleicht kann ich zumindest das jetzt klären.

»Heute Nachmittag habe ich am Arnaboll einen Jungen getroffen, etwa in Hunters Alter, helle Haut, hellblonde Haare,

Sommersprossen, bisschen abgerissene Klamotten, Stoffsneaker. Kennt den jemand von euch zufällig?« Ich bemühe mich, die Frage beiläufig klingen zu lassen, aber Brodie steigt sofort dankbar darauf ein und foppt mich gutmütig. Ganz offensichtlich kann er das drückende Schweigen genauso schwer ertragen wie ich.

»Ohhh«, macht er, zwinkert mir zu und klimpert mit den Wimpern. »Schon dein Herz verloren?«

»Wer soll das denn gewesen sein?«, fragt Matthew, bevor ich kontern kann.

»Das frage ich euch ja. Ein Junge aus Hope oder Heilam vielleicht?«

»Die Beschreibung trifft auf ein Dutzend Jungs in meiner Klasse zu, aber auf niemanden in der Gegend«, sagt Brodie schulterzuckend und widmet sich dem Teller mit frisch geräucherten Forellen aus dem See, der vor ihm auf dem Tisch steht.

Für mich gibt es mal wieder Kartoffeln, Salat und Soße. »Du warst am Feenhügel?« Tante Meghan fragt es leise. Aber das genügt, damit ein Alarmglöckchen in mir zu bimmeln beginnt. Mist – Hunter hat mich ja gewarnt.

»Hat er dir seinen Namen verraten?« Auch Matthews Blick kommt mir auf einmal durchdringender vor.

Kreuzverhör. Ich beiße mir auf die Zunge und zerquetsche bedächtig ein Stück Kartoffel mit der Gabel auf meinem Teller.

»Nein«, lüge ich. Irgendwie habe ich das ganz blöde Gefühl, dass ich nichts über die Begegnung hätte verraten sollen – und meinen Cousins mehr vertrauen. »Vielleicht war es auch einfach nur ein Wanderer … Er hat mich nach dem Weg gefragt.«

»Na bitte«, sagt Brodie mit vollem Mund. »Niemand von hier. Erst denken, Cousinchen.« Er sieht mich nicht an, während er sich die dritte Kelle Kartoffeln auf den Teller lädt, aber ich verstehe den Hinweis.

»Aber bei dem Wetter?«, fragt Tante Meghan prompt nach. »Mit solch unpassendem Schuhwerk? Der nächste Fish-and-Chips-Laden ist eine Dreiviertelstunde mit dem Auto von hier entfernt. Womöglich ein Tourist aus der Großstadt. Oje, hoffentlich kommt er zurecht.«

»Er machte den Eindruck«, sage ich schnell.

»Vielleicht war's ein Traveller. Hat der alte Hanson nicht gesagt, dass er neulich welche von seinem Grund verscheucht hat?« Brodie wirft seinem Vater einen fragenden Blick zu.

»Was sind Traveller?«, frage ich.

»Fahrendes Volk«, erklärt Tante Meghan. »Sie haben keinen festen Wohnsitz und verdingen sich manchmal als Gelegenheitsarbeiter auf den Höfen. Die Leute hier oben haben eine Menge Vorurteile gegenüber Fremden und möchten nicht viel mit ihnen zu tun haben. Aber es gibt keinen Grund, jemanden abzulehnen, nur weil er eine andere Hautfarbe oder eine andere Kultur hat.«

»Das habe ich auch gar nicht gesagt«, mault Brodie.

»Und hoffentlich auch nicht gemeint«, rügt Tante Meghan.

»Wahrscheinlich hatte er irgendwo in der Nähe sein Auto geparkt«, verteidige ich Cuan unwillkürlich.

»Touristen«, sagt Matthew und trinkt einen Schluck Irn Bru, diese quietschorangefarbene, süße Koffeinlimonade, die hier oben Nationalgetränk ist. »… laufen inzwischen überall in den Highlands rum, und dann muss die Bergwacht ausrücken und sie holen.«

Ich stochere in meiner zermatschten Kartoffel herum. »Er sah ziemlich schottisch aus.«

»Spielt ja wirklich keine Rolle.« Matthew räuspert sich. »Wo bleibt unser gutes Benehmen? Wir Schotten haben immerhin auch den Ruf, sehr gastfreundlich zu sein.«

Alle essen schweigend weiter.

»Wie stellt man eigentlich das Alter bei Pferden fest?«, wechsele ich das Thema.

»Wie kommst du jetzt darauf?« Brodie starrt erst verdutzt mich, dann Onkel Matthew an. Ist das schon wieder ein Fettnapf?

»Nur so«, sage ich zögernd.

Tante Meghan sieht mit leerem Blick nachdenklich vor sich hin.

»An den Zähnen«, erklärt Matthew schließlich. »Die Schneidezähne schleifen sich im Lauf der Jahre immer mehr ab. Sie verändern ihre Form und auch die Stellung im Kiefer.« Er nimmt seine Hände zu Hilfe, um mir zu zeigen, was er meint. »Je flacher der Winkel, in dem sie aufeinandertreffen, je tiefer die Rillen und je ovaler die Form der Zähne, desto älter ist das Tier.«

Ich nicke. »Danke.«

Die Haustür geht, und zwei Minuten später rutscht Hunter an den Tisch. »Irgendwas passiert?«

»Hazel hatte 'ne Kolik«, erklärt Brodie.

»Und wie geht's ihr jetzt?« Hunters Blick fliegt kurz zu mir, als wollte er abchecken, ob ich etwas damit zu tun habe.

Brodie zuckt mit den Schultern. »Geht so, schätze ich. Noch mal Glück gehabt.«

Tante Meghan räuspert sich und tupft ihre Mundwinkel

mit einer Serviette ab. »Shona, wollen wir vielleicht eine Partie Schach spielen? Oder Dame? Oder hast du noch Hausaufgaben zu erledigen?«

Ich spüre Hunters Blick auf mir ruhen, als ich mich ihr zuwende. »Ein andermal liebend gern. Ich würde mich freuen, wenn du es mir beibringst«, erwidere ich, und das meine ich wirklich so. »Aber jetzt würde ich gern erst mal heiß duschen.«

Ihr Messer klirrt, als sie es auf den Teller fallen lässt und nach meinem Rücken und meinen Ärmeln tastet. »Kind! Hattest du etwa die ganze Zeit diese feuchten Klamotten an? Matthew! Fällt dir so etwas nicht auf?«

Sie gibt meinem Onkel keine Gelegenheit, etwas zu erwidern. »Husch, husch, Shona. Leg dich in die Wanne, und danach gehst du gleich ins Bett, damit du wieder richtig warm wirst. Brodie bringt dir eine Tasse Tee rauf, nicht wahr?«

»Natürlich, Auntie«, antwortet Brodie honigsüß. Dass er dabei die Augen verdreht, sieht sie ja nicht.

Mitten in der Nacht werde ich wach. Einen Augenblick lang bleibe ich auf dem Rücken liegen und lausche ins Dunkel. Im Haus ist alles still. Die anderen schlafen längst. Und doch hat mich irgendwas geweckt. Ich muss nicht aufs Klo, ich habe keinen Durst, ich habe nicht schlecht geträumt. Habe ich überhaupt etwas geträumt? Doch, da waren wieder diese Bilder. Am Strand. Der Schimmel und ich. Diesmal standen wir uns gegenüber. Ich habe meinen Arm ausgestreckt und ihm die Hand zum Schnuppern hingehalten. Der Hengst hat geschnorchelt, die Nüstern gebläht und mit dem Vorderhuf in den Sand gestampft. Dann ist er zögernd einen Schritt näher gekommen. Und noch einen. Auf einmal hatte ich Brodies Gesicht vor Augen. »Bei Tisch vermeiden wir Gespräche über Pferde.« Das hat er mir eingeschärft, als er mir den Tee brachte.

Und da bin ich aufgewacht.

Ich richte mich auf, schlage die Decke zurück und blicke zum Fenster. Es ist nicht mehr als der Hauch einer Ahnung, der mich aufstehen und die Gardine beiseiteziehen lässt. Das Gefühl, als ob mich jemand gerufen hätte, in der Sekunde, bevor ich wach wurde. Jemand – oder etwas.

Irgendwer ist da draußen. Und dann sehe ich ihn, den weißen Hengst. Wie in der letzten Nacht. Ist das wirklich erst gestern gewesen? Seine helle Silhouette hebt sich beinahe übernatürlich leuchtend vom Grau der Umgebung ab. Mähne und Schweif werden vom Nachtwind aufgebauscht. Er scheint auf etwas zu warten. Auf mich? Unwillkürlich hebe ich die Hand und winke ihm zu. Es ist so surreal, aber er scheint tatsächlich nur auf ein Zeichen von mir gewartet zu haben. Denn jetzt dreht er sich um und schreitet gemächlich in Richtung See hinunter. Mir fällt auf, dass er noch immer leicht lahmt. Von hier aus wirkt es allerdings schon viel besser.

»Ich schaue mir das lieber mal aus der Nähe an«, murmele ich zu mir selbst, greife nach meinem Bademantel und halte kurz inne. Nein, heute Nacht bin ich schlauer und ziehe mir zumindest Strümpfe, feste Schuhe und den dicken Strickpullover über meinen Schlafanzug. Wenn mich jemand auf dem Weg in den Stall erwischt, dann wollte ich nach Hazel sehen. Und das werde ich auch tatsächlich tun.

Nach kurzer Überlegung schlüpfe ich auch noch in meine Jacke. Sollte der Hengst da draußen wirklich auf mich warten, dann will ich die Gelegenheit nutzen und ihm noch mal was von dem Spray auf die Wunde sprühen – und diese Jacke hat sehr große Taschen.

Es gelingt mir, mich unbemerkt nach draußen zu schleichen. Die Wallache dösen im Auslauf. Hazel allerdings sieht mir hellwach aus der Krankenbox entgegen und blubbert freundlich. Vielleicht hat sie auch nur die Hoffnung, dass ich ihr etwas Heu bringe.

»Morgen Früh«, verspreche ich. »Das mache ich als Allererstes, noch vor dem Frühstück. Ich stell mir den Wecker, okay?« Diese Gitterstäbe sind furchtbar.

Hazel reibt ihre weiche Nase an meiner Hand.

»Ach, was soll's«, flüstere ich und husche über die Stallgasse, um zumindest eine kleine Handvoll Heu aus dem Rundballen zu zupfen. »Hunger ist ätzend. Dein Bauchweh ist längst weg, stimmt's? Aber verpetz mich nicht. Und lass um Himmels willen keine verräterischen Halme übrig.«

Im Schutz von ein paar Wolken, die der Wind vor den Mond schiebt, schleiche ich mich weiter, den rosengesäumten Weg in Richtung Pferdekoppel hinab, dorthin, wo wir uns in der vergangenen Nacht getroffen haben. Und da steht er. Der Hengst weicht einen halben Schritt zurück, als ich näher komme, zögert, beobachtet mich aus seinen dunkelblauen Augen, in denen sich die Nacht spiegelt, und macht dann einen ganzen Schritt auf mich zu. Mein Puls rast. Ich versuche, ganz ruhig stehen zu bleiben, als er ganz dicht zu mir kommt und mich beschnuppert. Meine Jacke, meine Hose, die Hände und schließlich sogar mein Gesicht. Sein warmer Atem und die seidenfeinen Tasthaare kitzeln ein wenig auf meiner Haut. Ich schließe die Augen und zwinge mich, ruhig weiterzuatmen, während er mich erforscht. Der Hengst steht ebenfalls ganz still. Fluchtbereit. Ich spüre seine Anspannung und Nervosität mindestens ebenso stark wie meine eigene. Es ist, als ob sein Blut in meinen Ohren rauscht.

Ganz sanft pustet er über meine Lippen. Unsere Atemluft zirkuliert miteinander. Ich inhaliere den Duft von frischem Gras, von würzigen Kräutern und salzigem Meer – und ihm kann ich nur das Aroma von Zahnpasta, Gesichtscreme, einen Hauch Pickeltupfer und den Waschmittelduft meines Pyjamas bieten. Ich weiß nicht, wie lange wir unbeweglich so voreinander verharren, als ob die Zeit stehen geblieben ist oder einfach aufgehört hat zu existieren.

Irgendwann, sehr viel später, öffne ich ganz langsam die Augen und linse durch meine Wimpern. Der Schimmel beobachtet mich aufmerksam. Ich habe Angst, diesen magischen Moment zu zerstören. Aber ich will mir seine Verletzung noch einmal ansehen. Er wird ja einen Grund haben, weswegen er mich herausgerufen hat. Und welcher sollte das sein, außer diesem?

»Darf ich mir dein Bein noch einmal ansehen?«, flüstere ich.

Der Hengst bewegt sich erst, als ich in Zeitlupe meine Finger nach seiner Brust ausstrecke. Da zuckt sein seidiges Fell.

Ich frage mich, ob Pferde Gänsehaut bekommen können. Bei mir fühlt es sich auf jeden Fall so an.

»Ganz ruhig, mein Schöner«, wispere ich und streiche behutsam an seinem Bein hinab. Die Verletzung sieht tatsächlich wesentlich besser aus als gestern Abend. »Wir sollten uns mal tagsüber treffen«, scherze ich. »Dann könnte ich besser sehen. Aber ich glaube, das heilt jetzt von ganz alleine.« Ich traue mich nicht, die Taschenlampe an meinem Handy anzuschalten oder das Ding überhaupt aus meiner Jackentasche herauszuklauben. Ich will nichts tun, was ihn irgendwie erschrecken könnte. Mein Blick bleibt an seinen Hufen haften. Sie sind wirklich enorm groß. Ich schlucke. Was mache ich hier eigentlich?

Der Schimmel senkt den Kopf. Er pustet mir in den Nacken, und mein erster, peinlicher Gedanke ist, dass ich keine Chance hätte, wenn er jetzt zuschnappen würde. Gleich danach muss ich urplötzlich wieder an das denken, was mir Brodie über den Unfall meiner Tante und über meine Mutter erzählt hat.

»Selbstmord.« Irgendwie wagt sich das Wort über meine Lippen. Der Hengst schnaubt, vielleicht jagt ihm der raue Klang meiner Stimme Angst ein. Das Wort kann es ja nicht sein.

»Es gibt Gerüchte, meine Mutter hätte sich umgebracht«, erkläre ich ihm. »Brodie hat das erzählt. Und dass Tante Meghan deswegen … Aber ich kann es nicht glauben. Ich meine … ich war noch so klein. Eine Mutter lässt doch ihr Kind nicht im Stich, oder? Dad hat immer betont, dass sie uns sehr geliebt hat. Er hätte mir das doch erzählt, wenn …« Ich breche ab, weil mir die Stimme versagt. Wieder beobachtet mich der Schimmel einfach nur. Seine großen dunkelblauen Augen, in denen sich ein ganzer Ozean befindet, ruhen stumm auf mir, und ich habe das Gefühl, ich könnte ihm alles sagen. Aber ich weiß nicht, wie ich in Worte fassen soll, was mich bewegt, tief in mir drin.

»Du hast recht«, murmele ich. »Wahrscheinlich hätte er es nicht getan. Wie soll man denn seiner Tochter erklären, dass …« Vielleicht stimmt es ja auch gar nicht. Es wird viel getratscht. Aber was auch immer an diesen Gerüchten dran ist – jetzt bin ich alt genug für die Wahrheit. Ob das auch ein Grund war, weshalb Dad mich hierhergeschickt hat? Hat er unbewusst gehofft, dass ihm jemand den Job abnimmt? Oder hat er es gefürchtet? Ich hab ihm angesehen, dass es ihm nicht leichtfiel, mich gehen zu lassen. Kein Wunder. Oh Gott, die arme Tante Meghan! Meine Gedanken springen wild durcheinander. »Weißt du, was das für ein Scheißgefühl ist, wenn einem jemand so was aus heiterem Himmel eröffnet? Ich würde mich echt gern irgendwohin beamen, einfach weg sein. Aber wohin? Hier ist weit und breit nichts außer ein paar Farmen und Fischerhäuschen«, bricht es aus mir heraus. »Das nächste Dorf ist neun Meilen entfernt, und das hat den Namen nicht mal verdient. Es gibt keine einzige Stadt in dieser ganzen Grafschaft. Theoretisch finde ich das sogar ziemlich cool. Es ist nur alles immer noch so … fremd! Vielleicht hätte ich die Chance nutzen und mit diesem Jungen abhauen sollen, mit Cuan. Womöglich hat er wirklich ein Auto hier irgendwo? Gott, ich hoffe so, dass ich ihn wiedertreffe. Ich meine, Tante Meghan ist echt nett und sie geben sich alle Mühe, sogar Brodie und Hunter, und nach dem, was ich jetzt weiß … aber das ist alles so schrecklich vorbelastet. Ich fühle mich gerade echt besch …«

Der Hengst schnaubt. Feine Tröpfchen stieben auf meine Jacke, und ich muss lächeln, trotz des Kloßes in meinem Hals und der Tränen, die ich kaum noch zurückhalten kann, weil ich mir so unsagbar verloren vorkomme.

Ganz langsam macht er einen Schritt auf mich zu und legt behutsam seinen Kopf über meine Schulter. Ich wage kaum weiterzuatmen.

Ich stehe jetzt so dicht vor ihm, dass ich nur die Hände ausstrecken bräuchte und ... Da kommt er mir die letzten Inches entgegen. Unsere Körper berühren sich. Ich halte die Luft an. Dann schlinge ich die Arme um den Hals dieses mächtigen Tieres und vergrabe mein Gesicht in seiner Mähne. Sie riecht nach Algen und Meer und irgendwie nach Fisch. Aber das ist mir ganz egal. Zum zweiten Mal, seit ich in Schottland bin, fange ich einfach an zu weinen. Und wieder ist es ein Pferd, dem ich von meinem Kummer erzähle und das mir seinen Trost anbietet, ohne irgendetwas als Gegenleistung dafür zu verlangen. Vielleicht ist das der Grund, weshalb ich mich trotz aller Widrigkeiten immer stärker fühle, als würde ich hier hingehören, unter die Weite dieses Himmels mit seiner salzigen Luft und den endlosen Hügeln darunter.

Kapitel 11

Cuan warf sich im Schlaf von einer Seite auf die andere. Er träumte. Träumte von dem weißen Hengst und von dem Mädchen mit den meergrünen Augen.

Sie standen sich gegenüber. Nicht am Loch Hope, sondern am Meer. Er hörte die Brandung gegen die Klippen donnern und sah Schaumkronen auf den Wellen tanzen. Der Wind zerzauste ihre Haare, bauschte ihr Kleid auf und zerrte an den Leggins, die sie darunter trug.

Zögernd hielt sie dem Hengst ihre flache Hand hin. Das mächtige Tier trat einen Schritt auf sie zu, schnupperte daran, flehmte und ließ seine imposanten Schneidezähne sehen. Shona hatte keine Angst. Sie kletterte auf einen der Felsen, und der Schimmel trat bereitwillig neben sie, um sie auf seinen Rücken steigen zu lassen.

»Tu es nicht«, murmelte Cuan im Schlaf. »Shona. Nein. Es ist gefährlich.« Sie hörte ihn nicht. War das überhaupt Shona? Oder sah das Mädchen nur aus wie sie? Was bedeutete das alles?

Schweiß stand ihm auf Stirn und Oberlippe. Seine Haare lagen feucht an den Schläfen.

Shona hörte ihn nicht. Natürlich nicht. Wie festgewachsen thronte sie auf dem Schimmel. Wie eine Königin.

Der Hengst galoppierte an und feiner, heller Sand spritzte unter seinen Hufen davon. Shona beugte sich tief über seine lange Mähne. Sie war das Einzige, woran sie sich festhielt.

Er hörte die dumpf trommelnden Hufe, nahm im Traum überdeutlich die Erschütterung auf dem Strand wahr, den Rhythmus der schneller werdenden Galoppsprünge.

Cuan keuchte im Schlaf. Sein Herzschlag beschleunigte sich. Er spürte die immense Kraft des Tieres, die Beine des Mädchens auf seinem Rücken wirkten zart wie eine Feder.

Es war, als könnte er die Gedanken des Schimmels lesen, den Drang, noch schneller zu laufen und sie zu tragen. Bis ans Ende der Welt. In seine Welt. In die Freiheit.

Der Hengst blähte die Nüstern und nahm Witterung auf. Den Duft des Mädchens, den des Meeres.

Cuans Brust brannte.

Eine Melodie entstand, als die Hufe des riesigen Kaltbluts das Wasser berührten. Ein trauriges Lied, sehnsuchtsvoll und wild, das ihre Herzen umwebte, auch das seine, obwohl er nur der Beobachter war in diesem Traum. Das war er doch, oder? Mehr nicht. Er konnte nichts tun, als weiter zuzusehen.

Wie im Rausch schlug der Schimmel jetzt mit der jungen Frau auf seinem Rücken einen Bogen, hielt direkt aufs Meer zu. Mit seinen Hufen zerteilte er die Wellen, stieß sich ab und schwamm mitten hinein in die aufgepeitschte See. Er war es, der sang, erkannte Cuan. Er sang für sie. Sang sie mit sich hinaus. Bat die See, sie beide aufzunehmen und einzulassen in das verbotene Reich hinter den Nebeln, auf seine Insel.

Cuan fühlte ihre Überraschung, die plötzliche Angst. Aber es war zu spät. Die Wellen schlugen über ihnen zusammen. Er hörte ihr Gurgeln, als sie nach Atem rang. Dann riss die Melodie ab.

Verstört und schweißgebadet wachte Cuan auf.

Der Vorteil, wenn man am Ende des Schuljahres in eine neue Klasse kommt, ist, dass es zumindest kaum noch Hausaufgaben und keine Arbeiten mehr gibt, für die man lernen muss.

Meine Hoffnung, auch tagsüber Zeit allein draußen in den Hügeln verbringen zu können und vielleicht herauszufinden, woher dieser Hengst stammt, wird allerdings schnell zunichtegemacht.

Onkel Matthew verdonnert Brodie und mich in den nächsten Tagen dazu, Unkraut in den kleinen Gemüsebeeten vor dem Haus zu jäten und die Brombeerhecken zurückzuschneiden, die die Koppelzäune und den Obstgarten überwuchern. Tante Meghan löst mich zwar jedes Mal spätestens nach einer Stunde aus und gibt vor, dass sie irgendetwas braucht. Allerdings bin ich mir nicht sicher, ob es lieb gemeint ist – oder ob sie einfach nur einen eleganteren Weg als Matthew gewählt hat, mich nicht zu lange allein zu lassen. Seit ich das Gespräch auf Cuan gebracht habe, kommt es mir so vor, als würden sie noch mehr auf mich aufpassen als vorher.

Ich glaube, Tante Meghan fällt selbst auf, wie albern das ist. Was soll mir hier schon passieren? Dann bittet sie mich, den Pferden übrig gebliebene Möhren oder Äpfel zu bringen, oder schickt mich zum Spazierengehen mit Hazel, damit die alte Stute mal wieder etwas anderes sieht. Die Ponys bürsten, ihnen kleine Tricks beibringen. Sie hält mir den Rücken frei für diese kurzen Auszeiten mit den Pferden – sie weiß, wie gut mir das tut. Hinterher soll ich ihr dann haarklein alles erzählen. Tauchen allerdings Matthew oder einer meiner Cousins auf, wechselt sie rasch das Thema – und ich spiele mit. Es kann nicht schaden, eine Verbündete zu haben.

Dad hat ein paarmal übers Handy versucht, mich zu erreichen. Ich habe es auf dem Display gesehen, meistens zu spät. Aber ich bin noch nicht so weit, mit ihm zu sprechen. Wo soll ich da anfangen, und wie – ohne dass wir uns gleich wieder streiten? Diese Sache mit Mum, das ist erst recht nichts fürs Telefon. Und doch muss ich ständig daran denken.

»Was hat mein Vater euch eigentlich genau erzählt?«, platze ich irgendwann heraus, als ich zu Tante Meghans Füßen auf dem Wohnzimmerteppich hocke und damit beschäftigt bin, verhedderte Wollknäuel zu sortieren und aufzuwickeln. Mizzy, die scheue Tigerkatze, hat sich in einem unbeobachteten Moment hereingeschlichen und damit gespielt.

Es ist der vierte offizielle Sommerferientag. Von draußen pladdert Landregen gegen die Scheiben und läuft in dicken Schlieren daran herunter. Man meint, die Welt würde untergehen, aber hier drin verbreitet der kleine Ofen in der Ecke das würzige Aroma von Torf und den knackenden dürren Ästen, die ich vor ein paar Tagen unter der Anleitung meiner Tante aus den Rosenbüschen geschnitten habe.

»Was meinst du, Liebes?«

»Über mich. Den Grund, weswegen ich …«

Sie zieht die Augenbrauen in die Höhe. »Nun … er sagte, dass du an deiner letzten Schule sehr unglücklich warst und dir ein wenig Abstand von der Großstadt womöglich …«

»Bullshit«, platze ich heraus. »Ich bin geflogen. Ich weiß, dass du das weißt. Brodie hat mich darauf angesprochen. Darum passt ihr auf mich auf, als könnte ich nicht bis drei zählen. Und die Rektorin in Bettyhill hat mir gleich am ersten Tag freundlich zu verstehen gegeben, dass ich mich anstrengen muss, damit ich in der wunderschönen *Farr High* mein neues Zuhause finde.« Ich ahme ihren säuselnden Tonfall nach.

Tante Meghan geht nicht darauf ein. Sie neigt den Kopf ein wenig in meine Richtung. Ihr Blick geht ins Leere, und doch trifft er mich, unaufgeregt, ohne zu fordern. »Mich würde deine Sichtweise der Dinge interessieren. Es ist völlig in Ordnung, wenn du nicht darüber reden magst, aber da du das Thema angeschnitten hast – wie kam es dazu?«

»Ich habe weder geklaut noch gestohlene Sachen weiterverkaufen wollen, falls du das meinst«, antworte ich patzig. »Sie hat mir das Zeug untergeschoben.«

»Wer? Und aus welchem Grund?« Sie fragt anders als die Rektorin oder Dad. Weder verhörend noch resigniert, einfach nur interessiert. Aber das ändert nichts. Ich sehe zu Boomer, dem alten Hütehund, der zu Meghans Füßen auf dem Teppich liegt und schnarcht.

»Ist doch egal. Was macht es für einen Unterschied?«

»Oh. So siehst du das? Hm. Nun es ist deine Entscheidung, wie gesagt. Ich kann nachvollziehen, dass du verletzt bist. Du musst nicht darüber reden.« Sie lächelt, nimmt ihr Strickzeug wieder auf und zählt mit flinken Fingern die Maschen auf ihrer Nadel.

»Ich habe vielleicht überreagiert, aber anders hätte sie es nie kapiert.«

Ihre Lippen bewegen sich, während sie noch immer mit dem angefangenen Wollsocken beschäftigt ist.

»Tracy Rose Harthcliff ist ein verwöhntes, reiches Arschloch und eine Hundequälerin«, bricht es aus mir heraus. »Ich habe nur leider nicht bedacht, dass sie auch ziemlich gewieft und nachtragend ist und man mit Geld fast alles möglich machen kann. Sie und ihre Freunde haben mir die Sachen in den Spind geschoben. Aus Rache. Ja, ich habe ihre vollgepinkelte Handtasche über ihr ausgeschüttet und ihr später eine geknallt. An ihrem Geburtstag. Das hätte ich nicht tun dürfen. Aber das war, nachdem sie mich gebissen hat. Und die Handtasche war schon hin, bevor sie im Brunnen gelandet ist.«

»Wer hat dich gebissen? Der Hund?« Tante Meghan beugt sich aufmerksam in meine Richtung.

»Nein, nicht Lulu. Tracy Rose.« Ich streiche mir über die Daumenwurzel, wo die Abdrücke ihrer Zähne langsam verblassen. »Sie hat die Kleine mit der vollgepinkelten Handtasche … spielt ja auch keine Rolle. Jedenfalls war es nicht das erste Mal, dass sie ihre Wut an dem armen Malteserhündchen ausgelassen hat. Also bin ich dazwischengegangen.«

»Eine forsche Vorgehensweise, die nicht gut ankam«, fasst Tante Meghan sanft lächelnd zusammen.

»Sie hätte Lulu um ein Haar ertränkt. Und ihre Freundinnen standen drum herum und haben gelacht. So jemand verdient keinen Hund.«

»Tracys Eltern scheinen deine Sicht auf diese Ereignisse nicht geteilt zu haben.«

»Die waren stinksauer wegen der vollgepinkelten Hermès-Tasche – und wegen des fehlenden Halsbandes. Das war wohl noch teurer«

»Wie teuer kann denn ein Halsband sein?«

Ich kratze mich verlegen an der Nase. »Es war mit echten Brillanten besetzt. Ich dachte, es wäre Strass. Sah trotzdem total hässlich aus. Tracy Rose hat einen Höllenärger deswegen bekommen. Lulu hat es bei dem Handgemenge zwischen uns verloren. Eine von Tracys Freundinnen muss es später heimlich aus dem Brunnen gefischt und behalten haben.«

Tante Meghan sieht schockiert aus.

»Ich bin keine Diebin«, stelle ich klar.

»Nein, das hätte mich auch sehr gewundert.« Sie schmunzelt, wird aber gleich wieder ernst. »Hast du deinem Dad diesen Teil der Geschichte nicht erzählt?«

»Ich hab's versucht.«

»Und wie hat dieser Vorfall die Schule auf den Plan gebracht?«

»Sie haben mir zwei Tage später das Hundehalsband in den Spind gemogelt. Und ihr zertretenes Smartphone dazu. Tracy Rose hat behauptet, ich hätte die Sachen geklaut, und bei der Beweislage und meiner Vorgeschichte bin ich sofort vom Unterricht freigestellt worden. Wegen Diebstahl, Vandalismus und Körperverletzung. Dabei wette ich, dass sie selber auf ihr blödes Handy getreten ist.«

Tante Meghan schüttelt fassungslos den Kopf. »Und du hast die Sache auch danach nicht richtiggestellt? Wieso? Christopher hätte doch ganz sicher ...«

Ich presse die Kiefer aufeinander und bohre meine Finger in das Wollknäuel, das ich gerade aufwickele. »Dad und ich haben momentan eine schwierige Phase. Ich habe ihn … in den Wochen davor vielleicht ein bisschen überfordert. Ich hatte Probleme, mit denen ich allein klarkommen wollte – und er auch. Wir haben uns gegenseitig nicht richtig zugehört.«

Genauer gesagt war der Vorfall der Tropfen, der das Fass zum Überlaufen gebracht hat. Ich bin ein paarmal zu oft angeeckt und ausgerastet, schätze ich.

»Hast du jedes Mal Tiere gerettet?«, fragt Tante Meghan so unvermittelt, dass ich überlege, ob ich das eben laut gesagt habe. Sie weiß also auch das.

»Na ja, ich … Hast du mir Wahrheitskräuter in den Tee gemischt oder so was?«

Sie lacht amüsiert auf. »Wer weiß?«

Ich nicke verkniffen und zwinge mich zu einem gemurmelten »Sozusagen«.

»Weißt du, es kommt nie gut an, wenn man die Regeln der Gesellschaft aushebelt …«

»Die haben immer damit angefangen.«

»… und es braucht eine Menge Mut, sich darüber hinweg- und für die Schwächsten einzusetzen«, beendet meine Tante seelenruhig ihren Satz. »Aber Gewalt erzeugt immer nur neue Gewalt. Man sollte meinen, dass wir das aus der Geschichte gelernt hätten. Im Großen wie im Kleinen. Dieses Land kann ein trauriges Lied davon singen.« Sie seufzt und sieht einen Moment lang blicklos in die Ferne. »Würdest du es wieder tun?«

»Das ist eine Fangfrage, oder?«

»Ein Taschenhund, ein Fasan und meine Hazel. Du bist wirklich eine echte Fitzgibbons.« Meine Tante schmunzelt. »Wen rettest du als Nächstes?«

Ich muss an den verletzten Schimmel denken und presse die Lippen zusammen, damit ich mich nicht verrate. »Mein Nachname ist Hayden. Und ich provoziere so was nicht. Es passiert mir einfach. Das ist auch der Grund, weshalb ich nicht mehr reiten durfte. Ich habe damals die Schulpferde in den Park gelassen. Ich fand es einfach ungerecht, dass die immer nur in ihren Boxen auf die nächsten Reitschüler warten mussten. Heute weiß ich natürlich besser, dass man das nicht einfach so machen kann … wegen Hufrehe und Kolikgefahr und Radfahrern. Und wegen teuren geparkten Autos.«

Schwungvoll werfe ich das aufgerollte Wollknäuel in den Korb und fische nach dem nächsten verhedderten Strang. Dabei frage ich mich, wie Tante Meghan weiß, welche Farben zusammenpassen und wie sie sie auseinanderhält.

Boomer schreckt aus dem Schlaf hoch und sieht mich erstaunt an. Als er versteht, dass nichts weiter passiert, legt er den schweren Kopf wieder ab und döst weiter.

Tante Meghans Mundwinkel zucken. Sie legt ihr Strickzeug in den Schoß und versucht vergeblich, das Lächeln hinter einem vorgetäuschten Hustenanfall zu verstecken.

»Ich war auch mal jung, weißt du? Danke dafür, dass du so ehrlich bist. Vertrauen ist eine wichtige Basis für unser Zusammenleben. Deine Mutter – meine Schwester – du erinnerst mich in vielem an sie, weißt du. Das Ungestüme, Wilde, die Tierliebe, all das hast du von ihr. Du bist Mhairi sehr ähnlich, mo nighean.«

Ich schlucke trocken, als sie meine Mum erwähnt, und

muss ein paarmal ganz schnell blinzeln, damit ich nicht weine. Bloß schnell das Thema wechseln. »Es stimmt übrigens nicht, dass es hier oben keine Wildpferde mehr gibt«, platze ich mit dem Ersten heraus, was mir einfällt. »Ich habe eins gesehen.«

»In den Hügeln? Ach, das wird eins der Ponys von Gilliebride gewesen sein. Die knabbern sich manchmal durch den Zaun und gehen selbstständig grasen.«

Ich schüttele den Kopf. »Nein. Kein Pony. Ein großer Schimmel. Ein Clydesdale, glaube ich. So ein Kaltblut mit riesigen Hufen und einem Behang wie ein Eisbär. Das erste Mal habe ich ihn am Strand gesehen. Er war …«

»Ein Kaltblut, sagst du? Und du hast es schon öfter gesehen?« Ihre Stimme klingt eine Terz höher als sonst. Eine Stricknadel fällt ihr aus der Hand und auf den Boden. Fahrig tastet sie danach. Ihre suchenden Finger zittern. Ich beuge mich nach vorn, um die Nadel aufzuheben, und gebe sie ihr zurück.

Tante Meghan schnappt regelrecht nach meiner Hand und drückt zu. »Clydesdales gibt es nicht als Schimmel«, sagt sie eindringlich und sieht mit ihren blinden Augen durch mich hindurch. »Wir müssen es Matt sagen, wenn er wieder da ist.«

»Ich … lass mich bitte los, Tante Meghan.« Mir läuft es eisig den Rücken hinunter. Wieso habe ich ihr all das gerade erzählt? Hätte ich doch bloß auf Brodie gehört. »Dann habe ich mich wohl doch getäuscht. Tut mir leid. Ich wollte dich nicht erschrecken. Es wird ganz sicher eins von den Gilliebride-Ponys gewesen sein. So wie du gesagt hast. Er war weit weg, und ich kenne mich zu wenig mit Pferden aus …«

Widerstrebend lockert sie ihren Griff.

Das war ein Fehler, schreit es in mir, während ich mein Handgelenk reibe. Ein ganz, ganz dummer Fehler, Shona.

»Tante Meghan, ist alles in Ordnung?«

Sie nickt abwesend und umfasst das kleine Herzmedaillon an der Kette um ihren Hals. Dann lächelt sie unsicher. Ich beobachte, dass ihr Brustkorb sich immer noch heftig hebt und senkt.

»Entschuldige. Ja, ja, mo nighean. Mir geht es gut. Bitte pass auf dich auf, hörst du?«

»Natürlich, das verspreche ich dir. Vergiss es einfach, okay? Kein Grund, Onkel Matthew mit hineinzuziehen. Es war nichts. Bitte. Es tut mir leid.«

»Schon gut, mo cridhe. Ist gut … Würdest du mir ein Glas Wasser bringen?« Sie tupft verstohlen mit einem Taschentuch über ihre Schläfen und ihre Oberlippe.

Ich hole ihr das Gewünschte aus der Küche. Dabei bleibt mein Blick kurz am Kühlschrank hängen. »Wieso hast du eigentlich neulich Brodie fortgeschickt, um frische Sahne zu holen? Im Kühlschrank war noch jede Menge fertige Clotted Cream.«

»Oh, war es das?« Sie tut ahnungslos und schiebt das Taschentuch zurück in ihren Ärmel. »Nun … vielleicht schien es mir, dass wir beide ein bisschen Luft zum Atmen gebrauchen könnten.«

Ich steige auf ihren lockeren Ton ein. »Hm. Du hast also nicht Esther rübergebeten, weil ich etwas länger draußen war als beabsichtigt? Und Brodie losgeschickt, damit er es nicht bemerkt?«

»Sagen wir: nicht nur … Matt nimmt den Auftrag deines Vaters, dich zu behüten wie seinen Augapfel, vielleicht ein bisschen zu ernst.« Sie lächelt wehmütig. »Junge Mädchen brauchen Freiraum, sonst verkümmern ihre Flügel. Wer weiß das besser als ich? Du bist sehr gern bei den Pferden, oder?«

»Ja«, gebe ich zu. »Ich mag die drei, aber ...«

»Sind sie dir gut genug?« Sofort lehnt sie sich nach vorn, als ob sie jede Nuance meiner Antwort erfassen will.

»Was? Ja, natürlich. Ich verstehe nicht ...« Worauf will sie denn jetzt hinaus?

»Dann sei meine Augen, meine Beine und meine Arme«, unterbricht Tante Meghan mein Gedankenchaos. »Cashew und Hazel können dich nur noch im Schritt tragen, ein paar Yards zur Abwechslung zwischendurch. Vielleicht ist das eine ganz gute Übung, um wieder reinzukommen. Cory kannst du auch gern länger reiten. Aber sag Matthew nichts davon. Erst mal zumindest, bis ich ihm schonend beigebracht habe, dass ich es erlaubt habe. Und reite nicht zu weit in die Highlands und erst recht nicht runter ans Wasser. Auf keinen Fall.«

»Ist gut«, sage ich stirnrunzelnd.

»Shona. Diesen Clydesdale hast du dir nur eingebildet.«

»Ja, ich habe doch schon gesagt, dass ich ...«

»Lass ihn los«, fällt sie mir unvermittelt ins Wort. »Suche ihn nicht. Nie wieder.«

»Nein, ich ...«

»Er bringt dir kein Glück.« Ihr Tonfall wechselt wieder ins Unverbindliche. »Oh, und trag unbedingt eine Kappe. Du findest ganz sicher eine Auswahl in der Sattelkammer. Ich glaube nicht, dass Matt sie damals weggeworfen hat.«

»Damals?«

»Ja, nachdem ...«

»Auntie? Ist Boomer bei dir?« Hunter streckt den Kopf ins Zimmer. Sie bricht ab, aber anscheinend hat er genug gehört.

»Reitkappe? Du erlaubst ihr nicht wirklich, allein mit den Ponys rauszugehen, oder?« In seinen Augen lese ich Unglauben. »Weiß Dad davon? Ich habe keine Lust auf die nächste Suchaktion innerhalb von zwei Wochen.«

»Das muss nicht deine Sorge sein, Hunter. Suchst du nach Boomer?«

»Ich wollte ihn mit raus zu den Schafen nehmen. Zwei Lämmer sind unterm Zaun durchgeschlüpft. Ich dachte, er kann mir und Brodie suchen helfen.«

»Soll ich mitkommen?«

Hunter macht ein Geräusch, das ziemlich sicher Ablehnung ausdrücken soll und ziemlich schottisch klingt. »Zwei vermisste Schafe reichen mir.«

Wir zeigen uns gegenseitig die Mittelfinger. Allmählich passe ich mich an den rauen Ton hier oben an.

»Hunter!«, schimpft Meghan.

»Sorry«, sagt er schulterzuckend und klopft sich auf den Oberschenkel, damit der Hund ihm folgt. Weg sind sie.

»Verzeih den Jungs, wenn sie ein bisschen harsch zu dir sind«, bittet Tante Meghan. »Sie meinen es nicht böse. Für die beiden kam die Entscheidung, dich länger bei uns aufzunehmen, ebenso plötzlich wie für dich.«

»Das ist es nicht, Tante Meghan. Sie trauen mir nichts zu. Ich bin aber nicht mehr das dumme kleine Mädchen von damals. Und ich kann nichts für das, was in der Vergangenheit zwischen Dad und euch passiert ist. Oder für das mit Mum.«

»Nein, das kannst du nicht. Und niemand hält dich für dumm, Shona. Aber die Highlands sind gefährlich, wenn man hier nicht aufgewachsen ist. Es gibt unberechenbare Wetterumschwünge und manche Dinge … Du hast keine Ahnung von den Gefahren, die hier lauern. Gerade für hübsche, junge Mädchen wie dich.«

»Ich kann mich ganz gut verteidigen.«

»Glaubst du das? Weil du einem Mädchen aus der Stadt bei einer Rangelei um einen Hund die Nase gebrochen hast?«

»Das habe ich dir nicht erzählt – du hast es gewusst?«

»Ich weiß eine ganze Menge, Liebes.«

»Es war ein Unfall. Sie hat mich gebissen, und ich habe mich gewehrt.«

»Das spielt keine Rolle für mich. Hier draußen gibt es ganz andere Herausforderungen. Du verstehst das nicht. Noch nicht zumindest. Wie auch? In den Highlands sind die Grenzen zwischen den Welten an einigen Stellen noch durchlässig. Kümmere dich um unsere Pferde aus Fleisch und Blut, und halte dich fern von solchen … Kreaturen.«

»Kreaturen?«, frage ich verblüfft.

»Vielleicht hat ein böser Geist dich nur glauben lassen, dass du es mit einem Pferd zu tun hast. Deine Mutter war genauso naiv wie du.«

Oh Shit. Da ist er also, der Aberglaube, vor dem mich Hunter gewarnt hat. Ich verdrehe die Augen und bin gleichzeitig froh, dass sie das nicht sehen kann. »Was hat Mum damit zu tun?«

»Nichts«, erwidert meine Tante, plötzlich einsilbig, und streckt ihre Hand nach meinem Wollknäuel aus. »Bist du fertig?«

»Gleich.«

»Wir können auch morgen weitermachen.«

»Nein, ist schon gut. Aber können wir das Thema wechseln? Nicht böse gemeint, aber schottische Spukgeschichten sind echt nicht so meine Welt.«

Mürrisch schnappe ich mir das nächste Gewirr verstrickter Wolle. Mizzy sitzt draußen auf dem Fensterbrett, maunzt durch die Scheibe und guckt dabei so empört, als wäre sie beleidigt, dass wir ihr Meisterwerk ruinieren. Als keine von uns aufsteht, um sie hereinzulassen, hüpft sie herunter und trollt sich.

»Shona, eins noch.« Tante Meghan seufzt und drückt meine Hand. »Ich weiß, dass es schwer ist. Du bist verbittert, und das wäre ich vermutlich auch. Dein Vater will für dich nur das Beste. Ich hoffe, dass es dir gelingt, dich mit den Umständen zu arrangieren. Es ist schön, dich bei uns zu haben. Ich bin wirklich froh darüber.«

»Ich auch.«

Eine Weile sind das Klappern von Tante Meghans Stricknadeln und das leise Rascheln der Wolle die einzigen Geräusche im Raum. Dann durchbreche ich das Schweigen erneut.

»Da wir gerade von Vertrauen reden … kann ich dich noch etwas fragen?«

»Aber sicher, Liebes.«

»Was ist mit meiner Mum passiert? Ich meine, was ist damals geschehen? Wie ist sie gestorben?«

Die Wärme weicht aus Tante Meghans Gesicht, als hätte jemand das Thermostat abgedreht. Sie lässt sich Zeit mit ihrer Antwort.

»Es war ein Unfall«, sagt sie schließlich. »Mit den Pferden. Sie ist ertrunken. Es ist lange her. Wir wollen nicht weiter darüber sprechen.«

»Doch. *Ich* will es«, widerspreche ich. »Brodie sagt, sie hat sich umgebracht. Aber das kann ich nicht glauben. Und du offenbar auch nicht.«

»Es war ein Unfall«, wiederholt meine Tante. »Ein Unfall und nichts anderes. Brodie ist ein herzensguter Junge, aber er plappert auch manches Geschwätz der Leute nach. Hier oben in den Highlands sind viele Dinge anders als in der Stadt.«

»Das kann ja sein. Wir waren beide zu jung, um uns erinnern zu können. Aber wie ist es dann passiert? Es stimmt doch, dass du dabei warst, oder nicht? Dass du wegen Mum …«

Ihre Stimme nimmt eine ungewohnte Schärfe an. »Es ist lange her. Und es macht niemanden wieder lebendig. Du quälst dich nur mit den Details. Lass die Toten ruhen, Shona. Ich habe es Matthew versprechen müssen, und er hat recht. Es ist besser so.«

»Aber ich muss wissen, wie Mum gestorben ist. Sag mir wenigstens, wo es passiert ist.«

»Wieso? Was würde es ändern?« Sie streckt die Hand aus und fordert das Wollchaos aus meinen Händen zurück.

Meine Unterlippe zittert. Ich habe Angst, sofort in Tränen auszubrechen, wenn ich ihr jetzt all das sage, was mir gerade völlig durcheinander im Kopf herumgeht. Also halte ich die Klappe und versuche, mich wieder einigermaßen unter Kontrolle zu bringen.

Tante Meghan nimmt mein Schweigen als stummes Einverständnis.

»Vielen Dank für deine Hilfe. Ich denke, wir machen ein andermal weiter. Jetzt möchte ich mich ein wenig ausruhen. Warum schnappst du dir nicht eins der Ponys und machst einen kleinen Spaziergang mit ihm, sobald der Regen nachlässt?« Sie zwinkert mir zu und versucht, bei den nächsten Worten witzig zu klingen: »Fall nicht runter, und halte dich von den Lochs fern, wenn es neblig ist. Dann ist alles gut.«

»Ich wüsste einfach nur gern, wer ich bin«, sage ich leise und drücke ihr das unsortierte Fadengewirr in die noch immer geöffneten Hände.

Sie schließt ihre Hand um meine, und ihre Stimme wird wieder weich.

»Shona. Du bist ein sensibles tierliebes Mädchen mit einem wunderbaren Gespür für Pferde. Auch das hast du mit deiner Mutter gemein. Aber leider hast du auch ihren Leichtsinn und ihre Sturheit geerbt.«

»Andere sagen Beharrlichkeit dazu und dass das etwas Gutes ist. Du hast vorhin betont, Vertrauen sei die Basis für unsere Beziehung. Gilt das nur in eine Richtung?«

»Nein, natürlich nicht, Liebes. Es ist nur … du bist neu hier. Manche Dinge sind nicht so, wie sie auf den ersten Blick scheinen. Bestimmte Orte sind gefährlich.«

»Ach ja?« Ich stehe auf. »So wie dieser Feenhügel?«

Sie zuckt fast unmerklich zusammen.

»Ja, dieser Ort ist speziell.«

»Inwiefern? Ist das wieder so eine Sache, die ich nicht verstehe? Probier's doch aus und erklär es mir! Vielleicht bin ich gar nicht so blöd, wie ihr glaubt. Ich falle nicht einfach so ins Wasser. Und schwimmen kann ich auch.«

Seufzend lässt sie die verknoteten Wollstränge in ihren Strickkorb fallen. »Gut. Du willst also wissen, was damals passiert ist, mo nighean?«

Ich nicke. »Ja.«

Sie atmet tief durch und schließt einen Augenblick die Augen, als ob sie sich sammeln müsste. »Mhairi war leichtsinnig und naiv. Wir beide waren das. Sie hat geglaubt, sie wüsste alles besser, und hat sämtliche Warnungen in den Wind geschrieben. Aber nur, weil man etwas nicht begreift, heißt es nicht, dass es nicht real ist. Hörst du?«

Schon wieder packt sie meine Hand mit einer Kraft, die ich ihr nie zugetraut hätte.

»Am Arnaboll«, sagt sie eindringlich. »Am Feenhügel. Genau dort ist es geschehen. Du willst die ganze Wahrheit? Bitte schön! Aber sag nicht, ich hätte dich nicht gewarnt, und kein Wort davon zu Matthew, wenn du nicht willst, dass er richtig wütend wird.«

»Nein, natürlich nicht«, verspreche ich erschrocken.

Tante Meghan holt tief Luft. »Deine Mutter hatte sich mit deinem Dad gestritten. Sie wollte zur Insel hinüberschwimmen, mit diesem verfluchten Geisterpferd.«

Geht das schon wieder los? »Es gibt keine Geisterpferde.«

Ich bin mir nicht sicher, ob sie meinen Widerspruch gehört hat. Sie redet einfach weiter, leiser jetzt, sodass ich mich vorbeugen muss, um sie zu verstehen.

»Die Fischer haben tagelang den See nach ihr abgesucht.«

»Den Loch Hope?« Ich schlucke. Es tut weh, das zu hören.

»Nein. Drüben, den Loch Eriboll. Ihre Leiche wurde nie gefunden«, sagt Tante Meghan. »Das werden sie nie, Shona. Ein *Each Uisge* hinterlässt keine Spuren seiner Opfer. Der *Dheamhain* hat sie unter Wasser gezogen, und das war's. Ich konnte nichts tun. Es ging alles viel zu schnell.«

»*Each Uisge? Dheamhain?* Was soll das sein?«

»Ein Wasserpferd. Ein blutrünstiger Dämon in Pferdegestalt, der Menschen unter Wasser zieht und sie auffrisst mit Haut und Haar. Und wenn sie ihr Lied singen, Shona, wenn du den Gesang der Wasserpferde hörst, mo nighean, dann lass alles stehen und liegen und lauf!« Ihre Finger schließen sich fest um mein Handgelenk. »Versprich mir das!«

Ich verziehe den Mund und will zu einer Antwort ansetzen. Soll das ein makabrer Witz sein? Dafür hält sie meinen Schimmel? Für einen Wassergeist? Mit so einer schrägen Spukgeschichte will sie mich abspeisen? Da merke ich, dass ihre Augen in Tränen schwimmen.

Jetzt bin ich völlig verwirrt.

»Du glaubst diesen Schwachsinn tatsächlich? Und was macht Onkel Matthew nachts mit dem Gewehr draußen? Zombies jagen? Halloween ist erst am 31. Oktober.«

Sie runzelt irritiert die Stirn und scheint nachzudenken. Dann winkt sie ab. »Nein, das ist wegen der Dachse.« Sie zögert kurz. »Wir sagen übrigens *Samhain* dazu. Es ist ein uralter, keltischer Feiert …«

»Das interessiert mich nicht, Tante Meghan«, falle ich ihr ins Wort und springe auf. Mühsam dämpfe ich meine Stimme, spüre, wie Hilflosigkeit und Wut zeitgleich in mir aufsteigen. »Es tut mir unendlich leid, was dir geschehen ist … und Mum. Und du hast recht. Ich hätte nicht fragen sollen. Ich hätte besser einfach die Klappe gehalten und das alles mit mir ausgemacht. Damit fahre ich immer am besten.«

»Mo cridhe, nein. Wo gehst du hin?«

»Raus.«

»Es regnet.«

»Ich bin nicht aus Zucker.«

»Halt dich fern vom Feenhügel«, ruft sie mir nach, als ich

die Tür hinter mir zuknalle und nach draußen stapfe.

»Ich gehe Hunter und Brodie suchen. Die beiden werden mich wohl beschützen, wenn Tinkerbell schlechte Laune hat.«

Kapitel 12

Der Schimmel wartete auf Shona. Hinter der Hecke. Wie jeden Tag. Sein Bein war so gut wie verheilt, aber er hatte begonnen, sich nach ihrer Stimme zu sehnen, nach ihren Händen auf seinem Fell.

Er fand die Töne einer Melodie in sich, die er für sie singen wollte. Am Strand. Er wollte sie mitnehmen, ihr einen Ritt auf seinem Rücken schenken. Ihr zeigen, wie schnell seine Beine sie beide tragen konnten, so, als würden sie fliegen. Aber etwas hielt ihn ab. Geschichten. Vage Erinnerungen. Schatten, die er nicht greifen konnte. Nicht mehr.

Sie war dennoch ein Mensch. Sie roch nach den Torffeuern, deren Rauch abends in den Highlands aus den Kaminen stieg. Nach gekochtem Essen, frisch gewaschener Kleidung, Parfüm, manchmal ein wenig nach Schweiß oder Schaf. Allerdings nie nach Fisch oder anderen toten Tieren.

Sie war selten allein draußen, das fiel ihm auf. Sie ließen sie nicht. Er wusste, dass sie sich eingesperrt fühlte. Manchmal beobachtete er sie tagsüber, suchte ihre Nähe und wich zurück, wenn er andere Menschen in ihrer Nähe witterte.

So wie jetzt.

Er sah sie aus dem Haus kommen. Ihre ganze Körpersprache drückte Wut aus. Aber da schwang noch etwas anderes mit. Verzweiflung. Und eine ohnmächtige Traurigkeit. Sie hielt den Kopf gebeugt, um sich vor dem Regen zu schützen, und nahm ihn nicht wahr. Kein Wunder, es war noch hell. Sie rechnete nicht mit ihm und hatte offenbar ein anderes Ziel, denn sie wandte sich weg vom See, bergwärts.

Er verstand nicht, warum es ihn zu ihr hinzog, selbst jetzt, am Tag, wo es gefährlich für ihn war und er sich kaum verbergen konnte. Sie machte ihm Angst, und dann scheute er zurück, wenn sie sich ihm näherte, mit ihren ungelenken Bewegungen. Und doch schlug sein Herz schneller, wenn er bei ihr war oder auch nur an sie dachte. Dann musste er sich austoben, buckelnd und keilend durch die Wellen stieben, den langen Strand entlanggaloppieren und den heidebewachsenen Hügel hinauf, der Loch Eriboll und Loch Hope voneinander trennte.

Sie durften nicht wissen, dass er so fühlte. Niemand durfte das. Es war gefährlich. Es durfte nicht sein. Er würde ihr Unglück bringen. Oder sie ihm.

Aber er musste sie sehen.

Jeden Tag.

Egal, wie hoch der Preis war.

Schnaubend machte er kehrt und zog sich hinter die Hügel zurück.

Der Regen tropft mir in den Kragen meiner Wachsjacke. Noch bevor ich die Wiese erreicht habe, spüre ich, wie mir ein Rinnsal zwischen den Schulterblättern entlangläuft. Genervt setze ich die Kapuze auf. Ich mag diese Dinger nicht, weil sie das Sichtfeld nach links und rechts so behindern. Aber ich war so wütend und durcheinander, als ich hinausgestürmt bin, dass ich meine Mütze drinnen vergessen habe.

Geisterpferde. Each Uisge. Dheamhain. Mir schwirrt der Kopf. Ich spreche kein Gälisch, im Unterschied zu vermutlich allen anderen hier. Sei's drum.

Immerhin hat mich das Geschwätz von Tante Meghan genau in die richtige Stimmung gebracht, um Hunter zu begegnen. Boomer bellt freundlich, als er mich über die Wiese stapfen sieht, und kommt schwanzwedelnd auf mich zugelaufen. Er ist tropfnass, und spätestens, als er sich missbilligend direkt vor mir schüttelt, bin ich es auch. Im Bereich zwischen Jacke und Wellies zieren jetzt außerdem diverse dunkelbraune Schlammspritzer meine Hosenbeine. Aber wer kann schon böse sein, wenn einen zwei treue Hundeaugen derart anstrahlen?

»Ich finde das Wetter auch so lala«, erkläre ich lachend und stiefele an Onkel Matthews Pick-up vorbei.

Mein Onkel ist damit beschäftigt, den Zaun zu reparieren. Er trägt einen breitkrempigen Hut und einen Ölmantel, was ihn wie einen Cowboy in einem alten Hollywoodschinken aussehen lässt, die Dad manchmal spätabends auf einem dieser Oldiesender guckt. Nur trägt er statt einer doppelläufigen Flinte einen schweren Hammer und eine Rolle Draht, und neben ihm liegen ein komisch geformter Spaten und ein durchgegammelter alter Zaunpfahl.

»Kann ich dir helfen?«, frage ich.

Seine Miene hellt sich auf, als er mich sieht. Er schüttelt den Kopf, gibt dabei brummelnde Töne von sich und zeigt mit dem Kinn hügelabwärts in Richtung Straße. Reden kann er nicht, weil er mit den Lippen die Krampen festhält, die er als Nächste braucht, um die zusätzliche Reihe Draht an dem frisch eingesetzten, neuen Pfosten festzunageln.

Dort unten sehe ich Brodie und Hunter, die mit ausgebreiteten Armen versuchen, zwei blökende Lämmer zurück in die Umzäunung zu treiben, während ein paar erwachsene Schafe die Gelegenheit nutzen und ebenfalls durch das geöffnete Gatter nach draußen witschen.

»Boomer!« Brodie pfeift ungeduldig. »Arbeit!«

Schuldbewusst höre ich auf, dem tropfnassen Hund das Fell zu kraulen, und laufe dem Rüden hinterher, der sofort den Hügel hinunterschießt. Wenn Schafe irgendwo hinlaufen sollen, wohin sie nicht wollen, kann man jede Hand und Pfote gebrauchen, um sie davon abzuhalten.

Ich bin so froh, dass es hier kaum Durchgangsverkehr gibt. Das einzige Auto, das den Weg von Polla, dem Dörfchen am Südufer des Loch Eriboll, heraufkommt, wird sofort langsamer, als die Fahrerin die Situation erkennt. In den schottischen Highlands haben sture Wollberge mit Klauen grundsätzlich Vorfahrt.

Ich übernehme das Gatter, mime die Torwächterin und passe auf, dass nicht noch weitere Tiere die Gunst der Stunde nutzen, um den Grasgeschmack auf der anderen Seite der Straße zu kosten.

»An mir vorbei geht's nur in eine Richtung«, erkläre ich einem halbstarken Lamm, das sich vorbeidrängeln will. Verdutzt starrt es mich an und blökt. Da kommt auch schon Boomer und übersetzt das Ganze in Hundegekläff. Kurz komme ich mir vor wie auf einem typischen Londoner Kinderspielplatz: Denn als das Lamm erschrocken zurückmäht, eilt ihm sofort seine Mutter von der anderen Straßenseite zu Hilfe. Ich öffne das Tor und lasse die aufgebrachte Aue passieren, während Boomer unterm Zaun durchschlüpft und geschickt von hinten treibt.

Innerhalb kürzester Zeit haben wir alle Ausreißer wieder drinnen.

»Gute Arbeit.« Hunter nickt anerkennend.

»Super Teamwork«, gebe ich das Lob lachend an den Hund weiter. Der ignoriert mich allerdings völlig, stattdessen schießt er wie ein Irrer an mir vorbei und verbellt irgendwas hinter den Hügeln auf der anderen Straßenseite in Richtung See.

»Was hat er denn?« Fragend wende ich mich an die Jungs, die gerade gemeinsam den verrotteten Pfahl in den Pick-up heben. Onkel Matthew sitzt bereits am Steuer und startet den Motor.

»Manchmal sieht er Gespenster. Liegt in der Familie«, brummt Brodie gut gelaunt und hält die Beifahrertür für mich auf. »Er wird langsam wunderlich.«

Ich werfe Hunter einen fragenden Blick zu. »Steig ruhig ein«, sagt er und nickt mir zu. »Ich fahr hinten mit.« Dann zieht er sich mit Schwung auf die Ladefläche und sucht sich einen Sitzplatz zwischen dem Arbeitsmaterial. »Wahrscheinlich hat er eine Kegelrobbe gewittert. Die liegen da unten gern mal am Ufer und sonnen sich.«

Ich zeige nach oben. »Aber … es regnet.«

Hunter grinst und schlägt seinen Kragen hoch. »Bin ich eine Robbe?«

»Und wenn es etwas anderes ist? Vielleicht braucht ein Tier unsere Hilfe. Oder ein Mensch ...« Unwillkürlich muss ich an Cuan denken.

»Quatsch! Hier ist weit und breit niemand außer uns.«

»Und Boomer? Müssen wir nicht auf ihn aufpassen?«

»Lass ihm den Spaß. Die Robben sind viel zu schnell für ihn, die flüchten ins Wasser und schwimmen ihm davon. Er kommt schon nach Hause, wenn er genug hat.«

»Kommst du?«, fragt Brodie.

Ich schüttele den Kopf. Hunter stutzt kurz, dann hält er mir eine Hand hin, damit ich zu ihm hinaufklettern kann, aber auch das lehne ich ab. Irgendwas in mir zieht mich zum See hinunter.

»Danke, aber ich sehe mir das lieber mal aus der Nähe an«, verkünde ich und stiefele in die Richtung, aus der immer noch Boomers wütendes Gebell zu uns herüberschallt.

Hunter hockt sich hin und klopft zum Zeichen, dass er startklar ist, auf das Wagendach. Der Pick-up rollt langsam an mir vorbei.

»Willst du wirklich nicht mitfahren?«, fragt jetzt auch Matthew.

Ich schüttele den Kopf, und er kurbelt seufzend die Fensterscheibe hoch. »Dann sei spätestens in einer Stunde zurück, mit oder ohne Hund. Wenn du nicht zum Essen da bist, schicke ich einen Suchtrupp los.«

Ich erwidere sein Grinsen. »Verstanden.«

Kurz sehe ich dem Wagen nach, dann folge ich dem schmalen Wildwechsel zum Ufer hinunter. Zum einen habe ich noch nie Kegelrobben aus der Nähe gesehen, zum anderen hoffe ich, jemand anderen dort unten anzutreffen. Vorhin, als der Pick-up an mir vorbeigerumpelt ist, habe ich kurz das Wiehern eines Pferdes gehört. Vielleicht war es Einbildung, aber es genügt, mein Herz schneller schlagen zu lassen.

Der Strand ist leer, aber Boomer steht mit beiden Vorderpfoten im Loch. Er kläfft ungehalten in den vom Wasser her aufziehenden Nebel. Dafür tröpfelt es nun kaum noch.

»Hey, gib Ruhe, alter Freund, es ist doch niemand mehr da!«, rufe ich, zugegeben ein bisschen enttäuscht, und schiebe die Kapuze in den Nacken. Weder Robben noch Clydesdales. Allerdings sind da Spuren im Sand. Verwaschen, aber eindeutig erkenne ich die Abdrücke von unbeschlagenen Hufen – großen Hufen –, und sie führen in gerader Linie aufs Wasser zu.

»Du hast ihn nicht ernsthaft da reingescheucht, oder?«

Boomer trabt mit hängender Zunge und wedelndem Schwanz auf mich zu, fröhlich, als könnte er kein Wässerchen trüben, und bettelt um Streicheleinheiten. Kein Vergleich zu dem Berserker von eben.

Stirnrunzelnd kraule ich ihm das Fell. »Auch wenn er groß ist, er ist einfach nur ein Pferd. Und er ist mein Freund, hörst du? Man merkt wirklich, in welcher Familie du lebst.«

Die Sonne kommt heraus und spannt einen wunderschönen Regenbogen von den Hügeln über den See. Ich muss wieder an Tante Meghan und ihren Aberglauben denken und hebe einen flachen Kieselstein auf, um ihn über die Wasseroberfläche tanzen zu lassen. Leider habe ich die Technik nicht besonders gut raus. Er ditscht nur einmal auf, dann geht er unter. Boomer hat einen Stock gefunden und legt sich hin, um ihn zu zernagen. Anscheinend hat er es auch nicht besonders eilig, nach Hause zu gehen.

»Du musst den Stein flacher ansetzen«, sagt plötzlich eine Stimme hinter mir. Boomer lässt sofort den Stock fallen und richtet sich auf. Aus seiner Kehle dringt ein leises Grollen. Ich drehe mich ruckartig um und sehe geradewegs in Cuans dunkelblaue Augen. Er ist keine zwei Yards von mir entfernt. Gänsehaut. Schon wieder.

»Hast du mich erschreckt«, rutscht es mir heraus.

Er guckt bestürzt. »Oh, sorry, das wollte ich nicht.« Seine Haare sind tropfnass, seine Klamotten auch. Aber ich sehe ganz sicher keinen Deut besser aus nach dem Wolkenbruch vorhin.

Boomer bellt einmal. Mahnend.

»Alles gut«, beeile ich mich zu sagen und drehe mich zu dem Rüden um, der geduckt, mit hochgestelltem Nackenfell auf uns zuschleicht, die Lefzen hochgezogen, sodass seine Eckzähne freiliegen. Immerhin knurrt er nicht mehr.

»Boomer. Das ist ein Freund«, sage ich scharf und fuchtele mit den Armen, um seine Aufmerksamkeit zu erregen.

Erstaunt sieht mich der Rüde an. Dann schüttelt er sich, kommt zu mir und drückt sich an mein Bein, wobei er Cuan weiterhin nicht aus den Augen lässt.

Der Fairness halber muss ich sagen, dass Cuan genauso misstrauisch guckt.

»Magst du keine Hunde? Hast du Angst?«

Cuan löst seinen Blick nur zögernd von Boomer. »Doch. Nein. Vielleicht ein bisschen. Ich … ich habe noch nie einen Hund gestreichelt.«

»Du hast noch nie …?«

»Wo ich herkomme, gibt es nicht so viele Hunde«, erklärt er und lächelt verlegen.

»Oh«, mache ich und überlege, ob er vielleicht doch ein Traveller sein könnte und welche Religion das noch mal war, in der Hunde als unrein gelten. Aber er sagte ja, dass er Tiere mag, und dann ist alles andere auch völlig egal.

»Möchtest du denn gern?«, frage ich und hocke mich neben Boomer, der mir sofort aufgeregt die Hand abschleckt.

»Meinst du, er hätte nichts dagegen?« Zögernd macht Cuan einen Schritt auf den Hund zu.

»Er liebt es, gestreichelt zu werden«, sage ich lächelnd.

Was dann passiert, geht rasend schnell. Cuan beugt sich ungelenk und ein bisschen steif herunter. Dann streckt er eine Hand aus, blitzschnell, als hätte er Angst, sich zu verbrennen. Er hat Boomers Kopf noch nicht mal erreicht, da schnappt der alte Hund genauso schnell zu und erwischt seinen Unterarm mit den immer noch beachtlichen gelben Eckzähnen.

Cuan gibt einen erstickten Laut von sich, macht einen Satz rückwärts, hält seinen Arm mit der anderen Hand umklammert, stolpert und fängt sich wieder.

»Boomer, nein!«, kreische ich und reiße den Hund an mich, doch der hat schon längst von allein losgelassen, fiept und jault plötzlich, als ob es ihm fürchterlich leidtäte, und will sich aus meinem Griff winden, um zu Cuan zu laufen – und dann was zu tun?

»Lass ihn«, sagt Cuan in einem Tonfall, der mir die Nackenhaare aufstellt. Auch Boomer friert für einen Sekundenbruchteil in der Bewegung ein, dann flutscht er mir aus den Fingern, ich kann ihn nicht länger halten und falle um, als er mir entwischt.

Alles scheint wie in Zeitlupe abzulaufen. Breitbeinig steht Cuan vor uns und reibt mit der Hand über die Stelle, wo ihn Boomer gebissen hat. Seine Züge haben sich verhärtet, und für den Bruchteil einer Sekunde bin ich überzeugt, dass er gleich Blitze aus seinen dunklen Augen schießt und den Hund damit grillt, so wie er ihn fixiert. Boomer stößt sich vom Boden ab, fliegt auf Cuan zu und springt ihm an die Kehle. Nein, das sieht nur so aus – er fliegt ihm in die Arme. Jaulend schleckt er Cuan durchs Gesicht, den das plötzliche Hundegewicht ein weiteres Mal aus dem Gleichgewicht bringt.

»Boomer!«, rufe ich machtlos und rappele mich auf. »Ach du Sch ... Was war das denn? Runter da! Lass ihn!«

»Nein, es ist gut«, sagt Cuan, und jetzt klingt seine Stimme wieder so toffeeweich wie vorhin. »Er entschuldigt sich doch schon.«

»Oh, Himmel, das tut mir so leid. Das hat er noch nie ...«

Ich breche ab, weil mir bewusst wird, dass ich den alten Hund selbst erst seit ein paar Tagen kenne. Woher will ich wissen, wie er sich Fremden gegenüber verhält? Er ist ein Hüte- und Wachhund, dazu geboren, aufzupassen!

»Wie blöd bin ich eigentlich?«, murmele ich halblaut.

»Du konntest es doch nicht ahnen«, sagt Cuan beruhigend, während der Hund unablässig weiterwinselt, ihn abschleckt und intensiv beschnüffelt. »Es war mein Fehler. Ich habe mich zu hastig bewegt, von oben wie ein Angreifer. Es hat ihm Angst gemacht. Und es ist nur ein Kratzer. Er hat es nicht so gemeint, das war ein Reflex.«

Er lächelt, aber ich sehe ihm an, dass er Schmerzen hat.

»Kann ich trotzdem mal einen Blick drauf werfen? Mit Hundebissen ist nicht zu spaßen.« Ich dränge mich zwischen Cuan und Boomer, greife nach seiner verletzten Hand und schiebe den Ärmel seines Hemdes hoch. Der Stoff hat sich mit Wasser vollgesogen und fühlt sich klamm an. Doch das ist es nicht, was mich zurückzucken lässt.

»Oh!« Ich atme scharf ein. Über Cuans Unterarm läuft ein langer Riss, der an den Rändern in allen möglichen Farben schillert. Die Haut ist stellenweise geschwollen, aber das ist keine frische Wunde, da ist Schorf, es heilt bereits – mehr oder weniger gut. Zwei schmale rötliche Striemen in der Mitte, die zu Boomers Zähnen passen, sehen ganz anders aus. Nur an einer kleinen Stelle quillt ein winziger Blutstropfen heraus.

»Du hast recht, der Biss ist nur ein Kratzer, aber ... damit ... solltest du zum Arzt gehen, das würde ich behandeln lassen!« Erschrocken sehe ich ihn an. »Wie ist das passiert?«

Er hebt die Schultern und lächelt schief. »Bin im Stacheldraht hängen geblieben. Hab nicht aufgepasst. Keine große Sache, wirklich.«

Cuan entzieht mir seinen Arm und weicht meinem Blick aus. So wie jemand, der lügt. Ich frage mich, was ihm wirklich passiert ist.

»Okay, dann komm mit, ich kann das bei uns auf dem Hof versorgen. Da habe ich Verbandszeug und Desinfektionsmittel. Ich ...«

»Ich soll mit dir ...? Nein, das ist keine gute Idee!« Er schüttelt heftig den Kopf. »Es ist wirklich nicht schlimm. Ein paarmal in Salzwasser baden, ein paar Kräuter, dann heilt das von ganz allein.«

»Kräuter ...«, sage ich skeptisch. Aber Cuan nimmt es mir zum Glück nicht krumm.

»Natürlich. Hazel hat es doch auch geholfen, oder?«

Ich runzele die Stirn. »Ja schon, aber bei so was? ... Moment mal. Woher weißt du das überhaupt? Hast du uns beobachtet?«

Er lacht. »Sie hat nach dem Sirup gerochen. Fenchelöl, Kümmel, Schafgarbe ... Es ist extrem hilfreich, sich damit ein wenig auszukennen.«

Er bückt sich nach einer kniehohen Staude mit gelben Blüten und pflückt einen Stängel ab. »Das Johanniskraut hier ist gut bei offenen Wunden. Es desinfiziert und lindert Entzündungen. Aber es kann noch viel mehr. Sein Öl hilft gegen Kopfschmerzen, Bauchkrämpfe, Angst und gegen Traurigkeit. Bist du manchmal traurig?«

»Nicht mehr als andere«, behaupte ich schnell.

»Die Alten sagen, es speichert die wärmenden Sonnenstrahlen und gibt deren Energie zurück, wenn die dunkle Zeit kommt. Hier.« Er drückt mir den Trieb in die Hand. »Siehst du die kleinen schwarzen Punkte an den Blättern?«

Ich nicke. Meine Haut kribbelt, wo wir uns berührt haben, und das Kribbeln wandert bis in meinen Magen weiter. »Fliegenschiss?«, witzele ich, um meine Unsicherheit zu überspielen.

Cuan lächelt. »Nein. Darin befinden sich die ätherischen Öle der Pflanze.«

Er zerreibt die Blätter zwischen seinen Fingern und schmiert sich die Pampe auf die Wunde.

Ich reiße entsetzt die Augen auf. »Machst du es damit nicht nur schlimmer? Onkel Matthew könnte doch ...«

»Nein! Ich will nicht, dass du jemandem davon erzählst, okay? Oder überhaupt von mir.« Er funkelt mich an und zieht sich den Hemdsärmel über die Wunde. »Ich weiß, was ich tue, und ich melde mich, wenn ich Hilfe brauche.«

Abwehrend hebe ich die Hände. »Alles klar. Ich hab's nur gut gemeint.«

Schuldbewusst scharrt er mit dem Fuß im Boden. »Ich weiß. Danke für dein Angebot. Ich möchte nicht, dass der Hund Ärger bekommt, okay? Er kann nichts dafür. Bitte sag nichts.«

»Na gut. Du weißt, wo du mich findest. Komm einfach vorbei.«

Er bückt sich und drückt mir einen neuen Johanniskrautstängel in die Hand. »Deal.«

Aber so leicht lasse ich ihn nicht davonkommen.

»Oder hast du Angst, dass *du* Ärger kriegst? Hast du was angestellt?«

»Was? Nein!«

»Und würdest du es mir sagen, wenn doch?«

Er grinst vielsagend. Immerhin lügt er mich nicht an. »Du kommst aus den Lowlands, oder?«

»Was hat das jetzt damit zu tun? Ach, sag nichts, ich kann es mir denken.«

Unschlüssig stehen wir voreinander herum. Ich zwirbele den Johanniskrautstängel in meiner Hand und muss an die Sprüche am Abendbrottisch denken, als das Gespräch auf Fremde kam.

Boomer scheint der Meinung zu sein, er hätte sich genug entschuldigt. Er verliert das Interesse an Cuan, schnuppert an ein paar Schafkötteln und trollt sich.

»Na ja, immerhin hast du jetzt mal einen Hund gestreichelt«, sage ich.

»Ja. Das war ein Abenteuer.«

Er nickt und ich bin mir nicht sicher, ob das sarkastisch gemeint ist oder ernst, denn über seiner Nasenwurzel entstehen zwei senkrechte Falten. Und dann ist seine Stirn wieder glatt und er lächelt.

»Soll ich dir noch etwas Neues zeigen?«, fragt er plötzlich und strahlt mich dabei an, sodass mir schon wieder ganz kribbelig wird. »Am Waldrand, ein Stück weiter da oben.«

Er macht eine vage Kopfbewegung in Richtung Norden. Das einzige größere Waldstück dort liegt an der Stelle, wo der Loch Hope in das kleine Flüsschen übergeht, das schließlich ins Meer mündet. Nervös sehe ich auf meine Armbanduhr. Wie kann die Zeit hier draußen nur so schnell vergehen?

»Das schaffe ich heute nicht mehr. Wollen wir uns morgen treffen? Nach dem Frühstück? Ich sollte mich auf den Heimweg machen. Es gibt gleich Essen.«

Cuan nickt. Er sieht traurig aus. »Okay, dann morgen. Treffen wir uns bei der kleinen Brücke über den Fluss?«

»Die Hope Bridge? Oben an der Straße?«

Er nickt.

»Und was willst du mir da zeigen?«

»Das ist ein Geheimnis.« Cuans dunkelblaue Augen blitzen schelmisch auf.

»Na gut. Ich werde da sein«, verspreche ich. »Gegen neun. Aber jetzt muss ich wirklich los. War schön, dich zu treffen.«

»Ja«, sagt Cuan hölzern. »Fand ich auch.« Und auch wenn er sich schnell wegdreht, ich bin mir ziemlich sicher, dass er dabei rot wird.

Erst auf dem Rückweg überlege ich, wie ich mich morgen nach dem Frühstück am schlauesten davonmogeln kann. Wenn ich es richtig abgespeichert habe, will Tante Meghan mit Hunter nach Durness fahren, weil sie einen Arzttermin hat, und mich mitnehmen: damit mir nicht die Decke auf den Kopf fällt. Verdammt. Das hatte ich total vergessen. Ich drehe mich um, aber Cuan ist bereits zwischen Farn und Heidepflanzen verschwunden. Dann muss ich das irgendwie hinkriegen. Ich kann ihm ja nicht texten und absagen. Mist. Das wäre *die* Gelegenheit gewesen, ihn ganz beiläufig nach seiner Handynummer zu fragen.

Mein Herz hüpft ein bisschen. Morgen. Morgen ist auch noch ein Tag.

Kapitel 13

Meghan Fitzgibbons knetete die Haut ihrer Unterarme und lauschte. Die Wohnzimmeruhr tickte unnatürlich laut. Der Kühlschrank surrte.

Kleine Unregelmäßigkeiten verrieten ihr, dass die Stromspannung leicht schwankte. Sonst war nichts zu hören. Sie vermisste das Tapsen von Boomers Pfoten auf dem Linoleum des Küchenbodens. Der alte Rüde hätte sie jetzt ein wenig ablenken können. Oder zumindest die Katze – und wenn sie ihr hundertmal das Strickzeug durcheinanderbrachte. Aber alle waren ausgeflogen und ließen sie allein mit ihren Gedanken, die sich immerzu in unheilvollen, enger werdenden Kreisen drehten. Wie viel Zeit war vergangen, seit Shona aus dem Haus gestürmt war? Hatte sie zu viel gesagt? Oder zu wenig? Es war das erste Mal seit ihrer Ankunft, dass Shona sich ihr wirklich geöffnet hatte. Und sie hatte sie erschreckt – warum nur hatte sie nicht besonnener reagieren können? Was sollte das Kind denn davon halten? Vermutlich, dass seine Tante eine verrückte alte Frau mit wirren Gedanken war, so wie es ihr die Ärzte damals hatten einreden wollen. Dass die Projektion, das gedankliche Verschieben der Ereignisse auf eine surreale Fantasieebene ihr dabei half, die traumatischen Erlebnisse zu verkraften. Oder schlicht gesagt: dass sie auf den Kopf gefallen war und sich seither Dinge einbildete, Realität und Traumgespinste nicht mehr voneinander trennen konnte.

Hatte sie das Vertrauen, das Shona ihr gegenüber gezeigt hatte, mit den unbedachten Äußerungen zerstört? Gut möglich, so wie ihre Nichte zurückgerudert war …

Meghan stöhnte auf. Sie musste das wieder in Ordnung bringen. Aber wenn auch nur die geringste Möglichkeit bestand, dass dieses Pferd das war, wofür sie es hielt, dann musste sie Shona auch warnen! Schützen! Die Dinge durften sich auf keinen Fall wiederholen. Nein, es gab keine andere Lösung! Matthew musste Bescheid wissen. Er würde das sehen wie sie. Da war sie sich sicher. Und er würde wissen, was zu tun war.

»Each Uisge«, murmelte sie angsterfüllt. Nach all der Zeit.

Was, wenn sie wieder da waren?

Wenn sie noch nicht genug hatten und ihr nun das nächste Familienmitglied rauben wollten? Wenn ihr Hunger noch immer nicht gestillt war?

War es ein schrecklicher Fehler gewesen, Shona hierherzuholen?

Ein Clydesdale und ein Schimmel noch dazu. Es gab keine andere Erklärung dafür. Aber wie konnte das sein? Als ob sie auf das Kind gewartet hätten …

Ihr Strickzeug war heruntergefallen. Zwei Nadeln hatten sich gelöst und jede Menge Maschen aufgeribbelt. Sie gab den Versuch auf, die kleinen Schlaufen wieder aufzunehmen, und legte das angefangene Werkstück beiseite. Ihre

Finger zitterten. Sie war zu nervös, um sich jetzt darum zu kümmern.

Sie versuchte, durchzuatmen, sich zu beruhigen. Es war ganz sicher nicht derselbe. Mhairis Hengst war ein Red Roan gewesen.

Vielleicht hatte Shona sich ja wirklich vertan. Clydesdales kamen genetisch nur als Braune oder Füchse vor. Sie hatten immer Rotanteile im Fell. Und doch – hier handelte es sich schließlich nicht um gewöhnliche Pferde.

»Oh, Mhairi, Mhairi, was soll ich nur tun?« Eine dicke Träne tropfte auf ihren Unterarm.

Wenn sie Matthew etwas sagte, würde das eine Menge Unfrieden mit sich bringen. Womöglich würde sie Shonas Vertrauen endgültig verspielen. Aber wenn sie nichts unternahm und dem Kind geschah etwas? Nein, das würde sie nicht überleben. Es durfte nicht noch einmal so weit kommen. Sie musste es verhindern, mit allem, was in ihrer Macht stand.

Draußen fuhren Autoreifen durch eine Pfütze, ein Motor wurde gestoppt. Schritte. »Dem Himmel sei Dank«, murmelte Meghan und tupfte sich mit dem alten, bestickten Taschentuch kalten Schweiß von Stirn und Nacken.

»Matthew!«, rief sie, sobald sie die Schritte ihres Bruders in der Diele erkannte. Der Hund schoss an ihm vorbei und schleckte ihr stürmisch über die Finger. Sie bemerkte es kaum. »Matthew. Bitte komm schnell. Ich muss mit dir reden. Es geht um Shona.«

Lieber Gott und alle Heiligen, hoffentlich machte sie jetzt keinen furchtbaren Fehler.

»Shona! Wo warst du so lange?«

Onkel Matthew baut sich mit verschränkten Armen im Türrahmen der Küche auf, gerade als ich Tante Meghan den Stängel Johanniskraut in die Hand lege. »Maximal eine Stunde hatten wir gesagt. Wo hast du gesteckt?«

Bevor ich etwas antworten kann, fasst mich Tante Meghan am Arm.

»Das geht in Ordnung, Matt. Ich hatte sie gebeten, nachzusehen, ob sie schon blühendes Johanniskraut findet.«

»Und dann bringt sie dir nur einen Halm mit?«, fragt er misstrauisch.

Wieso ist er denn plötzlich so schlecht gelaunt? Als wir uns an der Weide verabschiedet haben, war doch alles super.

»Sie war sich nicht sicher, ob es das richtige Kraut ist«, geht Tante Meghan dazwischen, bevor ich meinen heruntergefallenen Kiefer wieder zuklappen kann. »Wäre es dir lieber, sie hätte ohne Handschuhe einen ganzen Strauß Jakobskreuzkraut gepflückt und mitgebracht? Außerdem bist du doch auch eben erst zurückgekehrt.«

Beruhigend streichelt sie über meinen Arm, und diese kleine Geste schafft es tatsächlich, dass ich nicht sofort auf Onkel Matthews gereizten Ton einsteige. Heute ist wirklich ein seltsamer Tag. Ich habe noch nicht mal die Sache mit Mum halbwegs verdaut, da kommt Tante Meghan mit seltsamen Geistergeschichten, dann beißt Boomer Cuan, und jetzt werde ich aus heiterem Himmel angeranzt. Was ist hier eigentlich los?

»Zieh dich um und wasch dir die Hände. Essen ist bald fertig.«

Onkel Matthew grunzt irgendetwas Unverständliches und verzieht sich.

Als seine Schritte sich in Richtung Badezimmer entfernen, atmen Tante Meghan und ich zeitgleich aus.

Erstaunt sehe ich sie an.

»Danke«, sage ich leise. »Was hat er denn auf einmal?«

»Er macht sich nur Sorgen«, sagt sie ausweichend. »Nimm es ihm nicht übel. Ich habe ihm vielleicht einen Floh ins Ohr gesetzt. Nach unserem Gespräch über … deine Mutter. Ich … wir möchten nur, dass du auf dich aufpasst. Es tut mir wirklich leid.«

»Ist in Ordnung«, sage ich verwirrt. »Danke, dass du mir geholfen hast.«

»Eine Hand wäscht die andere«, antwortet sie und bemüht sich sichtlich, zu einem lockeren Ton zurückzufinden. »Du könntest mir dafür nach dem Essen ein bisschen vorlesen. Magst du?«

Wusste ich doch, dass an der Sache ein Haken ist. Sie wartet meine Antwort nicht ab, sondern wendet sich zum Herd und gibt ein paar fertig gehackte Kräuter in einen köchelnden Suppentopf. »Reichst du mir mal bitte die kleine minzgrüne Vase? Sie müsste im Regal über der Spüle stehen. Gleich links von dir.«

Ich staune – wieder einmal. Die Vase steht exakt da, wo sie sie beschrieben hat. Nachdenklich fülle ich sie mit Wasser, stelle das Zweiglein Johanniskraut hinein und gebe sie ihr.

»Ich dachte, du hörst Audiobooks?« Jemandem aus der Zeitung vorzulesen, womöglich noch den Politikteil, ist so ziemlich das langweiligste Abendprogramm, das ich mir vorstellen kann – und außerdem traue ich dem Frieden nicht. Nach Onkel Matthews komischem Verhalten und Tante Meghans Eröffnung … wer weiß, was noch kommt.

»Das tue ich. Aber nicht alles, was mich interessiert, liegt als Hörbuch vor«, erklärt sie. »Nur ein paar Minuten. Und dann erzähl mir von den Ponys.«

»Wie kommst du darauf, dass ich bei ihnen war?«, frage ich misstrauisch.

Sie lacht. »Du riechst nach Pferd, mo cridhe. Das kannst du vor mir nicht verbergen, und ich bin mir sicher, sie freuen sich über deine Gesellschaft so sehr, wie du dich umgekehrt über ihre. Aber …«

»Aber?«

»Nein, geh erst mal duschen. Wir sprechen später weiter. Der Gemüseeintopf ist in einer Viertelstunde fertig.«

Damit wendet sie sich wieder dem großen Suppentopf zu.

Wie schafft sie es nur, mich immer wieder aus dem Konzept zu bringen? Aber mich beschäftigt noch etwas: Wie kann ich nach Pferd riechen, wenn ich nicht bei den Ponys war? Hängt das Aroma schon so in meiner Jacke fest, dass ich es gar nicht mehr wahrnehme?

»Soll ich dir nicht erst helfen, den Tisch zu decken?«, frage ich halbherzig. Doch als ich einen kurzen Blick ins Esszimmer werfe, stelle ich fest, dass jemand anderes schneller war als ich.

»Habe ich schon«, sagt Tante Meghan und hält mir das Väschen hin. »Möchtest du es für dein Zimmer haben? Um einen Auszug anzusetzen, benötigt man tatsächlich nicht nur einen Zweig Johanniskraut. Bring mir bei Gelegenheit gern mehr mit. Jetzt weißt du ja, welches Kraut das richtige ist. Nur …« Sie zögert kurz, als ob sie sich sammeln müsste, und dann kommt's. »Shona … was dein Onkel eigentlich sagen wollte, ist: Geh bitte nicht mehr allein in die Highlands, zumindest nicht, ohne uns vorher Bescheid zu sagen, wo du dich aufhältst. Auch nicht mit den Ponys.« Sie greift nach meinen Händen, lässt jedoch gleich wieder los, als sie spürt, wie ich mich verkrampfe. »Dein Onkel hat recht. Es ist leichtfertig von mir gewesen, dir vorzuschlagen, die Gegend auf eigene Faust zu erkunden. Du kennst dich hier noch zu wenig aus. Du könntest dich verirren … oder Schlimmeres.«

»Aber Tante Meghan«, widerspreche ich kraftlos. »Das ist doch …«

»Sprich vor allem nicht mit Fremden, hörst du? Es ist wirklich nicht … sicher da draußen für dich. Ich hatte das nicht richtig durchdacht, und nur weil ich gerne … Ein Zuviel an Freiheit ist zu riskant für uns Frauen. So. Jetzt ist es raus.«

»Wie bitte?«, frage ich entgeistert. Ich habe kurz das Gefühl, der Boden unter mir würde schwanken. Was ist das denn für ein vorsintflutlicher Bullshit?

»Nicht aufregen. Das war's schon mit der Gardinenpredigt.« Sie atmet tief aus und lächelt unsicher. »Also, Essen in einer Viertelstunde. Schaffst du das mit der Dusche?«

»Ich denke ja.« Ich bin sprachlos. Abwesend nehme ich ihr das Johanniskraut ab. Als ich mich umdrehe, pralle ich beinahe mit Brodie zusammen, der mich fragend ansieht. Aber ich bin zu durcheinander, um irgendwas zu sagen. Stumm lasse ich ihn stehen. Ich gehe raus, wann ich es will und mit wem ich will. Die spinnen doch total!

Nach dem Essen begleiche ich emotionslos meine Schuld. Während Tante Meghan strickt, lese ich ihr eine Legende nach der anderen aus einem uralten Buch mit schwerem Ledereinband vor. Und diese Abendlektüre hat sie aus purer Bosheit für uns ausgesucht. Schottische Mythen, alberne Geistergeschichten von Feen, vom sogenannten Kleinen Volk und von Wassergeistern in Pferdegestalt, die jungen Frauen auflauern, um sie zu fressen. *Kelpies* heißen die Monster aus Flüssen und stehenden Gewässern im Hochland. Diese *Each Uisges* wohnen offenbar nur in tiefergelegenen Lochs und am Meer. Genauso muffig, wie der staubige Wälzer riecht, lesen sich auch die Sagen darin. Aber Tante Meghan lauscht so hingebungsvoll, als würde sie das alles zum ersten Mal hören. Absoluter Bullshit. Irgendwann fallen mir fast die Arme ab, und ich lasse das dicke Buch auf meinen Schoß plumpsen. »Ich kann nicht mehr. Was für ein verdrehtes Weltbild da vermittelt wird! Findest du diese ollen Ammenmärchen wirklich spannend? Du versuchst nicht zufällig, mir mit diesen Geistergeschichten irgendwas Bestimmtes zu vermitteln, oder?«

Tante Meghan lässt ihr Strickzeug sinken. »Oh, aber das sind keine Märchen, mo nighean! Man muss zwischen den Zeilen hören können, was da steht. Es liegen jahrhundertealtes Wissen und Weisheit über die übernatürlichen Kreaturen und Gefahren der Highlands darin verborgen.«

Ich starre an die Decke und atme tief durch. »Ich glaube nicht an Irrlichter oder fleischfressende Kelpies, Tante Meghan. Was ich daraus lese, ist dieselbe Botschaft wie bei Rotkäppchen und dem bösen Wolf: Geh nicht vom Weg ab, sprich nicht mit Fremden, hab keinen Sex vor der Ehe, dann bist du ein braves Mädchen und niemand tut dir etwas zuleide.

Heutzutage nehmen junge Frauen die Pille und machen Selbstverteidigungskurse. Ich wette, diese ganzen Geschichten von spurlos verschwundenen Jungfrauen, die an Wasserpferden festkleben und unter Wasser gezerrt werden, haben ihren Ursprung eher darin, dass man früher unverheiratete Schwangere gerne mal verschwinden ließ, um der Schande für die Familie zu entgehen – oder die Armen haben sich dem zuvorkommend von den Klippen gestürzt oder ertränkt. Worüber dann ja auch niemand reden durfte, weil Selbstmord Sünde war.« Wütend klappe ich das Buch zu und muss niesen, weil ich Staub einatme.

Tante Meghan schmunzelt. »Da ist sicher einiges dran, ich gebe dir recht. Und doch steckt eine tiefe Wahrheit in diesen Sagen. Und es gibt übrigens auch weibliche Kelpies, die junge Männer anlocken und ins Verderben stürzen. Selbst Kinder sind schon verschwunden. Es gibt eine Geschichte über einen Waisenjungen hier in der Gegend, der in einem Fluss baden wollte, als er einem wunderschönen großen Pferd begegnete, einem Schimmel, dessen Fell so schneeweiß war, dass es bläulich schimmerte. Er wollte mit ihm über den Fluss reiten. Aber er klebte fest an seinem Rücken, der Kelpie zog ihn unter Wasser und ertränkte ihn. Nur noch die Leber des Jungen hat man später gefunden. Die mögen diese Untiere nicht.« Sie schüttelt sich.

»Und woher weiß man, dass das Fell des Kelpies bläulich schimmerte, wenn der Junge angeblich ertrunken ist? Hat jemand zugeguckt? Dann wäre das unterlassene Hilfeleistung.« Ich ziehe die Augenbrauen zusammen. Das Pflaster über dem Ratscher von den Brombeeren ziept. Ungeduldig reiße ich es ab, zerknülle es und schnippe es in den Mülleimer unter dem

Schreibtisch. »Das sind einfach nur Geschichten, Tante Meghan. Erfunden! Fantasie!«

Tante Meghan seufzt nachsichtig. »Glaub mir, Shona. Da draußen im Hochland gibt es durchaus Dinge zwischen Himmel und Erde, die man sich auch heute noch nicht erklären kann. Trotz all unserer Wissenschaft. Deine Mutter …«

»Das hatten wir doch schon! Lass bitte Mum da raus, okay?«, falle ich ihr ins Wort. »Weißt du, ich habe nachgedacht. Ob sie tatsächlich Selbstmord begangen hat oder nicht, vielleicht spielt das nicht mal eine Rolle. Es ändert ja nichts. Sie ist nicht mehr da. Aber willst du wirklich daran festhalten, dass meine Mum von so einem Wasserpferd getötet worden ist? Das ist deine Wahrheit? Hältst du das für leichter verdaulich als das Gerücht, dass sie sich umgebracht hat, als ich ein Kleinkind war?«

»Sie hat sich nicht umgebracht, Shona. Das darfst du nicht glauben. Sie wollte dich nicht im Stich lassen. Der Each Uisge hat …«

»Es gibt keine Wasserpferde, Tante Meghan. Hör bitte endlich auf damit! Und wenn du wirklich glaubst, dass ihr mich bewachen müsst, um mich vor etwas so Absurdem zu beschützen, dann … dann …« Tränen schießen mir in die Augen, keine Ahnung, woher sie so plötzlich kommen. Irgendwas drängt jetzt mit Macht an die Oberfläche, das wohl schon sehr lange heftig in mir gärt. Dass Tante Meghan plötzlich leichenblass wird und die Hände in ihrem Schoß wringt, macht mich nur noch zorniger. Ich bin so wütend wie noch nie in meinem Leben.

»Das ist doch alles gequirlte Scheiße! Ich kann die Wahrheit aushalten, hör doch auf, mich anzulügen!«

Ich springe auf und will das Buch am liebsten zum Fenster hinauswerfen, durch die geschlossene Scheibe am besten, oder es zumindest auf den Fußboden donnern, aber Boomer hat sich zu den Füßen meiner Tante eingerollt und schläft. Jetzt hebt er gähnend den Kopf und blinzelt mich aus milchigen Augen an. Ich will ihn nicht erschrecken, also presse ich das blöde Buch an die Brust, als ob ich es zerquetschen könnte, und dann lasse ich es schwunglos aufs Sofa gleiten, wo es mit einem müden Hüpfer liegen bleibt.

»Ich kann mich nicht mal mehr an meine Mutter erinnern«, bricht es aus mir heraus. »Da sind nur winzige Bruchstücke, Gedankenfetzen, hier ein Geruch, da eine Farbe ... Ich würde einfach nur gern wissen, wo ich herkomme. Verstehst du? Märchen und Gruselgeschichten helfen mir dabei nicht. Ich weiß nicht mehr, wer ich bin! Mein Vater vergräbt sich in die Arbeit, er ist nie da, selbst wenn wir im selben Raum sind. Er kann mich nicht mal richtig ansehen, egal, was ich anstelle, um seine Aufmerksamkeit zu bekommen. Nicht mal nach der Sache mit Tracy Rose und Lulu. Stattdessen hat er mich einfach weggeschickt. Wieso? Und warum sollte ich herkommen, wenn ihr mich auch nur einsperren und ändern wollt? Was habe ich denn an mir, dass niemand mich so sein lassen kann, wie ich bin? Warum traut mir denn keiner etwas zu?«

»Schhh«, macht Tante Meghan betroffen, schiebt ihr Strickzeug beiseite und breitet stumm die Arme aus. Ich flüchte hinein wie ein kleines Kind und lasse zu, dass sie mir mit zitternden Fingern die Tränen abtupft. Mit den Kuppen gleitet sie behutsam über meine Nase, die Stirn, meine Wangen, zeichnet die Linie meines Kinns nach, den Haaransatz vor meinen Ohren und ertastet die Brombeerverletzung und die kleine Narbe dicht daneben, über meiner Augenbraue, wo ich mit drei oder vier gegen die Stalltür gelaufen bin. War das vielleicht sogar hier auf dem Hof? Das weiß ich nur aus Erzählungen. Ich kann mich nicht mehr daran erinnern. Nur an den Schmerz, an bestürzte Schreie und einen durchdringenden, angstvollen Ruf meiner Mutter. Sie hat ihre Arme nach mir ausgestreckt, aber aus irgendeinem Grund konnte sie mich nicht erreichen. Dann war da nur noch Schwärze.

»Du bist ihr wie aus dem Gesicht geschnitten, Shona«, flüstert Tante Meghan und streicht mir übers Haar. »Du kommst von hier, mo cridhe. Hier sind deine Wurzeln, dein Ursprung. Wir lieben dich. Du bist Teil unserer Familie. Aber du brauchst Zeit, um dich hier zurechtzufinden, diese Welt kennenzulernen, damit du dich sicher in ihr bewegen kannst. Vielleicht war es egoistisch von mir, dich hierherzuholen. Vielleicht hätte ich dich nicht dieser Gefahr aussetzen dürfen. Ich habe es unterschätzt.«

»Und ich habe dir schon mal gesagt: Ich kann ganz gut auf mich aufpassen«, schniefe ich und mache mich los. Wie peinlich, so auszurasten.

»Du machst den Eindruck«, sagt sie sanft und gibt mich frei. »Auch darin erinnerst du mich an Mhairi. In so vielem. Sie konnte jeden mit ihrem Charme um den Finger wickeln, und sie wäre unglaublich stolz auf dich.«

»Na ja, *charmant* steht eher nicht in meinen Zeugnissen«, grummele ich und putze mir die Nase.

»Ich weiß, wie fremd sich das alles für dich anhören muss. Bitte sei einfach vorsichtig da draußen. Hörst du? Niemand hält dich hier gefangen. Wir möchten nur, dass du wachsam bist. Dieses Wildpferd, von dem du erzählt hast … mach auf keinen Fall denselben dummen Fehler wie ich selbst … und deine Mutter.«

»Ich hab doch vorhin schon gesagt, da war kein … ich habe mich vertan. Was für einen Fehler denn? Was willst du damit andeuten?«

Tante Meghan räuspert sich. »Nichts, mo cridhe. Ich habe schon zu viel geplappert.«

»Allerdings.«

Ich schrecke zusammen, als ich Onkel Matthews Stimme höre. Er steht im Türrahmen, wer weiß, wie lange schon. Himmel, was hat diese Familie für ein Talent, sich hinterrücks anzuschleichen!

»Meghan sagte, du hast einen Clydesdale gesehen? Bist du ihm noch mal begegnet, Shona?«

»Nicht jetzt«, bittet meine Tante.

»Nein«, lüge ich zeitgleich wie aus der Pistole geschossen und spüre, wie mir Hitze ins Gesicht schießt. Tante Meghan hat ihm also doch von meinem Geheimnis erzählt! Wie konnte sie! »Wir haben nur …«, stottere ich und bemühe mich, die Fassung zu wahren. »Ich habe Tante Meghan alte schottische Sagen vorgelesen. Was hältst du denn davon? Das ist doch bescheuerter Aberglaube, oder nicht?«

»Steckt in allem ein wahrer Kern«, erwidert er wortkarg wie immer. Seine Augen verengen sich zu Schlitzen, aus denen er mich aufmerksam mustert. »Ist besser, die Geister nicht heraufzubeschwören«, brummt er noch, und das hört sich jetzt so an, als ob die Worte eher Meghan gelten als mir. Ich erkenne, dass ich mit untrüglichem Geschick mal wieder mitten in einem Riesenfettnapf gelandet bin.

»Wir sperren dich nicht ein. Halt dich einfach fern von den

Lochs und Flüssen, und sag uns, wo du hingehst, wenn du tagsüber unbedingt allein da draußen rumstromern musst. Und nimm Boomer mit. Der hat einen sechsten Sinn für alles und jeden, dem man nicht trauen kann, wenn du schon auf uns nicht hörst.« Damit lässt er Tante Meghan und mich stehen. »Gute Nacht«, brummt er immerhin noch über die Schulter.

»Tiere haben ein gutes Gespür für das Übernatürliche.« Meine Tante nickt nachdenklich, während ihre Augen in die Ferne gerichtet sind. »Eisernes Zaumzeug hilft auch oder ein Brautschleier. Wenn du eins davon einem Wasserpferd umlegst, muss es dir dienen. Aber wenn es sich davon befreit, wird seine Rache fürchterlich sein.« Dann greift sie wieder nach ihrem Strickzeug, als ob sie einfach nur über das Wetter geredet hätte. »Du hast recht. Ich habe dich genug mit diesen alten Märchen gequält. Entschuldige, Shona. Zeit, schlafen zu gehen.«

Kapitel 14

Meghan Fitzgibbons stand lange am Fenster in dieser Nacht. Sie konnte den beinahe vollen Mond nicht sehen, der draußen die Wiesen beschien und fahle Reflexe auf die Wellen von Loch Hope zauberte, über die sanft der Wind strich. Aber sie fühlte, dass er da war. Auch wenn er nicht der Hauptgrund war, der sie vom Schlafen abhielt. Umständlich hatte sie sich aus ihrem Bett hochgekämpft und die beiden Schritte aus eigener Kraft gemeistert, ohne ihren Stock. Mit der Kraft ihrer Arme stützte sie sich nun schwer auf dem Fensterbrett ab, aber sich zu setzen war keine Option.

Sie machte sich Sorgen um ihre Nichte. Große Sorgen. Zu sehr glich Shona ihrer Mutter. In all ihrer Zartheit, ihrem Mut und dem unbeugsamen Willen, der nahtlos in dieselbe widerborstige Sturheit und Freiheitsliebe überging – jeder Gefahr zum Trotz. Shonas Ausbruch vom Abend hatte ihr das einmal mehr vor Augen geführt.

»Ach Mhairi.« Ihre Augen füllten sich mit Tränen, als sie an ihre jüngere Schwester dachte. So viele Jahre lagen all diese furchtbaren Ereignisse inzwischen zurück, und doch kam es ihr in manchen Nächten vor, als wäre es gerade erst

geschehen. War Mhairi nicht gestern erst noch ein kleines Mädchen gewesen, das unbeschwert am Strand entlanggaloppiert war und den Ponys Tricks beibrachte?

Nun war Mhairis Kind schon fast zu einer jungen Frau herangewachsen, und Meghan musste fürchten, dass sich alles wiederholte. Dass das Schicksal nur Luft geholt hatte und nun eine neue Runde einläutete.

Ihre Albträume waren zurückgekehrt. Vom Tag des Unfalls. Von beiden Unfällen, genauer gesagt. Es waren Unfälle gewesen: Niemand hatte Schuld gehabt – weder Mhairi noch sie selbst. Nur das verfluchte Pferd. Meghan biss auf ihre Faust, um das Schluchzen zu unterdrücken, das aus ihrer Brust nach oben stieg. Viermal war sie diesem bösartigen Dheamhain begegnet, der ihre Schwester verhext hatte. Viermal war es ihr nicht gelungen, sie aus seinen Klauen zu reißen. Vier vertane Chancen. Es hatte sie Jahre gekostet, damit klarzukommen, ihren Frieden zu machen mit dem, was damals am Strand geschehen war. Nun brach alles wieder auf – wie Eiter unter der Kruste einer schlecht verheilten Wunde.

Warum nur hatten sie Mhairis Tochter hergeholt? Sentimentaler Egoismus auf Kosten von Shona? Was hatte sie damit erreichen wollen? Absolution erhalten? Aber wie sollte ihr das Kind etwas vergeben, wovon es nichts wusste? Und was hatte Christopher sich eigentlich dabei gedacht? Es war nicht sicher hier für Shona, aber sie einzusperren war erst recht keine Lösung. Das würde sie nur immer weiter von ihnen entfernen. So wie es damals bei Mhairi gewesen war. Genau so.

Stöhnend hievte sie sich zurück in ihr Bett.

Sie hatte es ungeschickt angefangen. Zu viele Informationen auf einmal. Shona musste lernen, ihnen zu vertrauen! Wie sonst würden sie sie beschützen können? Mhairi hatte damals all ihre Warnungen in den Wind geschlagen. Das durfte kein zweites Mal geschehen. Shonas Überleben hing davon ab.

Wieder hatte sie den panischen Schrei ihrer jüngeren Schwester im Ohr, die verzweifelten Rufe. Als wäre es gestern gewesen, sah sie Mhairis nach dem kleinen Mädchen ausgestreckten Arme vor sich, hörte das dumpfe Stampfen der Hufe im Sand, das Platschen der Wellen, als der Hengst scheute und sich aufbäumte, bevor er mit ihr in sein Element flüchtete. Das Wasser war so kalt gewesen an jenem Tag. Schaudernd strich sie sich die Gänsehaut von den nackten Armen. Dieses Bild hatte sich ihr eingebrannt. Es war das Letzte, was sie jemals gesehen hatte, bevor der Schlag kam, der ihr das Licht nahm – und ihre Schwester. Immerhin Shona hatte sie retten können. Damals zumindest. Es war keine Frage von Schuld. Das hatte sie in der Therapie gelernt. Niemand hatte Schuld. Und sie hatte das Kind vor dem sicheren Tod bewahrt.

Tapsende Schritte auf dem Flur rissen Meghan aus ihren Gedanken. Einen Moment lang glaubte sie, dass es Brodie war oder Hunter. Aber dafür waren die Füße zu leicht. Es war ihre Nichte, die sich erneut hinausschlich. Zu ihm. Sie fühlte seine Anwesenheit tief in ihrem Herzen.

»A Dhia«, murmelte sie und bekreuzigte sich. Ihr Mund war trocken, die Angst schnürte ihr die Kehle zu.

Sie hatte es gespürt. Das Mädchen hatte gelogen. Ein paarmal schon hatte sie gehört, wie ihre Nichte nachts heimlich das Haus verließ. Sie war so naiv gewesen zu glauben, dass Shona einfach nur frische Luft schnappen wollte. Unbeobachtet Zeit bei den Ponys verbringen. Aber nun ahnte sie ihr wahres Ziel.

Ihre Fingernägel gruben sich in ihre Haut.

Wenn das Kind ihr nur zuhören würde. Sie musste ihnen endlich glauben. Das begreifen, was sie ihr zu sagen hatten. Bevor es zu spät war. Wie deutlich sollte sie denn noch werden?

Meghan schlug die Decke zurück. Sie musste Matthew wecken. Sofort. Er musste ihr nachgehen. Zutiefst beunruhigt tastete sie nach ihrem Morgenmantel.

Fünf Minuten später kehrte sie zurück. Mit zitternden Fingern tastete sie nach ihrem Wasserglas, trank einen Schluck und sprach ein kurzes Gebet. Matthew würde sich darum kümmern. Er würde Shona beschützen. Alles würde gut werden. Dann schlüpfte sie wieder unter die Decke und legte sich hin, bereit für eine weitere schlaflose Nacht des Wartens.

Ich blicke kurz über meine Schulter zurück und lausche. Wohnhaus und Nebengebäude liegen im Dunkeln. Alle schlafen, nirgends brennt Licht. Es ist spät, und ich weiß, dass ich meinen nächtlichen Ausflug morgen Früh bereuen werde. Wie üblich. Oder auch nicht. Schlaf wird so was von überbewertet, und schließlich sind Ferien. Ein Lächeln stiehlt sich in mein Gesicht, als ich zwischen den Büschen hindurchtrete und der See vor mir liegt.

Der Hengst steht am Strand und brummelt leise, als er mich sieht. Dieser majestätische Schimmel wartet auf mich. Nur auf mich. Jede Nacht. Ich kann es noch immer nicht glauben. Aber es ist so. Und das ist die wahre Magie, die mich mit Staunen und Dankbarkeit erfüllt: Sobald ich ihn sehe, ist alles andere vergessen. Mein Kummer, meine Sorgen, selbst die Sache mit Mum oder der zunehmend nervige Kontrollzwang von Onkel Matthew und Tante Meghan – bei diesem Pferd vergesse ich alles. Ich fühle mich frei und geborgen zugleich. Und ich bin mir todsicher, dass er mir niemals etwas tun würde. Ich weiß es einfach.

Ich habe mir angewöhnt, ihm zu unseren geheimen Treffen eine Leckerei mitzubringen. Bislang hat er jedoch alles aus meiner Hand verschmäht, die Möhren, die Äpfel, sogar gestern den gequetschten Hafer. Ich frage mich, was und wo er frisst. Irgendwer muss ihn ja versorgen, er sieht nicht aus, als würde er hungern. Glänzendes Fell, Muskeln, keine Unze zu viel, aber auch keine zu wenig. Oder genügt ihm tatsächlich das frische Sommergras?

»Hier, sieh mal, magst du das?« Ich öffne das kleine Stoffsäckchen, das ich in der Futterkammer mit Hazels Spezialmüsli gefüllt habe. Der Clydesdale schnuppert interessiert, doch dann beleckt er lieber meine Hand, pustet in das Futter, sodass die Hälfte auf den Boden fällt, und knabbert mit seinen weichen Lippen spielerisch an meinem Ärmel.

»Auch nicht?«, frage ich. Wo bekommt er wohl Futter her, wenn Schnee liegt und die Grasnarbe verdeckt?

Nachdenklich werfe ich die Müslikörner in den Wind. Sobald der Morgen dämmert, werden sich die Möwen und andere Vögel darauf stürzen.

»Vielleicht kommst du im Winter auf meine Geschenke zurück.«

Im Winter ... Werde ich überhaupt noch hier sein, wenn der erste Schnee fällt? Nachdenklich lasse ich meine Hände über den Hals des Hengstes gleiten.

Seine Mähne ist zerzaust. Behutsam klaube ich ein paar Blätter und Stängel heraus und mache mich daran, die Knoten zu entwirren. »Wie schaffst du das nur immer?«, gluckse ich leise.

Hazel hat das auch manchmal, aber längst nicht so schlimm. *Feenknoten* sagt Tante Meghan zu diesem Gewirr. *Daran erkennt man, dass das kleine Volk sich über Nacht ein Pferd ausgeliehen hat, um es zu reiten. Sie benutzen die Mähne statt Zaumzeug.*

»Tante Meghans Kopf ist voll verrückter Kindergeschichten.« Ich schüttele den Kopf. »Du ahnst nicht, was ich mir heute Abend alles anhören musste. Sie wollen verhindern, dass ich dich treffe. Und richtig trauen kann ich Tante Meghan wohl auch nicht mehr.« Automatisch werfe ich einen Blick über meine Schulter, prüfe, ob ich verfolgt wurde. Onkel Matthew hat mich schon einmal hier draußen überrascht, und nach heute Abend bin ich mir fast sicher, dass er zumindest mein Zimmer kontrollieren wird. Aber ich bin ja nicht blöd. Ich habe mehrere Pullover und T-Shirts unter die Bettdecke gestopft – nur von nahem sieht man, dass da kein Mensch liegt – und habe gewartet, bis ich mir absolut sicher sein konnte, dass wirklich alle fest schlafen. Mindestens zwei Stunden. Wenn ich morgen zu Cuan gehe, werde ich einfach aufpassen. Sollen sie es ruhig versuchen, so schnell lasse ich mich nicht von etwas abbringen ...

»Hat dich eigentlich schon mal jemand geritten?«, frage ich leise, während ich meine Hand unter seinen Mähnenkamm grabe und ihn dort kraule. Die Nacht ist kühl, und sein Fell ist so herrlich warm.

Wunderschön sieht er aus. Das Mondlicht verleiht seinem seidigen weißen Fell ein beinahe überirdisches Aussehen. Ich habe ein bisschen recherchiert in den letzten Tagen. Rein genetisch dürfte es diese Farbe wirklich nicht geben. Anders als Tante Meghan vermute ich allerdings eine äußerst irdische Erklärung dafür, eine unerwünschte Vererbungsmutation – oder er ist nicht hundertprozentig reinrassig? Wurde er womöglich deshalb einfach freigelassen: weil er eine sogenannte Fehlfarbe hat? Ob auch hier wieder der Aberglaube der Highlander eine Rolle spielt?

»Oder du kommst tatsächlich aus dem Feenreich?« Ich kichere leise. »Ist es das?«

Der Schimmel zuckt kurz.

»Ich habe keine Angst vor dir, und du brauchst keine vor mir zu haben. Ich weiß, wie es ist, wenn man nicht dazugehört.« Kurz muss ich an Cuan denken und daran, wie schön es wäre, wenn ich das hier mit ihm teilen könnte. Aber nach Meghans Reaktion gestern, nachdem sie mein Geheimnis gleich brühwarm Matthew weitererzählen musste, werde ich nichts mehr riskieren. So gut kenne ich Cuan ja auch noch gar nicht. Doch diesem wunderschönen Pferd hier, dem kann ich alles anvertrauen, was mich beschäftigt. »Ich habe einen Jungen kennengelernt. Du würdest ihn mögen, glaube ich. Er ist vielleicht ein bisschen seltsam. Aber das ist in Ordnung, ich finde es sogar spannend. Und er hat ein Herz für Pferde.«

Die Dunkelmeeraugen des Schimmels beobachten mich

aufmerksam, seine Ohren spielen in meine Richtung. Er hebt den Kopf und lauscht wie ich hinüber zu den Hügeln. Dann schreitet er langsam ein Stück von mir fort, aufs Wasser zu. Ich folge ihm, wie in Trance.

Doch kurz bevor wir den Saum erreichen, knickt der Hengst in den Vorderbeinen ein. Er legt sich hin. Dann wälzt er sich genüsslich, von einer Seite auf die andere und wieder zurück, rudert mit den Beinen in der Luft, schubbert seinen Hals im Sand und kommt schließlich schnaubend in eine aufrechte Liegeposition. Er reibt seinen Kopf am gesunden Vorderbein, um den Sand aus seinem Gesicht zu bekommen. Abwartend sieht er mich an.

»Was möchtest du?«, frage ich, und mein Herz klopft so laut in meiner Brust, dass ich fürchte, dass man es bis zum Hof hinauf hört.

Der Schimmel blubbert leise, es klingt wie ein Willkommensgruß, wie sein Einverständnis, dass ich näher kommen darf.

Schritt für Schritt wage ich mich dichter an ihn heran. Ich fürchte, dass er aufspringt, wenn er sich erschreckt. Aber er soll unbedingt liegen bleiben, es wäre so schön, einfach nur eine Weile neben ihm zu sitzen.

»Du hast keine Angst vor mir, oder? Ich weiß gar nicht, wie ich dich nennen soll. Ich würde dir so gern einen Namen geben, aber du brauchst keinen Namen, den ein Mensch dir gibt, denn du bist frei. Und diese Freiheit darf dir niemand nehmen. Freiheit ist das Allerwichtigste überhaupt. Glaub mir, das weiß niemand so gut wie ich.«

So langsam ich kann, hocke ich mich neben ihn. Er beobachtet mich aufmerksam aus seinen wunderschönen Augen, aber er macht keine Anstalten, aufzustehen.

»Vielleicht nenne ich dich einfach Seahorse. Weil ich dich am Meer zum ersten Mal gesehen habe, dort unten an der Steilküste bei Tongue. Und weil deine Augen aussehen wie der Ozean. Wäre das okay? Seahorse? Wie findest du das?« Leise spüre ich dem Klang nach. »Es ist ein besonderer Name, oder? Keiner, mit dem man jemanden besitzt, sondern einer, der …«

Wie in Zeitlupe strecke ich meine Hand aus, schiebe sie unter den Schopf des riesigen weißen Pferdes und berühre den feinen Wirbel auf seiner Stirnmitte. »… der einfach sagt: Ich sehe dich. Niemand darf dir je seinen Willen aufzwängen. Bei mir bist du sicher.«

Der Schimmel blubbert wieder. Ich glaube, er versteht, dass ich ihm niemals seine Freiheit nehmen würde.

»Ich fühle dein Wesen, wer du bist«, murmele ich, und ein Schauer rieselt mir über den Rücken, als er mir den Kopf zuwendet und spielerisch, mit samtweichen Lippen meine Hände erkundet, während ich ganz behutsam weiter herumrutsche und mich an die Wärme seines muskulösen Körpers schmiege.

Das alles hier – ich, bei diesem Pferd, an diesem magischen Ort, der Mond über dem See, das ruhige, tiefschwarze Wasser –, es ist so unwirklich, wie ein Traum. Und vermutlich ist es genau das. Wahrscheinlich liege ich in Wirklichkeit gerade im Bett und schlafe. Und zugleich ist es so real, so wirklich, noch nie habe ich mich selbst so gespürt, mit jeder Faser meines Seins.

»Es *muss* ein Traum sein«, wispere ich und schlucke trocken. Ich könnte heulen vor Glück und würde es am liebsten laut in die Nacht schreien, dass sie so unrecht haben, meine

Tante und mein Onkel. Aber ich bin ganz leise, ich flüstere nur und streichele dabei das feine Gesicht des Hengstes, dem ich so nah bin, dass es beinahe wehtut.

»Du bist nicht gefährlich, das weiß ich. Kein Stück! Du würdest mir nie etwas tun. Sie haben keine Ahnung von dir und von dem, was uns verbindet, mein Seahorse. Aber hey, soll ich dir was erzählen? Dieser Junge. Er heißt Cuan …«

Nachdenklich sehe ich den Hengst an. »Er mag Pferde genauso sehr wie ich. Er ist sowieso ganz anders als die Jungs, die ich sonst kenne. Nicht so kindisch wie Brodie oder so schroff wie Hunter …« Ich zwirbele eine Strähne seiner Mähne zwischen meinen Fingern. »Feiner irgendwie, sensibler.«

Der Schimmel knufft mich sanft an, weil ich aufgehört habe, ihn zu streicheln.

»Ist ja auch egal«, sage ich leise und fahre brav damit fort, ihn unter der Mähne zu scheuern. Genüsslich streckt er den Hals und formt mit den Lippen eine spitze Schnute. Anscheinend habe ich die richtige Stelle gefunden.

Lange bleiben wir so sitzen. Die feuchte Nachtkälte kriecht mir unter die Haut, da wo unsere Körper einander nicht berühren, aber das ist mir egal. Ich glaube, zwischendurch nicke ich sogar ein.

Jedenfalls schrecken wir beide heftig auf, als irgendwo in der Nähe ein Zweig knackt. Der Hengst kämpft sich auf die Beine, trotz der Alarmbereitschaft bemüht, mich mit seinen Hufen nicht zu treffen. Ich brauche ein bisschen länger, um auf die Füße zu kommen. Meine Füße sind eingeschlafen, und der Rest von mir ist offenbar auch noch nicht ganz wach. Schlaftrunken und klamm lausche ich in die Richtung, aus der das Geräusch kam.

»Was war das?«, flüstere ich heiser und drehe mich zurück zu dem Schimmel. Doch der stiebt bereits davon. Ich sehe ihm nach, bis seine helle Silhouette hügelaufwärts zwischen Steinblöcken und Büschen verschwindet.

Im Unterholz des nahen Wäldchens raschelt es erneut. Unwillkürlich ducke ich mich und suche Deckung zwischen ein paar großen Felsen ganz in der Nähe. Ich habe wirklich keine Lust, mich schon wieder hier draußen erwischen zu lassen.

Keine Sekunde zu früh.

Zuerst ist da der Lichtkegel einer Taschenlampe. Dann tritt eine große Gestalt aus den Schatten ins fahle Mondlicht, folgt den Hufabdrücken auf dem Boden und stapft direkt auf die Stelle zu, wo ich eben noch mit dem Schimmel gesessen habe.

Wer treibt sich denn außer mir noch um diese Uhrzeit hier herum? Da erkenne ich die Silhouette des Mannes. Tatsache! Onkel Matthew! Schon wieder? Dachse jagen?

Prüfend leuchtet er über den Boden, bückt sich und befühlt mit der Hand die Vertiefung, die der mächtige Pferdekörper hinterlassen hat. Oh Himmel, ist mir etwa irgendwas aus der Tasche gefallen? Ich halte die Luft an, aber er hebt nichts auf. Anscheinend interessiert ihn etwas anderes – wie frisch die Fährte ist –, das begreife ich, als ich sehe, dass er seine Handfläche an verschiedenen Stellen mit ausgestreckten Fingern in die Mulde drückt.

Sein Atem zeichnet feine Dunstwölkchen in die Nachtluft. Erst jetzt bemerke ich so richtig, wie kalt es geworden ist, und fröstele.

Mein Onkel ist so nah, dass ich ihn ächzen höre, als er sich aufrichtet.

Jetzt zeichnet seine Lampe den Weg nach, den Seahorse in

die Hügel genommen hat. Dann stutzt er, und der Lichtkegel wandert in meine Richtung. Ich kauere mich noch tiefer zwischen die Felsen. Aus dem Augenwinkel nehme ich wahr, wie der Strahl den Stein über mir streift. Ich müsste weg hier, sofort, aber meine Beine fühlen sich an wie Gummi, die tragen mich keine drei Yards weit.

Und da ist noch eine Bewegung. Ehe ich mich umdrehen kann, schließt sich eine Hand um meinen Mund. Sie riecht intensiv nach Pferd. Ich strampele und will gerade zubeißen, da höre ich eine beschwörende Stimme ganz dicht an meinem Ohr. »Schhh, ich bin's. Vertrau mir.«

Ich nicke langsam und höre auf, an seinem Arm herumzuzerren.

»Ganz leise jetzt«, wispert er. »Okay?« Behutsam löst er seine Hand, und ich schnappe nach Luft.

»Cuan! Was machst du hier?«, flüstere ich ungläubig.

Langsam kommt Onkel Matthew näher. Der sich bewegende Schein der Taschenlampe verrät es ebenso wie das Geräusch knirschender schwerer Schritte.

»Wir müssen hier weg. Komm mit.« Cuans Finger verschränken sich mit meinen und lösen ein Kribbeln in meiner Magengegend aus. Wir warten eine quälend lange Sekunde ab, bis Wolken sich vor den Mond schieben. Dann fliehen wir hügelaufwärts in den Schutz der Nacht.

Erst nachdem wir gefühlt Stunden bergan geklettert sind, buchstäblich über Stock und Stein und jede Menge Disteln, lassen wir uns los. Mal zieht er mich, mal gibt er mir Hilfestellung, mal laufen wir einfach nur Hand in Hand, als ob wir uns schon ewig kennen würden … mein Herz klopft wie verrückt, und das nicht nur, weil ich ein wenig außer Atem bin.

Endlich sind wir auf der Bergkuppe angekommen. Rücklings lasse ich mich in die Heide fallen und halte meine stechende Seite. »Glaubst du, er hat uns gesehen?«

Cuan lässt sich auf alle Viere nieder und schüttelt den Kopf. »Er hat sich entschieden, die Pferdespuren zu verfolgen. Das tut er immer.«

»Wie – immer?«

»Er jagt … den Hengst.« Seine Miene verfinstert sich so sehr, dass ich es sogar im diffusen Mondlicht erkennen kann.

»Was? Wegen des Gewehrs? Nein, da geht es um Dachse«, widerspreche ich überrascht. »Irgendein Dachs treibt sich zu nah am Hühnerstall herum. Das hat er mir neulich erzählt, als er mich draußen erwischt hat.«

Ich beiße mir auf die Unterlippe, als ich an die Situation zurückdenke, wie ich die Stacheldrahtwunde des Hengstes verarztet habe, und wie knapp es war. »Wie kommst du darauf, dass er den Hengst …? Niemand schießt auf Pferde! Aber ich finde den Gedanken auch furchtbar, dass er überhaupt auf ein Tier schießen könnte.«

»Dachse«, brummt Cuan abfällig und lässt sich neben mich plumpsen. »Die Hühner haben eher Probleme mit Fuchs und Marder als mit einem Dachs. Und das hast du geglaubt?«

»Halb«, gebe ich zu. »Mein Dad hat ihnen eingeschärft, gut aufzupassen, dass ich nicht abhaue oder mich in den Highlands verlaufe. Ich stehe unter Beobachtung.« Ich verkneife das Gesicht. »Wahrscheinlich bin ich der Dachs.«

»Und für dich braucht er eine Waffe?« Cuans Augen blitzen belustigt.

Ich richte mich ein Stück auf. »Gegenfrage: Warum sollte er den Schimmel jagen? Okay, meine Familie hat irgendwie ein gespaltenes Verhältnis zu Pferden, aber das?« Ich verdrehe schmunzelnd die Augen. »Es sei denn natürlich, Tante Meghan hat Onkel Matthew auch schon mit ihrem Unsinn angesteckt. Sie kann Märchen nicht von der Wirklichkeit unterscheiden. Ich weiß nicht, ob ich das traurig oder gruselig finden soll. Ziemlich verrückt, oder?«

Er zögert kurz, als ob er zu einer Antwort ansetzen will, dann zuckt er mit den Schultern, zieht eine kleine Wasserflasche aus der Innentasche seiner Jacke und setzt sie an die Lippen.

»Keine Ahnung, *du* wohnst mit diesen Leuten in dem Haus.«

»Sind meine Verwandten, die kann man sich nicht aussuchen.«

»Stimmt.« Cuan nickt nachdenklich. »Vielleicht solltest du trotzdem nicht nachts allein hier draußen rumlaufen.«

»Ich war ja nicht allein«, sage ich trotzig. »Bin ich jetzt auch nicht. Und ich habe ein Taschenmesser.«

»Oh.« Er grinst amüsiert.

»Ich bin nicht freiwillig hier«, schiebe ich nach und beobachte dabei verstohlen seinen Gesichtsausdruck. »Ich habe mich mit meinem Dad gestritten. Heftig. Sie sagen, dass Hope meine letzte Chance ist und dass mir die Stadt nicht guttut.«

»Wem schon«, sagt Cuan lapidar. Er blickt mir so direkt in die Augen, dass ich lieber woanders hinschaue. Auf meine Hände zum Beispiel. Ich habe mir einen Fingernagel eingerissen. Wieder einmal. Verlegen zupfe ich daran herum.

»In Städten gibt es Menschen.« Cuan räuspert sich. »Zu viele von ihnen.«

Ich muss lächeln. »Ich mag auch keine Menschen.«

Oh, Mist, wie klingt das denn? Was soll er denn jetzt denken? »Also, die meisten. Manche. Zu viele auf zu engem Raum jedenfalls. Oder wenn sie gemein zu … Lange Geschichte, egal. Ich bin von der Schule geflogen«, plappere ich drauflos und knibbele an dem zersplitterten Nagel herum. »Und es war nicht die erste. So. Jetzt weißt du alles von mir.« Gespannt sehe ich ihn an.

»Mehr gibt es da nicht zu erfahren?« Cuan legt verschmitzt den Kopf schief.

Ich zucke mit den Schultern. »Genügt das nicht?«

»Mir schon.« Er spielt mit einem Grashalm herum. Das Mondlicht malt Schatten auf sein Gesicht, und mein Herz klopft so laut, dass es mir peinlich ist.

»Und du? Wo kommst du her?«, frage ich schnell. »Wo gehst du zur Schule? In Bettyhill?«

Er schüttelt den Kopf. »Nein, ich … nicht so wichtig.« Er nimmt noch einen Schluck und spielt dann gedankenverloren mit dem Flaschendeckel herum.

Na toll, ich veranstalte hier einen Seelenstriptease, und der Typ macht einen auf Geheimniskrämer. Mir gehen tausend verrückte Sachen durch den Kopf. »Weißt du eigentlich, was du mir vorhin für einen Schrecken eingejagt hast? Was machst *du* überhaupt hier draußen?«

»Dich vor Hausarrest bewahren?« Er lächelt scheu und bietet mir das Wasser an. »Ich wandere gern nachts herum. Gern geschehen übrigens. Du brauchst dich nicht zu bedanken.«

Ich schüttele den Kopf. »Ich komme super alleine klar. Ich brauche keinen Beschützer.«

»Nicht?« Er steckt die Plastikflasche wieder ein und mustert mich. »Das hab ich gesehen.«

»Also stalkst du mich doch!?« Empört setze ich mich auf. »Oder schleichst du einfach so bei uns rum? Nachts auch noch, das ist creepy!«

»Nein! So ist das nicht. Es ...«

Ich lasse ihn nicht ausreden. »Nee, klar, Nachtwandern ist total angesagt gerade. Außerdem ... du musst mich nicht vor Onkel Matthew beschützen. Er ist okay. Er macht sich einfach Sorgen. Und wenn ich ihm sage, dass er den Dachs in Ruhe lassen soll, dann ...« Ich breche ab.

In Wahrheit bin ich mir überhaupt nicht sicher, ob mein Onkel sich durch mich von seinen Jagdplänen abbringen lassen würde. Zu gut habe ich die Sprüche des Tierarztes im Kopf. Hier in den Highlands läuft tatsächlich alles ein bisschen anders. Aber versuchen werde ich es. Es gibt ja auch Lebendfallen.

»Okay.« Cuan senkt den Blick, als ich ihn anfunkele, und wechselt das Thema. »Wie geht es Hazel?«

»Gut.« Ich werde aus diesem seltsamen Jungen einfach nicht schlau. »Woher wusstest du, dass sie eine Kolik bekommen würde?«

»Ich ... habe ein ganz gutes Gespür für Pferde. Das ... liegt bei uns in der Familie.«

»Cool«, sage ich versöhnlich. Das Letzte, was ich will, ist, mich jetzt mit ihm zu streiten. »Bei uns auch. Wie geht es deinem Arm?«

Er stutzt kurz. Dann reibt er sich über das Handgelenk. »Ach das. Alles gut. Wie gesagt, das war nur ein Kratzer. Schon vergessen. Ich bin Boomer nicht böse.«

»Wo wohnst du eigentlich?«

»Nicht weit von hier.« Er zeigt vage in Richtung Südwesten.

»Also arbeitest du, da du ja nicht mehr zur Schule gehst?«

»Nein, wir … Homeschooling. Fragst du Leute immer so aus?«

»Oh, ich … nein … sorry.«

»Schon gut.«

Für einen Moment herrscht betretenes Schweigen zwischen uns.

»Und … du kennst den weißen Kaltbluthengst also auch?«

Er nickt überrascht und ein wenig so, als ob ihm unangenehm wäre, dass ich es weiß. Aber er hat es mir ja schließlich gerade eben selbst verraten.

Erleichtert atme ich aus und das scheint ihn noch mehr zu verunsichern. »Ich hatte schon das Gefühl, ich wäre die Einzige, die dieses Pferd für real hält. Weißt du, wo er herkommt? Meine Tante glaubt … ach, egal.«

»Was glaubt deine Tante?« Cuan beugt sich nach vorn. Seine dunkelblauen Augen schimmern im Mondlicht. Er hört mir zu. Da ist jemand, ein Mensch, der mir wirklich zuhört, und mehr noch, ich glaube, er würde mich verstehen. Trotzdem kommt es mir dämlich vor, ihm zu erzählen, was mir so alles im Kopf herumgeht, wenn ich an Seahorse denke. Oder ihm zu verraten, dass meine blinde Tante von der Existenz blutrünstiger Wasserdämonen überzeugt ist.

Ich hebe die Schultern. »Sie ist echt lieb, aber manchmal … Ach, keine Ahnung. Jedenfalls habe ich noch nie so ein schönes Tier gesehen. Meinst du, man könnte ihn reiten? Also, nicht, dass ich denke, man müsste sich unbedingt auf jedes Pferd draufsetzen, und ich weiß ja gar nicht, ob er nicht doch jemandem gehört und nur ab und zu durch die Gegend stromert – so wie manche Leute ihren Hund einfach streunen lassen. Aber … ich habe da immer wieder diesen Traum, weißt du, und …« Verdammt, ich rede zu viel.

»Shona, das muss aufhören.«

Hä? Wo ist er denn jetzt? »Was meinst du?«

»Der Hengst und du – du weißt nicht, was du da tust. Das ist ein wildes Tier. Es ist gefährlich.«

»Fängst du jetzt auch noch an?« Trotzig verschränke ich die Arme.

Cuan reißt erschrocken die Augen auf. »Wieso – wer weiß denn noch davon, dass du dich heimlich mit ihm triffst?«

»Niemand.« Ich presse die Lippen aufeinander.

»Shona, bitte vertrau mir. Ihr bringt euch gegenseitig in Gefahr.«

»Und das weißt du so genau, weil …?«

Cuan sieht hinüber zum Loch Eriboll, aber sein Blick verliert sich in der Ferne. Seine tiefblauen Augen werden noch dunkler. »Das kann ich dir nicht sagen.«

»Tante Meghan«, sage ich etwas versöhnlicher, und dann packe ich doch aus. »Es ist mir rausgerutscht. Aber sie hat echt eine blühende Fantasie, um es mal freundlich auszudrücken. Ich glaube, das ist ihre Art, mit dem Tod meiner Mutter klarzukommen. Zumindest will sie mir dauernd was von alten Legenden erzählen. Über Wasserpferde, die hier draußen ihr Unwesen treiben und …«

»Vielleicht ist nicht alles Quatsch, nur weil du es nicht kennst, Shona.«

Überrascht klappe ich den Mund zu.

»Sorry, das kam jetzt ein wenig hart rüber«, entschuldigt er sich sofort.

»Du glaubst ja wohl nicht, dass Seahorse …?«, sage ich staunend.

»Seahorse?« Er schaut mich seltsam an. »Ich *weiß*, dass es

sie gibt. Sie sind nicht böse, nicht so, wie sie in den Sagen dargestellt werden. Es ist nur …«

»Hast du schon mal eins gesehen?«, frage ich und schüttele im nächsten Moment über mich selbst den Kopf. Sitze ich hier wirklich mitten in der Nacht auf einem Berg und diskutiere mit einem Jungen, den ich gerade erst kennengelernt habe, über die Existenz von Wasserpferden?

»Würdest du mich auslachen – oder weglaufen, wenn ich die Frage bejahe?«

»Weder noch«, sage ich ernsthaft und lehne mich zurück. »Aber mein Schimmel ist keins. Das ist ein ganz normaler Clydesdale …«

Cuan unterbricht mich mit einem unwilligen Brummen.

»… der irgendwo ausgebüxt und verwildert ist«, beende ich den Satz unbeirrt.

»*Dein* Schimmel«, wiederholt er spöttisch.

»Was dagegen?«

Cuan steht auf und klopft sich trockene Heidetriebe von der Hose. »Ich muss gehen«, sagt er knapp. »Schön, dass es Hazel wieder besser geht.«

Verdattert sehe ich ihm nach. Habe ich etwas Falsches gesagt? »Hey! Bleibt es bei unserem Treffen morgen Früh?«

Seine Zähne blitzen hell auf. »Natürlich. Solange du dich heute Nacht von niemandem mehr erwischen lässt, Nachtwanderin.«

»Ich geb mir Mühe, Nachtwanderer.« Ich sehe ihm nach, bis er mit dem Dunkel verschmilzt und mein Bauch hüpft ein bisschen.

Kapitel 15

Matthew Fitzgibbons hatte die Spuren deutlich gesehen, den Abdruck, wo das verdammte Vieh sich im Sand gewälzt hatte – genau an der Stelle, wo Shona offenbar wenige Stunden zuvor spazieren gegangen war. Das war an Dreistigkeit kaum zu überbieten. Als ob dieses Vieh ihm ins Gesicht spuckte.

Zuerst hatte er Meghans Ängste für Hirngespinste gehalten, der Nervosität geschuldet, die die Verantwortung für Shona mit sich brachte. So lange war alles ruhig gewesen. Doch schon seit mehreren Wochen schlief sie schlechter. Irgendetwas plagte sie. Darum hatte er nachgegeben, als sie ihn gebeten hatte, ihr zu helfen und Christopher zu schreiben. Nach all der Zeit hatte er gehofft, dass es ihr danach besser gehen würde. In den vergangenen Jahren waren die Albträume immer seltener vorgekommen, lang nicht mehr so heftig wie früher, als sie schweißgebadet um Hilfe gerufen hatte. Sie waren die Nachwehen des Tsunamis, der die Familie damals auseinandergerissen hatte. Mit der Zeit hatte er gelernt, wie er damit umzugehen hatte. Sie redete, er tröstete und hielt sie, ließ sie sich ausweinen über den Verlust der gemeinsamen Schwester, und dann war es wieder gut.

Ab und zu war sie nachts ruhelos umhergewandert, etwas öfter, während sie auf Antwort aus London warteten. Er hatte gehofft, dass sich das mit Shonas Ankunft wieder legen würde. Doch es war schlimmer geworden.

Sie weinte wieder im Schlaf. Er hatte es nicht besonders ernst genommen, als sie ihm von dem Schimmel erzählte, von dem sie geträumt hatte. Nicht einmal, als sie ihm völlig aufgelöst von Shonas Fragen nach einem Wildpferd berichtete, war er hellhörig geworden. Das Kind hatte Meghan gegenüber selbst eingeräumt, dass es vermutlich doch nur eins der Ausbrecherponys von Gilliebride gewesen war.

Nur damit seine Schwester Ruhe gab, hatte er zugesagt, nachts Kontrollgänge über den Hof zu machen.

Doch dann hatte er die Hufabdrücke gefunden, die tellergroßen Trittsiegel, die nicht hierhergehörten, zuerst nur vereinzelt, an der Ponyweide und natürlich unten am See, dem Loch, dem diese Ausgeburt der Hölle entstiegen war. In den letzten Tagen dann deutlich häufiger und auch weiter oben. Parallel dazu hatte Shona begonnen, sich merkwürdig zu verhalten. Und als Meghan ihm gestern ihr Herz ausschüttete, da wusste er, dass er wieder da war – und Hunger hatte. Bis zum Ende des Gartens hatte sich das Biest getraut, doch hier würde es nicht noch einmal Beute machen.

Der Kummer um Mhairis Verlust hatte ihre gemeinsamen Eltern, die Großeltern von Hunter, Brodie und Shona, früh ins Grab gebracht. Aber er war nicht wie sein verstorbener

Vater, der Meghans Warnungen in den Wind geschrieben hatte, bis es zu spät war. Oder wie Christopher, der nichts »von diesem absurden Mumpitz« hören wollte, sich mit dem Kind nach England abgesetzt und den Kontakt abgebrochen hatte.

Matthew blies in seinen Kaffee. Gu leoir – genug!

Er würde das Biest eigenhändig in die Hölle zurückschießen, in die Anderswelt. Es sollte sich ein für alle Mal fernhalten von den Frauen seiner Familie. Er würde sie beschützen und es dem Each Uisge zeigen. Mit einer Silberkugel, mitten zwischen die Augen. Shona würde dieser Wassergeist jedenfalls nicht bekommen.

Aber vielleicht konnte sie … Nachdenklich musterte er seine Nichte, die verschlafen am Frühstückstisch saß, mit ihrem Handy im Internet surfte und dabei ihren Porridge löffelte.

Das Klingeln des Festnetztelefons riss ihn aus seinen Gedanken.

»Dad?« Brodie reichte ihm das Mobilteil, nachdem er ein paar Floskeln gewechselt hatte. »Für dich, Onkel Christopher.«

»Musst du nicht los?«

Brodie nickte und nahm sich einen Apfel aus der Obstschale. »Bin schon weg.« Auf den Jungen war Verlass.

Shona schreckte auf, als sie den Namen ihres Vaters hörte und machte bittende Gesten, nicht mit ihm sprechen zu müssen. Immer noch nicht. Matthew schnaubte, nahm seinen Kaffee, ging über den Flur in sein Arbeitszimmer hinüber und schloss die Tür.

»Was gibt's?«

»Matthew, ist mit Shona alles in Ordnung? Sie geht nicht ans Telefon und beantwortet meine Nachrichten allenfalls mit Zweiwortsätzen. Sie ist immer noch sauer, hab ich recht?«

»Kannst du das nicht verstehen?«

»Doch sicher, ich frage mich nur … Wir haben beide überreagiert. Ich hätte sie nicht wegschicken sollen. Nicht so weit. Sie ist ganz allein.«

»Wir sind ihre Familie.«

»Die sie seit zehn Jahren nicht mehr gesehen hat.«

»Was nicht unsere Schuld ist.«

»Es geht doch nicht um Schuld, Matt.«

»Doch, das tut es. Aber wir wollen nicht wieder davon anfangen. Es macht die Toten nicht lebendig. Kümmern wir uns um die Lebenden.«

Er hörte, wie Christopher irgendwo in London mit den Zähnen knirscht.

»Nein, das tut es nicht, Matt. Du hast recht. Aber ich habe Mhairi auch geliebt, weißt du? Sie war meine Frau.«

Er biss sich auf die Zunge, um darauf nichts zu entgegnen.

»Bist du noch dran?«

»Ja.«

»Fühlt sie sich wohl?«

»Sie lebt sich ein.«

»Also nicht. Ich habe mir gedacht, ich setze mich ins Auto und komme euch besuchen, am nächsten Wochenende. Ist das okay? Ich möchte ihr so vieles erklären, wir müssen dringend reden und dann in Ruhe überlegen, wie es weitergeht. Und wo … und ich glaube, das geht besser von Angesicht zu Angesicht.«

»Wenn du meinst, dass sie dann mit dir redet?«

»Ja, das wird sie. Sie ist immerhin auch mein Kind.«

Er legte auf.

»Ist sie das?«, murmelte Matthew und drückte abwesend auf die rote Taste, damit das nervtötende Tuten aufhörte.

Beim Frühstück spricht Onkel Matthew den nächtlichen Ausflug mit keiner Silbe an, aber ich spüre sehr wohl seine Blicke auf mir. Nun, ich werde nichts sagen, bloß keine schlafenden Hunde wecken. Brodie hat nicht den Eindruck gemacht, dass er etwas weiß, als wir vor dem Essen die Pferde zur Wiese gebracht haben, und jetzt ist er mit Tante Meghan und Hunter bereits in die Stadt gefahren. Es war beinahe zu einfach, sie zu überreden, dass ich hierbleiben darf, um etwas mit Hazel zu unternehmen. Ich glaube, sie hat ein schlechtes Gewissen. Natürlich soll ich vorsichtig sein und mein Handy mitnehmen und auf die Uhr sehen, feste Zeiten, bla bla. Das ist ja auch in Ordnung. Schätze ich. Irgendwie.

Vielleicht hat mein Onkel die Fußspuren ja doch nicht mit mir oder mit Seahorse oder mit uns beiden in Verbindung gebracht.

Nachdenklich betrachte ich Onkel Matthew – beziehungsweise die Zeitung, hinter der er sich nach dem Telefonat mit Dad verschanzt hat.

Das Gespräch mit Cuan hat mich auch mehr verwirrt, als ich vor mir selbst zugeben mag. Was, wenn er auch nur in

Ansätzen recht hat? Wenn Onkel Matthew von dem Clydesdale weiß? Wenn er tatsächlich ihn jagt – und keine Dachse? Oder schlimmer noch: Wenn es gar nicht um das Pferd geht, sondern wenn er mitbekommen hat, dass Cuan nachts in der Gegend rumstromert, und er ihn für einen Einbrecher hält? So wie ich ihn verstanden habe, ist mein Onkel ja schon länger nachts auf Streife unterwegs und nicht erst, seit ich hier angekommen bin. Oder habe ich mich inzwischen von dem allgemeinen Verfolgungswahn anstecken lassen? Sind das alles nur blöde Zufälle und er stiefelt eigentlich doch nur draußen herum, weil er Angst hat, dass ich mitten in der Nacht abhauen könnte? Ich würde wirklich zu gern wissen, was er mit Dad besprochen hat.

Onkel Matthew blättert um, lächelt mir flüchtig zu und liest weiter. Ich trinke meinen Tee aus und beobachte ihn über den Rand der Tasse. Dann lege ich meinen Löffel in die leere Porridgeschüssel und schiebe sie in die Tischmitte. »Ich werde nicht weglaufen«, verkünde ich.

»Wirst du nicht«, wiederholt Onkel Matthew, ohne vom Sportteil aufzublicken. »Stand das denn zur Debatte?«

»Äh. Keine Ahnung. Ja. Nein.« Er bringt mich aus dem Konzept mit seiner ruhigen Art. »Jedenfalls – ich weiß noch nicht, wie lange ich bleiben möchte, aber es gefällt mir hier. Das kannst du meinem Dad gern ausrichten. Wenn ihr mal wieder sprecht.«

Er wackelt kurz mit den Augenbrauen und drückt seine Zustimmung aus, mit allem, was die schottische Beredsamkeit hergibt: »Mhm.«

»Okay«, schiebe ich nach, stehe auf und räume mein Geschirr in die Spülmaschine. »Dann hätten wir das geklärt. Ich gehe ein bisschen mit Hazel spazieren. Nicht in die Berge, nicht ans Meer. In zwei Stunden bin ich zurück. Okay? Soll ich Boomer mitnehmen?«

»Brauchst du nicht. Ist ein Hofhund, kein Wanderhund. Wir wollen's nicht übertreiben, ich vertraue dir. Aber denk dran, dass das Unkraut im Gemüsebeet sich nicht alleine jätet.«

»Habe ich auf dem Schirm. Mache ich noch vor dem Mittagessen.«

»Gut.« Geruhsam faltet er die Zeitung zusammen, dann hebt er den Kopf und sieht mich nachdenklich an. »Deinem Dad kannst du übrigens selbst sagen, was immer du ihm sagen möchtest. Er kommt am nächsten Wochenende her.«

»Mhm«, mache jetzt ich und halte mich kurz an der Türklinke fest. Mehr bringe ich nicht heraus, das muss ich erst mal verdauen. Nichts wie raus hier.

»Und, Shona ...«, bremst er mich noch einmal, als ich gerade die Tür hinter mir zuziehen will.

»Ja?«

»Hier treibt sich neuerdings nachts Gesindel herum. Du triffst dich doch nicht heimlich mit diesem Travellerjungen, oder? Das ist kein Umgang für dich.«

»Notiert«, erwidere ich verkniffen und zwinge mich, die Tür nicht zuzuknallen. Cuan ist kein Gesindel!

»Ich weiß nicht, was ich denken soll«, gestehe ich der kleinen Stute mit den sanften nussbraunen Augen, als ich ihr das Halfter umlege und wir uns auf den Weg machen, den Cuan mir am Vortag beschrieben hat. »Finde ich das nun gut oder schlecht, dass mein Vater mich besuchen kommt? Einerseits freue ich mich natürlich. Er ist mein Dad, und ich vermisse ihn schrecklich. Aber so, wie wir auseinandergegangen sind? Und dann diese Sprüche von Onkel Matthew ... Was sollte das denn?«

Die Stute hat so ad hoc anscheinend auch keinen Rat für mich. Sie nutzt meine Unaufmerksamkeit, zieht mir den Strick halb aus der Hand und schnappt sich eine rosafarbene Blüte, als wir an Tante Meghans Rosenbüschen vorbeikommen.

Ich beschließe, meine Grübeleien auf später zu vertagen. Hazel hat ja ganz recht, das bringt nichts. Und wenn man mit Pferden zusammen ist, haben sie Anspruch auf die volle Aufmerksamkeit. Außerdem sind wir spät dran. Ich hoffe nur, dass mir niemand folgt. Diese Aktion gestern Abend steckt mir in den Knochen, und ich sehe mich immer wieder zwischendurch möglichst unauffällig um. Der Wind trägt das nervige Surren des Kompressors bis hoch zur Straße. Onkel Matthew schweißt irgendwas. Vielleicht fand er seine Aktion bei Tageslicht besehen doch etwas übertrieben. Oder er will mich in Sicherheit wiegen, unkt eine Stimme in meinem Kopf. Egal, Hauptsache, ich habe vorerst meine Ruhe.

Die Brücke ist nicht weit von unserem Hof entfernt und ziemlich unspektakulär, die Straße führt dort ohne Steigung über den River Hope, etwas oberhalb der Stelle, wo er in den See übergeht. Hüfthoch wird die Brücke links und rechts durch eine vermörtelte, einfache Steinmauer begrenzt. Die Böschung ist ziemlich steil, und das Flüsschen plätschert sprudelnd über Felsen und Geröll. Am Ufer wachsen Heide, Kräuter, Büsche, Gras, an drei Seiten hindern Viehzäune Schafe und Rinder daran, einen Spaziergang auf die A 838 zu unternehmen, an der vierten führt eine spärlich geschotterte Zufahrt zu einer der Farmen von Hope, und weiter die Hügel hinauf zieht sich ein dichtes Wäldchen. Ein bisschen unschlüssig bleibe ich mit Hazel an der Mauer stehen. Hätte ich sie zu Hause lassen sollen? Aber dann hätte ich kein Alibi gehabt.

Wo bleibt Cuan? Ich kann ihn nirgends entdecken. Versetzt er mich etwa? *Sprich nicht mit Fremden*, äffe ich im Kopf Onkel Matthew nach. *Hier treibt sich Gesindel herum.* Wie kann man nur einerseits so nett sein und andererseits so voller Vorurteile stecken?

Gerade als ich überlege, mit Hazel über einen der schönen geschwungenen Pfade zurückzuwandern, genervt von Cuans Unpünktlichkeit, streckt er von unten seinen Kopf über die kleine Mauer und lächelt breit, als er mich sieht – und Hazel. Eigentlich strahlt er sogar mehr das alte Pony an, und in meinem Magen sticht ein klein wenig die Eifersucht. Wie albern. Furchtbar albern!

Die Stute brummelt leise und reckt ihren Hals, um den blonden Jungen zu begrüßen, der bereits seine flache Hand in ihre Richtung ausstreckt. Ich lasse sie zwar gewähren, aber gleichzeitig kraule ich ihr den Hals. Weil ich nämlich auch noch da bin. Immerhin habe ich sie mitgebracht.

»Guten Morgen!«, sagt Cuan gut gelaunt, und schon erliege ich aufs Neue seinem Charme. Im Sonnenschein leuchten seine tiefblauen Augen mit dem Fluss um die Wette.

»Seid ihr bereit? Los, kommt rüber.« Er zeigt auf die andere Seite der Brücke. »Ich zeige euch, wo es geht.«

Hazel zieht mich mehr oder weniger mit, als sein Kopf hinter der Mauer verschwindet, direkt gefolgt von einem dumpfen Plumps.

»Wo gehen wir hin?«, frage ich, als er winkend am Ende der Mauer auftaucht.

»Geheimnis.«

Er zwinkert mir zu und öffnet ein Viehgatter für uns. Hazels Hufe klappern eilig trippelnd über den Asphalt, ich muss mich beeilen, dass ich hinterherkomme, wenn ich den Strick nicht sausen lassen will.

Cuan hüpft uns voraus einen schlüpfrigen Pfad Richtung Ufer hinunter, und die alte Stute folgt ihm, egal, ob ich rutschend und schlitternd hinterherkomme oder nicht. Wie macht er das nur, dass die Ponys ihn so lieben? Er hat noch nicht mal Leckerlies dabei!

Als würde er meine eifersüchtigen Blicke in seinem Nacken spüren, dreht er sich im nächsten Moment zu mir um und will mir seine Hand reichen. »Kommst du klar?«

Ich nicke verbissen.

»Oder darf ich dir den Strick abnehmen? Dann hast du beide Hände frei, um dich festzuhalten.«

»Gern.« Wenn ich ganz ehrlich bin, dann schlägt auch mein Herz schneller, als unsere Finger sich dabei eine Sekunde länger als nötig berühren. Sein Lächeln wärmt mich von innen, und das verunsichert mich total.

Wir folgen dem Pfad ein kleines Stück am Fluss entlang. Die Sonne scheint mir in den Nacken und wärmt meinen Rücken. Dann bleiben Cuan und Hazel so plötzlich stehen, dass ich beinahe in den dicken Ponyhintern pralle.

»Was ist?«, frage ich.

»Hier müssen wir rüber«, erklärt Cuan und zeigt auf ein paar Felsbrocken, um die sich Wasserwirbel und so was wie kleinere Stromschnellen gebildet haben. Ab der Mitte des

Flüsschens gehen sie in eine breite, niedrige Mauer aus aufgeschichteten Feldsteinen über, wie man sie an Land zur Begrenzung zwischen den Weiden benutzt. Ich bin mir nicht sicher, ob diese hier tatsächlich als Furt angelegt ist, aber es sieht schon so aus, als ob das Mäuerchen tragen würde – zumindest uns Menschen. Nur, wie bis dorthin kommen? Etwa barfuß durch den eiskalten Fluss?

»Ich habe keine Gummistiefel an. Das hätte ich wissen müssen«, sage ich lahm. Und kaum, dass der Satz raus ist, komme ich mir vor wie die letzte Langweilerin. »Du könntest mich natürlich rübertragen. Aber vorher müsstest du mir erst beweisen, dass du kein Kelpie bist und mich fressen willst.«

Ich grinse, aber Cuans Blick verändert sich. »Nicht witzig, Shona.«

Oh, Fettnapf. Echt jetzt?

»Wie wäre es, wenn du dich einfach auf Hazel setzt und ich führe sie?«

»Heißt das, du willst da tatsächlich durch?«

»Ja sicher«, antwortet er schulterzuckend. »Ist doch nichts dabei. Hast du wirklich Angst? Dann machen wir etwas anderes. Ich dachte nur …«

»Quatsch. Aber wieso gehen wir nicht einfach über die Brücke?« Irgendein Alarmglöckchen beginnt in meinem Hinterkopf zu bimmeln. Ich blicke über den Fluss, die Straße, die Brücke und den Weg, den wir uns heruntergekämpft haben. Bis dicht ans Ufer. Cuan steht bereits mit einem Bein im Wasser. Seine Augen glitzern, und sein intensiver Blick fühlt sich auf einmal beklemmend an. In Tante Meghans altem Buch heißt es, Kelpies verwandeln sich zurück, wenn sie

Wasser berühren. Tut er nicht. Warum bin ich dann so aufgeregt? Ganz offensichtlich habe ich zu viele schottische Sagen lesen müssen.

»Wo ist der Sinn?«, frage ich argwöhnisch. Und wo ist mein Onkel, wenn man ihn mal braucht? Es ist so lächerlich, aber irgendwie hat sie mir ihr Misstrauen bereits eingepflanzt. Ich kenne diesen Jungen erst seit ein paar Tagen. Und ich habe niemandem erzählt, wohin wir unterwegs sind – oder dass ich überhaupt mit ihm losgezogen bin. Aus alter Gewohnheit habe ich mein Handy eingesteckt, aber das dient wirklich nur als Uhr – der Empfang hier draußen ist mies und reine Glückssache.

Cuan sieht mich seltsam an, und ich werde rot.

»Weil wir das Pferd nicht über den Zaun dort heben können?« Er zeigt auf ein mit Vorhängeschloss gesichertes massives Holzgatter, neben dem sich einer der typischen schmalen Tritte befindet, die jedem Wanderer den Zugang zu den Weiden ermöglichen, aber ausbruchssicher sind für Vieh. »... und weil wir nicht mal als Zweibeiner durch das Dornendickicht da hinten kommen würden?«

»Oh«, mache ich kleinlaut und verstecke mich hinter einem verschämten Lächeln. »Das wäre dann wohl höchstens ein Fall für Pippi Langstrumpf, schätze ich. Du hast nicht zufällig eine geheime Superpower?«

»Nein.« Er schüttelt den Kopf und hält mir versöhnlich lächelnd seine Hand hin. »Soll ich Räuberleiter machen oder kommst du allein aufs Pferd?«

Wie zu erwarten, komme ich mit trockenen Füßen, im Vollbesitz meiner Leber und sämtlicher anderer innerer Organe am anderen Ufer an. Hazel macht ihre Sache großartig. Trittsicher setzt sie einen Huf vor den anderen, ganz so, als würde sie jeden Tag durch reißende Flüsse marschieren. Na gut – Flüsschen – und vermutlich würde sie Cuan überallhin hinterherstapfen.

Sobald wir drüben sind, gibt er mir den Führstrick zurück. Wieder berühren sich unsere Hände dabei und lösen in meinem Bauch ein Kribbeln aus, als hätte ich Hummeln gefrühstückt. Oder Schmetterlinge. Ich werde schon wieder rot, als sich unsere Blicke begegnen, aber diesmal ist es pure Verlegenheit. Aus mehreren Gründen. Mir ist meine Anwandlung von Paranoia megapeinlich.

»Und jetzt?«, frage ich möglichst cool.

»Jetzt kommt das zweite Frühstück«, erklärt Cuan verschmitzt und klettert ein paar Yards in ein Dickicht hinauf. »Gib mir zwei Minuten.«

Seine Hose ist nass bis zu den Oberschenkeln, und seine abgeranzten Schuhe triefen, aber das scheint ihn nicht zu kümmern. »Hab's gleich!«, ruft er und kommt mit den Händen voller saftiger, reifer Brombeeren zu mir heruntergeschlittert. »Fang mich auf«, bittet er. »Ich kann nicht bremsen.«

Also breite ich lachend die Arme aus, und um ein Haar landen wir beide im Fluss. Aber Hazel schiebt sich im perfekten Moment vor die Böschung, grasenderweise. Sie findet unseren Ausflug bisher ziemlich gelungen, wie es aussieht. Und ich auch. Ich werde aus diesem Jungen überhaupt nicht schlau, aber es ist schön, mit ihm zusammen zu sein. Alles mit ihm ist so … unbeschwert.

Außerdem liebe ich Brombeeren – was ich anscheinend mit

Hazel gemeinsam habe, wie ich erstaunt feststelle. Die Stute macht einen langen Hals und schmatzt genüsslich auf den saftigen Beeren herum, die Cuan ihr lachend reicht, bis ihr rosafarbener Schaum vom Maul tropft.

Er hat einen roten Spritzer am Kinn. Mit dem Zeigefinger will ich ihn wegwischen, doch Cuan zuckt zurück.

»Sorry«, sage ich rasch und streiche mir mit der Hand über die Hose.

»Nein, ist schon gut«, sagt er leise. Wir sehen uns an, und ich habe schon wieder das Gefühl, in das dunkle Blau seiner Augen einzutauchen. Es ist, als ob die Wellen über mir zusammenschlagen, die ich hinter seiner Iris sehe, und es interessiert mich nicht die Bohne, ob das kitschig klingt, alles ist mir in diesem Moment egal. Sein Blick streicht über mein Gesicht und bleibt an der kleinen Verletzung über meiner Augenbraue haften. Ganz sanft berührt er die Haut darüber.

»Tut es noch weh?«, fragt er heiser.

Ich bewege in Zeitlupe den Kopf von links nach rechts und wieder zurück.

»Wie ist das passiert?«

»Das Neue oder das Alte?« Ich löse mich aus seinen Augen und blicke zur Seite. »Der Hengst«, sage ich einsilbig. »Aber er konnte nichts dafür. Er war verletzt. Und er hatte Angst. Die Narbe darüber stammt aus meiner Kindheit. Lange her.« Ich zucke mit den Schultern.

»Bitte pass auf dich auf«, sagt Cuan mit rauer Stimme. »Du kannst ihm nicht trauen. Niemand kann das, er ist ein wildes Geschöpf, das nicht in diese Zeit gehört.«

»Manche sagen Kaltblutpferd dazu«, antworte ich ein bisschen schnippisch. »Er ist kein Dinosaurier. Und er mag mich.

Hey, ich kenne mich auch ein bisschen mit Pferden aus. Wieso sind hier oben alle Leute so furchtbar misstrauisch? Sutherlandshire befindet sich doch auch im einundzwanzigsten Jahrhundert, oder habe ich irgendwas verpasst? Seahorse ist ein ganz normales Pferd. Und ich werde ihn reiten.«

Cuan wird blass. »Shona, bitte. Das ist wirklich keine gute Idee. Selbst wenn er dich mag, was ich nicht zu hoch bewerten würde ...«

»Nicht zu hoch bewerten? Was soll das denn heißen?«

»Nur dass er ...«

»Ich kann auf mich aufpassen. Remember? Das hatten wir schon mal.«

»Ja, aber, du unterschätzt ...«

»Ich unterschätze gar nichts!«, widerspreche ich und schiebe kampfbereit das Kinn vor. »Wieso traut mir hier oben eigentlich niemand was zu? Ich kann reiten!«

»Dann tu, was du nicht lassen kannst. Du wirst schon sehen, was du davon hast.«

»Ich dachte, wenigstens *du* verstehst mich. Du bist doch auch ein Pferdemensch! Oder bist du etwa eifersüchtig, weil ich etwas mit dem Hengst teile, das dich ganz offensichtlich ausschließt?«

Cuan sieht meine geballten Fäuste und atmet tief durch.

»Nein, natürlich gönne ich dir das. Tut mir leid«, lenkt er ein, aber seine Augen wirken sorgenvoll. »Sei einfach vorsichtig, okay? Und hör auf deinen Bauch, was immer du tust. Du musst niemandem etwas beweisen.«

»Das habe ich auch nicht vor.«

»Gut.« Er lächelt mich an, und mein Zorn verraucht.

Cuan verknotet den Führstrick um Hazels Hals und lässt

sie frei laufen. »Sie kann hier nirgendwo weg, und sie bleibt sowieso in unserer Nähe«, verspricht er und fasst meine Hand. »Die Brombeeren waren nur die Vorspeise. Ich wollte dir noch etwas anderes zeigen, von dem niemand hier weiß.«

»Ein Geheimnis?«

»Tausend kleine.« Er zwinkert mir zu. »Komm.«

Wir klettern höher, kämpfen uns ein Stück durch Holundergebüsch und tiefhängende Zweige von Vogelbeerbäumen, bis wir schließlich ein lichteres Wäldchen mit hohen Bäumen erreichen. Hazel folgt uns mit etwas Abstand. Sie verpflegt sich zwischendurch selbst mit Gras und Kräutern und zupft Blätter von Bäumen. Cuan sieht meinen besorgten Blick und lächelt. »Mach dir keine Sorgen. Hier wächst nichts, was für sie giftig wäre. Highlandponys sind außerdem schlau. Sie wissen, was ihnen guttut. Wenn Pferde Schmerzen haben, nagen sie manchmal Eichenrinde. Birkenrinde oder Blätter sind gut, um Blase, Harnwege und Niere zu stärken. Gänseblümchen helfen, Stoffwechsel, Atemwege, Haut und Gelenke zu unterstützen.«

»Spannend. Du weißt eine ganze Menge mehr als ich.«

»Nur andere Sachen als du.« Er lächelt warm und löst damit den nächsten angenehmen Schauer in mir aus. »Dafür habe ich noch nie von dieser Pippi-lange-Strümpfe gehört. Lustiger Name. Wohnt sie weit weg von hier?«

»Aber … nein. Das ist eine Romanfigur, aus einem Kinderbuch. Haben dir deine Eltern denn nie Bücher geschenkt oder dich in eine Bibliothek mitgenommen? Pippi Langstrumpf kennt doch jeder!«

»Ich nicht.«

»Nicht schlimm«, sage ich schnell. »Dafür habe ich Gänseblümchen immer nur für hübsch gehalten.«

»Alles in der Natur hat seinen Platz. Nur weil etwas bezaubernd ist, muss es nicht nutzlos sein.« Er sieht mich seltsam an, und ich drehe mich schnell um und schaue nach Hazel, die in diesem Moment schweifschlagend auf uns zutrabt.

»Was hat sie?«

Cuan zuckt mit den Schultern. »Vielleicht ein paar Fliegen aufgescheucht. Da unten hat ein Fuchs seine Beute vergraben, aber nicht besonders tief.«

»Oh«, mache ich bedrückt und streichele Hazel über den Hals.

»Ich hoffe, die Fähe bringt ihre Kleinen durch«, sagt Cuan nachdenklich. »Dein Onkel ist ein guter Schütze.«

»Onkel Matthew? Was hat …?« Dann muss ich an die gruseligen Jagdtrophäen im Wohnzimmer denken. »Jagen deine Leute auch?«

Erstaunt sieht Cuan mich an. »Meine …? Nein. Nicht mehr jedenfalls. Meine Familie hat einen Pakt geschlossen. Vor langer Zeit. Wir essen kein Fleisch. Aber meine Eltern sind … auf der anderen Seite. Ich bin meist allein unterwegs.«

Ich drücke seine Hand. »Das tut mir leid. Meine Mutter ist auch tot. Und mit meinem Dad habe ich mich gestritten.«

»Du hast mir davon erzählt«, sagt er leise.

»Hab ich? Er versucht ständig, mich anzurufen, aber …«

»Aber?«

Ich zucke mit den Schultern. »Ich bin noch nicht so weit.«

Cuan lächelt abwesend. Dann macht er sich los und zeigt auf den Baum vor uns. »Wir sind da. Siehst du? Da oben? In der alten Spechthöhle?«

Vor dem runden Loch brummt und summt es, und eine Vielzahl kleiner Insekten fliegt beständig ein und aus. Sie sind ein bisschen dunkler und kleiner als die, die ich kenne, aber das sind eindeutig: »Bienen!«, stelle ich erstaunt fest.

»Wilde Honigbienen«, bestätigt Cuan strahlend. »Sie sind super selten, so weit im Norden. Aber anscheinend hat der Königin die alte Höhle des Grünspechtes gefallen – und tada! Lust auf eine Handvoll frischen Honig?« Er legt seine Jacke ins Gras und will auf den Baum klettern, aber ich halte ihn zurück. »Nein, lass. Nicht, dass du gestochen wirst. Ehrlich gesagt, habe ich eher Durst.«

»Kein Problem. Ich habe immer eine Flasche dabei. Aber lass mir auch noch was drin.« Flink wie ein Eichhörnchen ist er bis zu der Einflugschneise geturnt und reduziert dort seine Bewegungen auf Zeitlupentempo. »Man muss nur langsam sein«, erklärt er gut gelaunt. »Und sie mögen es, wenn man singt.« Er sieht mir zu, wie ich mich auf einen Baumstumpf setze und die Flasche aufschraube. Dann fängt er an, eine Melodie zu summen, und greift dabei vorsichtig in die Höhle.

Ich habe die Flasche schon am Mund, halte jetzt aber inne, so gefesselt bin ich von seiner Stimme. Sie jagt mir Gänsehaut über die Arme, den Rücken und den Nacken, und mein Puls verdreifacht sich. Ich weiß nicht, was es ist, eine simple Tonfolge, seine Stimme klingt sogar etwas kratzig, und doch liegt etwas Magisches in den Tönen. Ich vergesse Zeit und Raum, schließe die Augen, spüre das Sonnenlicht auf meiner Haut und lausche einfach nur.

Bilder kommen in mir hoch, längst vergessene Erinnerungen. Da ist Kinderlachen, mein eigenes, und das sanfte Wiegen eines Pferdes im Galopp. Meine Mutter hat mich fest im Arm, ich sitze vor ihr auf einem blanken Pferderücken mit roten Sprenkeln, fühle das warme Fell des Tieres unter meinen Beinchen, und wir beide halten die Strähnen einer rotweißen Mähne in der Hand. Die Sehnsucht nach diesem verlorenen Glück zerreißt mir schier das Herz.

Eine Träne stiehlt sich über meine Wange, und im nächsten Moment spüre ich einen warmen, nach Kräutern und frisch gemähtem Gras duftenden Hauch in meinem Gesicht. Aber das ist real. Das ist Hazel, die mich sanft anschnobert. Ich blinzele in das helle Licht und brauche einen Moment, um mich zurechtzufinden. Cuan kommt lächelnd auf mich zu, ein tropfendes, goldenes Etwas in der Hand – ein Stückchen Bienenwabe.

»Bist du sicher, dass du nichts möchtest?«

Meine Kehle ist trocken. Wie lange war ich weg? Verwirrt schüttele ich den Kopf und setze die Flasche an meine Lippen.

»Warte! Das ist die falsche!«, ruft Cuan noch, aber da ist es bereits zu spät. Ich habe schon einen ziemlich großen Schluck genommen. Prustend spucke ich aus, was ich im Mund habe, und kippe den Rest der Flüssigkeit ins Gras.

»Salzwasser! Igitt!«

»Nicht!« Cuan reißt mir die Flasche aus der Hand und rettet die letzte Pfütze, die sich noch darin befindet. Allerdings fällt ihm dabei die Honigwabe herunter.

»Shit. Das tut mir leid«, sage ich zerknirscht. »Reflex. Wieso hast du Salzwasser dabei? Wer füllt sich denn so was in Flaschen?«

Cuan blickt bestürzt von mir zu der Wabe. Hektisch hebt er sie auf und fängt an, Grashalme und Blätter aus dem Wachs zu zupfen.

»Warte, da ist auch was«, sage ich leise und zögere einen Moment. Dann pflücke ich eine Moosfaser aus dem Honig. Und dann noch eine. Unsere Finger berühren sich, während wir uns auf Krümel und Halme konzentrieren, und wieder vibriert etwas in meinem Magen und meine Knie zittern ein wenig.

Eine feine Spur aus flüssigem Gold rinnt über Cuans kleinen Finger auf sein Handgelenk zu. Ich versuche, die zähe Flüssigkeit mit meinem Finger aufzuhalten, und lecke ihn reflexartig ab. Als unsere Blicke sich begegnen, müssen wir lachen. Verlegen streiche ich mir mit dem Handrücken eine Haarsträhne aus der Stirn.

»Vorsicht!«

Lächelnd wischt er über meinen Daumen. Seine Berührung ist wie das Summen von Millionen Bienenflügeln. Spürt er das auch?

Honig läuft uns die Hände hinunter. Lachend lecken wir unsere triefenden Finger ab.

»Wir machen es nur immer schlimmer«, japse ich schließlich.

Cuans Augen werden ganz dunkel, und für einen Moment habe ich das Gefühl, die Zeit bleibt stehen.

»Kann sein«, sagt er ganz leise.

Ohne hinzusehen, hält er Hazel die Süßigkeit hin. Die alte Stute lässt sich nicht zweimal bitten. Aber das sehe ich nur aus dem Augenwinkel. Ich bin wie gebannt von seinen Lippen, die sich sehr langsam auf meine zubewegen, und merke gar nicht, dass ich die Luft anhalte.

Ganz weich fühlen sie sich an auf meinem Mund. Honigweich, denke ich noch, und so schmecken sie auch. Honigsüß und zart und ein bisschen nach Meer. Ich schließe die Augen, und dann ist der Moment auch schon vorbei. Verwirrt atme ich weiter. Cuan holt Luft und will etwas sagen, aber ausgerechnet jetzt klingelt mein Handy.

Mir egal. Ich beuge mich fragend nach vorn, und wir küssen uns noch einmal.

Lange.

Aber das blöde Smartphone nervt weiter. Der Vibrationsalarm wird zum Geplärre eines Minions, der eine Feuerwehrsirene imitiert: *Bidooo – bidoooo.* Wieso nur habe ich es nicht stumm geschaltet? Hier draußen ist sonst nie Empfang! Das ist ungerecht!

»Musst du da nicht rangehen?«, fragt er zärtlich, ganz dicht an meinem Mund.

Ich schüttele trotzig den Kopf.

»Ohne zu wissen, wer es ist?«

Seufzend löse ich mich, greife mit spitzen Fingern in meine Hosentasche und entsperre das Telefon. »Mein Vater«, brumme ich.

»Sprich mit ihm«, sagt Cuan leise.

Zögernd starre ich auf das Display. Der Minion trötet immer lauter. Dreimal, viermal. Ich weiß nicht, was ich tun soll. Wegwischen?

Cuan nickt mir zu. Mutmachend. Und ich weiß, dass er recht hat. Also nehme ich das Gespräch an.

Dad redet. Ich höre zu.

Als ich wieder aufblicke, ist Cuan verschwunden. Die Sonne ist auch weg, dafür zieht Nebel vom Fluss herauf. Und Hazel sieht mich vorwurfsvoll mit honigverschmiertem Maul an.

Kapitel 16

»Shona? Geht es dir gut?« Christopher Hayden ließ sich erleichtert auf einen Stuhl sinken. »Hör mal, ich weiß, dass du wütend bist, und vielleicht habe ich überreagiert. Wir beide haben das. Aber im Endeffekt …«

»Vielleicht *überreagiert?«*

Er hörte den Vorwurf in der Stimme seiner Tochter und schloss die Augen, um sich zu sammeln. Sie war genauso impulsiv wie ihre Mutter – und die Sturheit hatte sie von ihm geerbt. Daran gab es keinen Zweifel, egal, was Mhairis Bruder unkte. Shona war durch und durch sein Kind.

»Siehst du nicht, dass es so nicht mehr weiterging? Bitte nutze diese Chance, wieder du selbst zu werden.«

Er hatte riesige Angst, dass er als Vater versagt haben könnte.

»Ich glaube immer noch fest an uns, wir schaffen das zu zweit, und wir kriegen das hin, okay? Diese Auszeit tut uns beiden gut, hoffe ich, und dann kommst du zurück. Es tut mir so leid. Ist es denn schön da oben? Sind sie gut zu dir?«

Keine Schule mit einigermaßen guter Reputation im

Großraum London war bereit gewesen, Shona nach den jüngsten Ereignissen noch aufzunehmen. Seine Nerven hatten blank gelegen. Sie hatte zu viele Einträge gesammelt: Vandalismus, Sachbeschädigung, Körperverletzung (wobei er zu gern dabei gewesen wäre, als sie diesem Mädchen die Handtasche über den Kopf gekippt hatte) … Was kam als Nächstes? Wenn es in Schottland nicht klappte, blieb nur das Internat.

»Sie sind wirklich nett, vor allem Tante Meghan, aber da sind so einige Sachen, mit denen ich echt nur schwer klarkomme. Sie sind so anders hier. Haben Vorurteile gegenüber Fremden, und Onkel Matthew jagt – wusstest du das? Und dann dieser bescheuerte Aberglaube an Geister und Spukgestalten. Du ahnst nicht, wie viele Ammenmärchen ich mir hier anhören muss. Ich fürchte, sie glaubt das alles wirklich …«

»Anders muss nicht schlecht sein.«

»Aber auch nicht besser.« Sie stockte kurz und holte tief Luft. »Warum hast du mir nie die Wahrheit über Mums Tod erzählt?«

Er erschrak über die plötzliche Wut und Verzweiflung in ihrer Stimme. »Shona – wie kommst du jetzt auf … was meinst du? Was hat sie dir erzählt? Redest du deshalb nicht mit mir?«

»Tue ich doch gerade.« Sie machte ein abfälliges Geräusch. »Außerdem war es nicht Tante Meghan, sondern Brodie. Alle *hier wissen es, Dad.* Alle! *Weißt du, wie bescheuert ich mir vorkomme?«*

Er fuhr sich durch die Haare und setzte sich. »Ja. Ja, das kann ich mir vorstellen. Es tut mir so leid.«

Ihre Stimme wurde weicher. »Hat sie sich umgebracht? Brodie sagt das. Und dass Tante Meghan wegen ihr … behindert ist?«

»Lass uns darüber reden, wenn ich da bin, okay?«

»Ich will es jetzt wissen. Ich will es aus deinem Mund hören, Dad.«

»Du warst noch sehr klein, Shona. Die Umstände damals … Ich erzähle dir alles, wenn wir uns sehen. Bitte. Es war ein schrecklicher Unfall.«

»Tante Meghan ist davon überzeugt, die Wasserpferde hätten Mum geholt …«

»Oh Gott, das hat sie nicht gesagt, oder? Immer noch diese absurde Leier? Ich dachte, nach der Therapie …«

»… sie lassen mich so gut wie nie aus den Augen, und Onkel Matthew läuft nachts mit dem Gewehr draußen rum und sagt, ich soll nicht mit Fremden sprechen. Ich werde überwacht wie ein Kleinkind, Dad. Sag ihnen, dass sie damit aufhören sollen. Bitte!«

»Übertreibst du da nicht ein wenig, Shona? Sieh mal, du kennst dich in den Highlands nicht aus, das ist Wildnis. Wenn du dir da draußen irgendwo den Knöchel verknackst, dann …«

»Das ist es nicht allein, Dad. Ich komme mir vor wie im Knast.«

»So schlimm?«

»Schlimmer.«

»Okay, vielleicht ist es meine Schuld. Aber nach all dem, was du angestellt hast, mussten wir doch …«

»Du hast es ihnen tatsächlich erzählt. Alles! Oh, Dad! …« Sie brach ab. Aber er hörte sie atmen.

»Shona?«

»Wochenende dann also.« Sie legte auf.

Nachdenklich starrte er das Handy an.

Irgendwas ging da oben vor. Shona neigte zu Übertreibungen. Teenager machten das. Aber so stark? Matt war ihm ausgewichen. Vielleicht sollte er nicht bis zum nächsten Wochenende warten. Er hatte einmal versäumt, schnell genug auf sein Herz zu hören statt auf seinen Kopf, und es hatte sein Leben zerstört. Jetzt war er war drauf und dran, seine Tochter zu verlieren – er konnte es spüren. Aber das würde er nicht zulassen. Niemals.

Als ich auf den Hof zurückkehre, finde ich auf dem Küchentisch eine kurze Liste mit Aufgaben, zusätzlich zu dem zu jätenden Gemüsebeet, aber alles Kleinigkeiten: Kartoffeln schälen und kochen, Hühnerstall ausmisten, Tisch decken. Alles Tätigkeiten, die meinem Kopf jede Menge Spielraum zum Denken geben. Außerdem hat Tante Meghan tatsächlich das dicke alte Buch mit den schottischen Sagen auf den Kartoffeltopf gelegt. Zusammen mit einem Stück weißem Stoff und einer krakeligen Notiz auf einem angefangenen Einkaufszettel. Also gehe ich davon aus, dass sie es ohne fremde Hilfe geschrieben hat:

Ich will dich nicht mit der Meinung einer alten Frau nerven, aber bitte lies die Geschichten als Survival-Anleitung. Du musst gewappnet sein, wenn du auf ein Wasserpferd triffst, Shona. Trag immer Eisen bei dir oder ein Stück dieses Brautschleiers. Er gehörte deiner Mutter, ich habe ihn all die Jahre aufbewahrt. Wir sind heute Nachmittag zurück.

Tante Meghan

Durch die Zusammenfassung, die ich Dad gegeben habe, und je länger ich jetzt darüber nachdenke, wird mir noch mal so richtig deutlich, wie zunehmend seltsam ich das Verhalten all dieser Menschen um mich herum finde. Ich meine, jeder entwickelt vermutlich unterschiedliche Strategien, mit solch schweren Schicksalsschlägen umzugehen. Aber Wasserpferde?

Selbst Cuan steigt auf diesen Quatsch ein.

Cuan.

Gedankenverloren berühre ich meine Lippen und schüttele den Kopf.

Und jetzt auch noch der Brautschleier meiner Mutter. Den werde ich doch nicht zerschneiden! Und schon gar nicht, um damit reiten zu gehen! Behutsam nehme ich den feinen Stoff in meine Hände und tauche meine Nase hinein. Er riecht nach Seife und Lavendel und ein wenig nach staubigen Mottenkugeln. Ich muss husten.

Vielleicht sollte ich ihn mir im Ganzen aufsetzen und mit wehenden Fahnen über den Strand galoppieren, damit alle sehen, dass Seahorse kein Mythos ist, sondern ein Pferd aus Fleisch und Blut und komplett ungefährlich – oder dass ich perfekt in diese verrückte Familie passe.

Nachdenklich starre ich zum Fenster hinaus. Vielleicht ist das tatsächlich eine Idee. Nicht das mit dem albernen Schleier natürlich. Aber Seahorse und ich, wie in meinen Träumen und so, wie ich es Cuan gegenüber ja schon kühn behauptet habe.

»Bringen wir unsere Freundschaft aufs nächste Level«, murmele ich und lege Schleier und Buch ganz nach hinten in meine Nachttischschublade. Ich wünschte, es wäre endlich Nacht. Ich will reiten gehen.

Irgendwie bringe ich den Tag hinter mich, auch wenn er sich heute zieht wie Porridge … mit Honig.

Immer wieder muss ich an Cuan denken und lächeln.

Inzwischen bin ich geübt. In meinem Bett liegt wieder eine zusammengerollte Wurst aus einer alten Tagesdecke – nicht langgestreckt, wie das Anfänger machen, sondern gekrümmt –, die täuschend echte Silhouette einer schlafenden, in die Kissen gewühlten Shona, von der nur noch der Rücken im karierten Schlafanzugoberteil herausschaut.

Ich konnte mich sogar etwas früher hinausschleichen als sonst, heute sind alle müde.

Unter Hunters Tür scheint ein schmaler Streifen Licht durch, aber den interessiert sowieso nicht, was ich mache, und die Musik aus seinem Zimmer verschluckt perfekt meine Schritte über den Flur und die verräterisch knarzende Treppe.

Nachdem mein Onkel uns am See überrascht hat, scheidet das als Treffpunkt wohl aus. Es fühlt sich nicht mehr sicher an. Aber es gibt einen anderen Ort, von dem ich weiß, dass sie ihn alle meiden: den Feenhügel am Arnaboll. Es ist ein gutes Stück zu Fuß, und auf dem ganzen Weg durch die nächtliche Heide frage ich mich, ob er mich dort finden wird. Ich kann ihn ja schlecht rufen – außer in meinen Gedanken. Also tue ich genau das, bis die uralten Felsen vor mir auftauchen. Aber zwischendurch muss ich auch immer wieder an Cuan denken. Ob auch er heute Nacht wieder irgendwo durch die Hügel streift?

Und hier sitze ich nun, starre in den fast vollen Mond und warte auf ihn. Auf Seahorse. Oder doch auf Cuan? Seit heute Vormittag schlägt mein Herz noch schneller, wenn ich an ihn denke, und es zieht in meinem Magen, wie Hunger und zu viel Cola, nur anders. Vielleicht bin ich sogar ein wenig enttäuscht, dass er nicht hier auf mich gewartet hat, um nach mir zu sehen, mich von meinem Plan abzubringen – mich noch einmal zu küssen oder mit mir zusammen auszureiten. Ich weiß nicht, was ich denken soll. Oder fühlen. Geschweige denn, tun. Das ist typisch für mich. Muffensausen im entscheidenden Moment. Aber vor allem hoffe ich, dass er überhaupt kommt. Seahorse meine ich!

Bei jedem Rascheln im Gebüsch zucke ich zusammen und fürchte, meinen Onkel oder einen meiner Cousins zu sehen.

Aber dann ist mein Schimmel da. Majestätisch glänzt sein Fell im Mondschein, als er zwischen den Hügeln aus den Schatten tritt. Ich verlasse meine Deckung zwischen den Steinen und stehe auf. Der Hengst galoppiert an, als er mich sieht, und kommt schnaubend vor mir zum Stehen. Lächelnd gebe ich ihm einen halben Apfel. Inzwischen hat er gelernt, dass ich nicht die böse Königin bin, die ihn vergiften will.

Mein Herz klopft, als ich mich auf die Zehenspitzen stelle, um ihm sandiges Seegras aus der Mähne zu pflücken.

»Was du immer anstellst«, necke ich ihn. »Man wälzt sich doch nicht mitten in den Algen.«

Auf einmal kommt mir Seahorse viel größer und gewaltiger vor als sonst und ich mir viel kleiner und unerfahrener. Dabei bin ich durch meine Ausritte mit Cory und Cashew inzwischen wieder ziemlich sattelfest geworden. Nein! Keine merkwürdigen Geschichten und Gedanken mehr! Ich muss mir heute Abend selbst beweisen, dass ich nicht spinne. Mir und Cuan und der ganzen Welt.

»Ich weiß, dass ich dir vertrauen kann«, sage ich fest und streichele dem Schimmel über die weiche Nase. »Und du kannst mir auch vertrauen. Das weißt du hoffentlich, oder? Ich würde dir nie etwas tun.«

Der Schimmel stupst mich sanft an, er reibt seinen Kopf an meinem Arm und brummelt leise.

»Du würdest uns sogar beide tragen, nicht wahr? Cuan und mich ... Die anderen haben unrecht, alle. Sie kennen dich nicht. Keiner kennt dich so wie ich. Was meinst du, würdest du mich auf deinen Rücken lassen? Du musst nicht, wenn du nicht magst, hörst du? Aber ich träume davon. Fast jede Nacht. Ich würde so gern ... Zeig mir deine Welt, würdest du das tun?«

Ich muss lachen, weil der Hengst sich im nächsten Moment ein paar Schritte von mir entfernt genüsslich ins Gras wirft und ausgiebig wälzt. Aufmerksam sieht er mich danach an, aber er macht keine Anstalten aufzustehen. Kann das sein? Ist das eine ... Einladung?

Langsam gehe ich auf ihn zu und streichele ihm den Rücken. Seine Ohren spielen in meine Richtung, er dreht den Kopf und schnuppert kurz an meinem Bein, aber er bleibt ganz ruhig liegen, auch als ich mich probehalber über ihn lehne.

Behutsam ziehe ich mich an seiner Mähne ein Stück höher. Als ich mich nicht rühre, schnaubt er ungeduldig, als wollte er sagen: Mach schon, steig endlich auf.

Ich zittere am ganzen Körper, während ich meinen ganzen Mut zusammennehme und mein rechtes Bein über seinen Rücken lege. Er ist so groß, dass meine Füße kaum mehr den Boden berühren, als ich mich hinter seinem Widerrist zurechtrutsche. Mit beiden Händen umklammere ich die Mähne, jederzeit bereit, wieder abzuspringen.

Er ist ein Hengst, ein riesengroßer, wilder Clydesdale noch dazu. Ich trage keinen Helm, ich habe weder Zaumzeug noch Sattel mitgebracht. Bin ich total verrückt geworden? Wasserpferd hin oder her – Cuans Warnung hallt mir in den Ohren. Wie ist es eigentlich zu Tante Meghans Reitunfall gekommen? Wieso hat sie mir das nicht beantwortet?

»Oh Gott, was tue ich hier eigentlich?«, rutscht es mir heraus.

Ich sehe mich um, ungläubig und so, als würde ich aus einem Traum erwachen. Doch gerade, als ich herunterklettern will, weil es sich einfach zu leichtsinnig anfühlt, richtet er sich auf. Wie ein Berg, der unter mir zum Leben erwacht. Er streckt die Vorderbeine, stemmt sie in den Sand, und ich presse automatisch meine Beine um seinen Bauch und lehne mich vor, damit ich nicht nach hinten kippe. Seahorse holt Schwung aus der Hinterhand und drückt sich kraftvoll nach oben. Ich kann nichts anderes tun, als mich festzuhalten und das Beste zu hoffen.

»Wow«, sage ich heiser und blicke nach unten. »Das ist hoch.«

Noch nie habe ich auf einem so riesigen Pferd gesessen. Nervös blicke ich in die Nacht. Ist Cuan nicht vielleicht doch hier irgendwo? Niemand außer ihm weiß, wo ich nachts zu finden bin.

Der Schimmel scheint meine Unsicherheit zu spüren. Ganz langsam geht er los. Seine Schritte sind raumgreifender als alles, was ich gewohnt bin. Cashew oder Cory machen kleine, schnelle Trippeltritte. Aber als der weiße Hengst sich jetzt im Mondschein in Bewegung setzt, schiebt meine Hüfte sich links und rechts abwechselnd jedes Mal extrem weit vor und zurück. Ein unglaubliches Gefühl, von diesem monumentalen Tier getragen zu werden. Ich muss mich mit aller Macht zwingen, ruhiger zu werden, nicht zu verkrampfen und meine Beine hängen zu lassen, statt mich damit festklammern zu wollen. Ganz allmählich gelingt es mir, auch den Griff um seine Mähne etwas zu lockern.

Der Hengst schlägt den Weg nach Norden ein. Wir überqueren die A 838, unweit der Brücke, wo ich mich am Morgen mit Cuan getroffen habe. Das Geräusch der Hufe auf dem Asphalt durchbricht viel zu laut die Stille der Nacht. Es ist nur ein kurzer Moment, dann folgen wir wieder einem der zahlreichen schmalen Trampelpfade.

Die Höfe liegen im Dunkeln. Wir sind die Einzigen, die hier draußen unterwegs sind. Irgendwo in der Ferne schlägt ein Hund an, von einer Weide antwortet träge ein Hochlandrind, als ob es sich über die Ruhestörung beklagen will.

»Wo bringst du mich hin?«, flüstere ich, weil ich kaum wage zu sprechen. Seine Ohren drehen sich zu mir, als er meine zittrige Stimme hört. Er schnaubt leise. Dann schüttelt er leicht die Mähne und trabt an.

»Oh nein, nein, nein«, bitte ich. »Das kann ich nicht sitzen, ich werde runterrutschen, so ohne Sattel!«

Doch das passiert nicht. Auch wenn ich zuerst das schreckliche Gefühl habe, bei jedem Aufsetzen seiner Hufe meilenweit in die Höhe geworfen zu werden, seine Tritte sind so weich, dass es ganz einfach ist, die Balance zu finden. Sein Rhythmus trägt mich.

Wir machen einen weiten Bogen um den letzten Hof hier oben, und dann, sobald der Weg es erlaubt, galoppiert er an. Jetzt habe ich endgültig den Eindruck, mit jedem Sprung dieses schaukelnden Kanters tiefer auf seinen Rücken gesogen zu werden. Der kühle Nachtwind spielt mit meinen Haaren. Ich sitze wie festgeklebt, wie angewachsen, wir sind eins geworden. An einer Furt überqueren wir das kleine Flüsschen, das Loch Hope mit dem Meer verbindet.

Einen Moment lang kriecht mir wieder die Furcht über den Nacken. Was, wenn an Tante Meghans Worten doch etwas Wahres dran ist? Wenn er mit mir untertaucht? Ich verkrampfe mich, und er merkt es sofort, dreht den Kopf halb zu mir, ich kann sein dunkelblaues, fast schwarzes Auge sehen und die dünnen Fältchen darüber, als er mich fragend anblickt. Als er leise brummelt, klingt es, als wollte er mich beruhigen und mir versichern, dass mir nichts geschieht.

Außerdem reicht ihm das Wasser nicht einmal über die Sprunggelenke. Wie will man darin jemanden ertränken? Ich schäme mich für meine lächerlichen Gedanken. Dann erreichen wir eine dieser Buchten, die zu einer Seite von in den Himmel wachsenden Klippen begrenzt sind und zur anderen vom ewigen Horizont der offenen See und deren Strände eigentlich zu schön wirken, um wahr zu sein. Perfekt für einen schnellen Galopp am Meeressaum entlang. Seahorse schnaubt und wird immer schneller.

Der Wind frischt auf. Ich spüre, wie er an meinen Haaren zerrt, die Wärme und Kraft des Pferdes unter meinen Beinen und die feine Gischt in meinem Gesicht und auf der Haut, die der Wind zu uns herüberträgt. Wieder muss ich an Tante Meghans Worten denken, aber diesmal sind es andere: *Hier sind deine Wurzeln, dein Ursprung.*

Ich gehöre hierher.

Ich schließe die Augen.

Wir fliegen.

Zum ersten Mal seit sehr langer Zeit fühle ich mich frei.

Wirklich frei.

Zwischendurch halten wir inne. Ich spüre die Flanken des Hengstes unter meinen Beinen beben, wenn er atmet. Wir sehen ins Meer hinaus, und ich kann nicht sagen, ob es seine Sehnsucht ist oder meine, die uns beide träumen lässt und mir brennendheiße Tränen über die Wangen treibt. Mein Herz sticht, und ich vermisse meine Mutter.

Der Ritt ist unbeschreiblich schön. Ich weiß nicht, wie viel Zeit vergeht. Wir streifen durch die Nacht. Weiter. Immer geradeaus, über endlose Strände, die man teilweise nur bei Ebbe erreichen kann, so nah wie die Steilküste hier ans Wasser reicht. Wir sind Nachtwanderer. Ich muss lächeln, als ich an Cuan zurückdenke.

Ich habe keinen Schimmer, wo wir sind oder wie spät es ist, aber ich bilde mir ein, dass ich im Osten einen hellen Streifen am Horizont sehe.

»Ich muss nach Hause«, flüstere ich und packe die Haarsträhnen seiner Mähne ein wenig fester. Ich sehe mich um, nichts an diesen dunklen Felsformationen hier kommt mir bekannt vor. Der Wind hat aufgefrischt, er peitscht die See auf, die kalt und schwarz in langen Wellen an Land kracht.

Mir wird mulmig. Was mache ich denn, wenn wir uns immer noch weiter von Hope entfernen? Soll ich abspringen? Und wenn ich blöd aufkomme und mir den Knöchel verstauche? Oder ins Meer stürze? Hier ist niemand – ich bin meilenweit weg von unserem Hof, von jeder menschlichen Behausung.

»Bitte bring mich zurück«, flüstere ich. »Mir wird kalt und ich bin müde.«

Der Hengst reagiert nicht auf mich. Es ist, als ob er sich in einen eigenen Film galoppiert hat.

»Seahorse, bitte!«, rufe ich etwas lauter und beuge mich ein wenig nach vorn, um ihn unter der üppigen Mähne zu kraulen. Da endlich zeigen mir zuerst seine Ohren, dass er mich gehört hat. Er prustet ungehalten, zumindest kommt es mir so vor. Ich verlagere mein Körpergewicht nach hinten und mache mich steif, um ihn zu bremsen, und da erst, nach endlosen Sekunden, wird er ein wenig langsamer.

Der Schimmel ist schweißnass, und ich bin es auch.

Erleichtert atme ich auf, als er noch mehr Tempo herausnimmt, in einen schnellen Trab fällt und von da in Schritt. Er schnaubt und keucht so heftig, dass ich unter meinen Beinen spüre, wie sich sein Brustkorb hebt und senkt und sein Herz gegen die Rippen hämmert.

Ich widerstehe dem Impuls, sofort abzuspringen, vermutlich könnte ich keinen Schritt gehen, weil meine Beine so zittern.

»Das war wundervoll«, japse ich. »Ich weiß nicht, wie ich

dir danken soll. Aber jetzt bring mich bitte nach Hause. Sonst bekomme ich Riesenärger, verstehst du?«

Sanft lege ich meine Beine an und verlagere mein Gewicht, um ihn in die Richtung zu wenden, aus der wir gekommen sind – und er reagiert sofort auf meine Körpersprache, genau wie Cory und Cashew. Das hätte ich einfacher haben können, ich Schaf.

»Von wegen gefährlich«, murmele ich und streichele ihm den Hals.

Der Hengst brummelt leise. Seine Ohren spielen aufmerksam in Richtung des Strandabschnitts vor uns. Das Mondlicht wirft Schatten auf die Hufspuren, die noch nicht von den Wellen aufgeleckt wurden.

Der Wind treibt sie an Land und bringt Nebel mit. Es sieht märchenhaft aus, verwunschen geradezu, wie er in dicken Schwaden landwärts wabert. Ich würde am liebsten mitten hindurchreiten, aber der Schimmel weigert sich und weicht in den tieferen Sand aus.

»Bist du etwa auch abergläubisch?«, frage ich schmunzelnd. »Na gut, such du den Weg, du hast den größeren Kopf von uns beiden.«

Schnaubend galoppiert er an, und ich bin jetzt wieder völlig damit beschäftigt, mich festzuhalten, damit ich nicht doch noch herunterrutsche, bei den Haken, die er zwischendurch schlägt.

Irgendwas ist anders. Seahorse wirkt auf einmal nervös. Ich fühle, wie sich seine Rückenmuskeln unter mir verhärten, und seine Unruhe steckt mich an. Ein paarmal spähe ich über meine Schulter zurück. Werden wir beobachtet? Ist es das? Ist da jemand zwischen den Felsen oder auf dem Wasser?

Fischer vielleicht? Ich kann niemanden entdecken, aber ich habe ein komisches, kaltes Gefühl im Nacken. Beunruhigt packe ich die Büschel seiner Mähne fester und schnalze mit der Zunge.

»Lauf, Seahorse. Ich vertraue dir.«

Was auch immer es ist, ich fühle mich wohler, wenn wir es abhängen. Und dem Schimmel scheint es genauso zu gehen.

Kapitel 17

Cuan wartete zwischen den Felsen, wo er den Hof beobachten konnte. Es war noch viel zu früh am Morgen. Bestimmt schlief sie noch, aber er wollte Shona auf keinen Fall verpassen. Er hatte kaum ein Auge zugetan, er war viel weiter gelaufen als sonst, getrieben, rastlos, immer auf der Hut. Wann würde das aufhören?

Die Vorkommnisse der Nacht hatten ihn zutiefst beunruhigt. Er hatte die Abenteuerlust in Shonas Augen gesehen, die wilde Freude, ihren Mut, aber auch die Angst. Und er hatte die Gestalten wahrgenommen, die mit Nebelhänden aus der Gischt nach ihr greifen wollten. Nach ihr – oder dem Hengst. Er war sich nicht sicher. War das ein Traum – oder war es Wirklichkeit gewesen?

Sein Magen knurrte. Doch das musste warten. Etwas zu essen konnte er sich später suchen.

Shona spielte mit dem Feuer, genau wie er. Es war Wahnsinn, dieses Tier ohne Netz und doppelten Boden zu reiten, bei Vollmond und so dicht am Wasser noch dazu. Sie wusste nicht, worauf sie sich einließ. Er musste sie warnen, vor dem, was geschehen konnte, wenn sie sich weiter mit dem weißen

Hengst traf. Vor der Gefahr, die es mit sich brachte, sich tiefer auf ihn einzulassen, vor dem wirbelnden Sog, der sie hinausziehen würde, wie eine Welle bei Flut. Vor den Nebeln.

Nur wie? Wie sollte er sie beschützen? Ausgerechnet er? Und war es nicht auch irgendwie Vorsehung, dass sie sich begegnet waren? Schicksal?

Egal, wie gefährlich es war …

Er wollte das nicht aufgeben, was gerade erst zwischen ihnen begonnen hatte. Wenn er die Augen schloss, sah er ihre Augen vor sich. Sie hatten die Farbe von Seegras, das sich in der Sonne spiegelte. Seufzend blinzelte er in den Sonnenaufgang.

Dann waren da auch noch die drei Männer – ihre Cousins und ihr Onkel, wie er inzwischen wusste. Er spürte Hass und Wut aus dieser Richtung und dass sie Shona etwas verheimlichten. Shonas Tante und welche Rolle sie in dem Ganzen spielte, konnte er nicht einschätzen. Er wusste nur, dass Shona dem Schimmel geholfen hatte, in jener Nacht auf der alten Rinderweide. Ohne ihr Eingreifen wäre er verloren gewesen. Nachdenklich rieb Cuan sich über das Handgelenk mit der frisch verheilten Wunde.

»Seahorse.« Er lächelte, als er den Namen auf seiner Zunge zergehen ließ. Es klang schöner, wenn Shona ihn aussprach. Sein Herz überschlug sich, als er an ihre Stimme dachte und daran, wie ihr rotgoldenes Haar sich im Wind bewegte, bevor sie es hinter ihre Ohren strich. Er dachte an ihren Kuss und das Gefühl ihrer Lippen auf seinem Mund. Sie hatte keine Ahnung, auf was sie sich einließ. Sie mussten reden. Dringend.

Unten auf dem Hof ging die Haustüre auf. Shona, Hun-

ter und Brodie gingen zum Stall hinüber, um die Ponys auf die Weide zu lassen. Der Junge sagte irgendetwas, und der Wind trug Shonas perlendes Lachen zu ihm hinauf. Er duckte sich, weil sie sich suchend umsah, während sie mit den beiden Brüdern weiterging, und er das Gefühl hatte, sie würde ihn im nächsten Augenblick entdecken.

Er schnappte nach Luft, ein Lächeln auf den Lippen. Fühlte sie das auch? Dieses sonderbare Kribbeln, diese … unausweichliche Anziehung? Ob sie so oft an ihn denken musste, wie er an sie?

Er wollte sie so gern näher kennenlernen. Aber er musste es ihr sagen. Sie musste um seine Herkunft wissen, damit sie in Ruhe entscheiden konnte, wie weit sie ihn an sich heranlassen wollte. Ihn und seine Welt.

Sie würden alle gegen sich aufbringen. Er konnte selbst nur ahnen, wen sie alles damit herausforderten.

Aber sie würden es darauf ankommen lassen.

Er spürte es. Shona war wie er. Sie würde ihn so nehmen, wie er war. Zumindest hoffte er das. Er vertraute ihr. Er musste es riskieren.

Alles andere war egal.

Ich habe Muskelkater an der Innenseite meiner Oberschenkel, und Brodie veräppelt mich, weil ich so hölzern laufe, als wir die Ponys aufhalftern, um sie auf die Weide zu bringen. Eigentlich will ich nur ins Bett, Schlafmangel ist eine Foltermethode. Aber diese süße Folter habe ich mir selbst ausgesucht. Und ich könnte platzen vor Glück – wenn ich nicht so müde wäre. Ich muss unbedingt Cuan erzählen, dass ich es tatsächlich getan habe: den Hengst geritten. Ohne Sattel und Zaumzeug. Oder war es nur ein Traum? Nein, von Träumen kriegt man nicht so fürchterlichen Muskelkater.

»Du grinst wie ein debiles Eichhörnchen.«

»So? Wie grinsen die denn?«

Brodie schneidet eine Grimasse, die das offenbar verdeutlichen soll.

Ich muss schallend lachen, weil er so herrlich dämlich guckt.

»Hast du einen heimlichen Freund? Hunter hat gesehen, dass du dich fortgeschlichen hast.«

»Hat er das?« Ich bin viel zu gut gelaunt, als dass ich mich provoziert fühlen würde.

»Triffst du dich etwa wirklich mit diesem fremden Jungen, von dem du erzählt hast? Lass dich bloß nicht von Dad erwischen, sonst kann er was erleben – und du auch.«

»Ich pass schon auf, Brodie«, sage ich nun doch, immer noch lächelnd, und entheddere ein paar Knoten aus Hazels Mähne. Brodie legt den Wallachen die Stricke über den Hals und überholt mich, um das Tor zu öffnen.

»Also doch! Knuuutscht ihr etwa? Heiße Küsse und so?« Er macht Kussgeräusche und tut, als würde er sich selbst umarmen und sich den Rücken streicheln.

»Hör auf, das ist albern. Ich war reiten, wenn du es genau wissen willst.«

Erstaunt bleibt er stehen und dreht sich zu mir um. »Mitten in der Nacht?« Brodie sieht mich an, als ob ich nicht ganz richtig wäre. »Auf einem der Ponys? Hör mal, wenn die sich die Beine brechen, nur weil du meinst, du müsstest vor deinem Freund einen auf coole …«

»Keine Panik, das würde ich nie tun. Ich bin doch nicht bescheuert.«

»Ach nicht? Na, gut, dass du es sagst. Und hat dein Freund auch ein Pferd oder …?« Er grinst.

»Brodie!«, rufe ich entrüstet. »Ich bin den Schimmel geritten, wenn du es genau wissen willst.«

Peng. Jetzt ist es raus. Mein Cousin hat recht, ich bin eben doch bescheuert. Komplett plemplem, wieso kann ich nicht *einmal* die Klappe halten?

»Welchen Schimmel denn?«

»Einen verwilderten Clydesdale.«

»Ey, Hunter, komm mal her!«

Mist, Mist, Mist. Hätte ich doch nichts gesagt.

»Sag ihm nichts, dann erzähle ich dir alles«, flehe ich Brodie an.

»Was ist denn?« Neugierig sticht Hunter die Mistgabel in den frischen Berg benutzter Einstreu, die er aus den Paddockboxen geschaufelt hat, wischt sich die Hände an der Hose ab und kommt zu uns herübergetrottet.

»Brodie! Bitte!«, zische ich.

Wenn Hunter es weiß, dann verpetzt er mich sofort bei Onkel Matthew, und dann erfährt es auch Meghan, und ich weiß gar nicht, was schlimmer ist. Ich sehe mich schon mit Brautschleier und alten Hufeisen in der Tasche spazieren gehen.

»Shona behauptet, sie hätte noch nie einen Schotten im Kilt tanzen sehen. Willst du nicht mal einen für sie anziehen? … Au, au, au, lass los!« Lachend windet Brodie sich aus meinem

Griff und flüchtet hinter Cashew. Hazel steht zwischen uns und zeigt dem Wallach die Zähne, damit der ihr nicht zu nah kommt. Und auf der anderen Seite steht uns Cory im Weg. Das Gezicke der Ponys verhindert leider, dass ich Brodie nachhechten kann.

»Sehr witzig«, brummt Hunter, nimmt einen Pferdeapfel auf, wirft ihn nach seinem Bruder – leider ohne zu treffen – und widmet sich wieder den Boxen.

Brodie kommt hinter dem Wallach vor und wischt sich Lachtränen aus den Augenwinkeln. Dann hebt er abwehrend die Arme. »Frieden, okay? Hast du seinen Blick gesehen?«

»Spinner.« Widerwillig muss ich mitlachen. »Du bist so albern! Außerdem weiß ich gar nicht, was immer alle an Männern im Kilt finden.«

Brodie fängt die Wallache ein, folgt mir durchs Tor und beeilt sich, mit uns auf eine Höhe zu kommen.

»Ehrlich nicht?« Er sieht mich mit großen Augen an. »Du überraschst mich immer wieder, Cousinchen. So, und jetzt erzähl mir alles.«

»Aber du sagst es wirklich nicht weiter, ja?«

»Aye! Versprochen ist versprochen!« Feierlich hebt er die Hand zum Schwur. »Einen Clydesdale also? Bist du dir sicher? Hier gibt es doch weit und breit niemanden, der ...«

Ich warte, bis wir mit den Pferden außer Hörweite sind, und sehe mich um, ob wir auch wirklich allein sind.

»Ich bin mir ganz sicher, Brodie. Es ist ein Clydesdale! Und er ist wunderbar! Er war verletzt, aber ich konnte ihm helfen. Jetzt geht es ihm wieder gut, wir treffen uns fast jede Nacht und ...«

Wir entlassen die Ponys auf die Weide, und Brodie verriegelt das Tor. Mit schief gelegtem Kopf sieht er mich an. »Das ist ziemlich krass!«

Ich bemühe mich zu flüstern, aber meine Stimme überschlägt sich vor Aufregung und Freude. »Ja, ist es. Und gestern hat er mich auf sich reiten lassen. Am Meer – und es war so wunder-, wunderschön! Stell dir das mal vor! Ohne Sattel und Zaumzeug. Wir waren frei wie der Wind!« Ich breite meine Arme aus und drehe mich einmal um meine eigene Achse. »Es war Wahnsinn!«

»Wahnsinn, ja, das glaub ich allerdings auch!« Brodie packt mich an den Schultern und sagt eindringlich: »Shona, wenn das tatsächlich stimmt, dann ... Die flippen aus. Weißt du, wie gefährlich das ist? Ein fremder Hengst? Ein Kaltblut? Der ist doch bestimmt siebzehn, achtzehn Hands groß?!«

Ich beiße mir auf die Unterlippe, als ich sehe, wie besorgt er um mich ist. »Ja ...«, sage ich zögernd. »Er ist ein ziemlicher Riese. Du hast wahrscheinlich recht. Das nächste Mal muss ich unbedingt eine Kappe aufsetzen, und ich brauche vermutlich irgendwas zum Lenken, oder?«

Er rauft sich die Haare. »Eine Kappe? Irgendwas zum Lenken? Das sind deine einzigen Sorgen?«

»Na ja ...«

»Shona, wenn das wirklich ein Hengst ist, ein verwilderter noch dazu ...« Brodie umfasst die Querholme des Tores mit beiden Händen und bewegt sich damit vor und zurück wie mein alter Mathelehrer, wenn jemand auf der Leitung stand. »Hast du nicht schon genug Baustellen mit deinem Traveller-Freund? Wenn Dad das erfährt, oder Tante Meghan, dann bricht hier die Hölle los!«

»Dann halt du einfach die Klappe, okay? Das wäre ein hilfreicher Anfang.«

»Ja, ja. Ehrensache«, sagt er und grinst mich plötzlich von der Seite an. »Darf ich zugucken?«

»Wobei?«, frage ich verdutzt.

»Na, wenn du dein Riesenpferd reitest. Darf ich mal mitkommen? Einer muss dich ja aufsammeln, wenn du runterfällst. Es wäre ehrlich gesagt ziemlich schade um dich, wenn du stundenlang irgendwo in der Heide liegen bleibst.«

»Ist das etwa ein verkapptes Kompliment?«

Er zuckt mit den Schultern, immer noch spitzbübisch lächelnd. »Also? Was sagst du?«

»Ich weiß nicht«, weiche ich aus.

Er dreht sich zu mir, setzt eine feierliche Miene auf und hebt drei Finger: »Ich schwöre, dass deine zahlreichen Geheimnisse bei mir sicher sind, Cousinchen Shona. Wenn nicht, darfst du mich an einem schwülen, windstillen Hochsommertag nackt im Kilt in der Heide aussetzen, auf dass mich die Midges fressen.«

»Weil es hier ja auch jemals windstill ist«, antworte ich und ziehe eine Augenbraue hoch. Midges sind den ganzen Sommer über in weiten Landesteilen eine unerträgliche Plage. Sie lieben feuchte Wärme und dunkle Klamotten, aber sie hassen Wind. Seit ich angekommen bin, sind wir weitgehend verschont geblieben.

»Dann karr' mich ins Landesinnere.«

»Wenn das schiefgeht, habe ich ganz andere Probleme.«

Seine Miene hellt sich auf. »Ist das ein Ja?«

Ich seufze. »Na gut. Aber keine Fotos, klar? Du allein, kein Wort zu Hunter oder irgendwem anders. Und du bleibst auf

Abstand. Zwanzig Yards mindestens, ich will nicht, dass er sich erschreckt!«

»Deal!«

»Dann Hand drauf.«

Brodie schlägt ein, und wir lächeln uns an.

»Sag einfach, wann und wo. Ich werde da sein.«

»Im Morgengrauen. Am Feenhügel.«

»Coole Location, Respekt!« Er nickt anerkennend.

»Er ist das schönste Pferd, das ich je gesehen habe«, schwärme ich.

Brodie grinst, stemmt sich am Gatter hoch und ruft zu Hazel, Cashew und Cory hinüber: »Das meint sie nicht so, hört gar nicht hin.«

Am Nachmittag sitze ich an der Weide und versuche, Hazels Kopf zu zeichnen. Ich kann gar nicht malen, aber ich muss irgendwas tun, weil ich sonst verrückt werde, und Menschen kann ich gerade nicht ertragen.

Plötzlich räuspert sich jemand, und als ich aufsehe, steht Cuan direkt neben mir.

»Hey. Was machst du?«

»Kohlen schippen«, brumme ich.

»Sieht eher aus wie ...«

»Das ist ein Spruch, Cuan. Verstehst du keinen Sarkasmus?« Sofort beiße ich mir auf die Zunge. »Hey, entschuldige, bitte sei nicht sauer. Ich bin einfach nur durcheinander.«

»Was ist mit dir?« Cuan sieht mich besorgt an. »Ist es wegen gestern? Hör mal, ich ...«

»Nein«, unterbreche ich ihn schnell. »Das war ... sehr schön!« Wie gern würde ich ihm alles erzählen oder mich einfach in seine Arme flüchten und gar nichts sagen. Aber ich könnte es nicht ertragen, wenn er enttäuscht von mir wäre oder mich ausschimpfen würde, weil ich die Klappe nicht halten konnte. Es reicht, dass ich enttäuscht von mir selbst bin. Dabei weiß ich, dass ich Brodie trauen kann, und Cuan erst recht, aber … »Es hat nichts mit dir zu tun, okay? Ich habe vielleicht einen Fehler gemacht, aber du kannst mir dabei nicht helfen. Niemand kann das. Ich muss da allein durch und das Beste hoffen.« Ich merke, wie mir die Tränen in die Augen schießen. »Tut mir leid, ich muss los.« Hastig klappe ich den Block zu und stecke Bleistift und Radiergummi zurück in mein Schlampermäppchen.

»Warte doch, Shona. Bitte. Ich möchte dir was sagen.«

»Heute nicht, Cuan. Entschuldige. Ich bin mies drauf, und ich möchte es nicht an dir auslassen. Wir sehen uns morgen, okay? Ich bin einfach nur übermüdet. Morgen früh, nein, warte – besser etwas später. Nachdem ich die Pferde rausgebracht habe? Am Feenhügel?«

»Aber …« Er sieht mir in die Augen, bevor ich mich zum Gehen wende, und bricht ab. »Okay. Morgen dann.«

Ich spüre seinen verletzten Blick in meinem Nacken. Meine Augen brennen. Ich habe es kaputt gemacht. Immer mache ich alles kaputt. Einmal noch werde ich den Hengst reiten, ein Abschiedsritt. Und dann werde ich ihn wegschicken. Verjagen, wenn es sein muss. Er muss von hier verschwinden. Es ist nicht sicher für ihn, Brodie hat ganz recht. Ich bringe ihn nur in Gefahr. Wütend wische ich mir die Tränen aus dem Gesicht. Und das mit Cuan muss auch aufhören. Es hat keine Zukunft. Nichts hat eine Zukunft.

»Also? Wann bis du startklar?« Brodie zwinkert mit beim Abendessen vielsagend über den Tisch zu.

»Äh …« Ich lasse fast den Löffel für die Kartoffeln fallen.

»Oh, ihr unternehmt etwas zusammen? Wie schön.« Tante Meghan lächelt. »Ich freue mich, dass ihr euch angefreundet habt. Hat ja lange genug gedauert, nicht wahr, Matt?«

Mein Blick fliegt zu Onkel Matthew, der leise brummt. Ob es als Zustimmung gemeint ist oder einfach nur ausdrücken soll, dass er sie gehört hat – keine Ahnung.

»Wo soll's denn hingehen, mo nighean?«

Gehetzt sehe ich zurück zu Tante Meghan. »Äh.«

»Wir wollen angeln gehen«, springt Brodie für mich ein und grinst vielsagend. »Am Loch Eriboll. Gleich nach Sonnenaufgang.«

»Ich dachte, du bist Vegetarierin?« Sie zieht erstaunt die Augenbrauen hoch.

»Bin ich auch«, sage ich und widme meinem Cousin einen Seitenblick. Wie gern würde ich ihn unterm Tisch treten, aber da liegt Boomer und schnarcht.

Brodie kichert gut gelaunt. »Ich musste ihr versprechen, dass wir alles wieder reinwerfen, was wir fangen.«

Onkel Matthew brummt wieder, diesmal allerdings kann ich ihn verstehen. »Sinnlose Zeitverschwendung.«

»Lass die Kinder doch, wenn sie Spaß dran haben.«

Er seufzt. »Ja. Natürlich, Schwesterherz.« Dann wendet er sich an Brodie. »Wäre schön, wenn du uns trotzdem einen Seelachs mitbringst, wenn ihr euch schon im Morgengrauen da drüben herumtreibt.« Dann mustert er mich. »Kannst du damit leben?«

Ich bin zu perplex, als dass ich etwas herausbringen würde.

Na super. Jetzt müssen auch noch unschuldige Fische sterben für mein Alibi.

»Ich kann das auch übernehmen«, schlägt auf einmal Hunter vor.

»Nein!«, kreischen Brodie und ich wie aus einem Mund.

Tante Meghan tastet schmunzelnd nach Hunters Hand und tätschelt sie. »Lass die beiden ruhig mal alleine los.«

Hunters Mundwinkel zucken. Brodie sendet ihm einen giftigen Blick.

Wieso nur habe ich mich darauf eingelassen? Das einzig Gute ist, dass ich mich mit der Ausrede, so furchtbar früh aufstehen zu müssen, gleich nach dem Essen in mein Zimmer zurückziehen kann. Aber an Schlaf ist natürlich nicht zu denken. Ruhelos starre ich an die Decke. Dann setze ich mich auf und starre durchs Fenster in die Nacht hinaus, über den vom Mond beschienenen Gartenweg, wo Seahorse ganz am Anfang meines Aufenthalts hier zum ersten Mal aufgetaucht ist. Es kommt mir vor, als würden hundert Jahre dazwischenliegen.

Ich tapse ins Bad, in der Hoffnung, dass ich mit leerer Blase besser einschlafen kann, aber das bringt auch nichts. Am Ende bin ich so verzweifelt, dass ich sogar Tante Meghans altes Buch aus dem Nachttisch klaube. Dabei berühre ich den Brautschleier meiner Mutter. Wie lieblos ich ihn hineingeknüllt habe. Das hat er nicht verdient. Nachdenklich nehme ich ihn heraus und streiche ihn glatt.

Mit einem etwas besseren Gefühl lösche ich zum hundertsten Mal in dieser Nacht das Licht.

Als mein Wecker losschrillt, habe ich das Gefühl, eben erst eingeschlafen zu sein. Es ist noch dunkel. Aber leises, ungeduldiges Wummern an meiner Tür verrät mir, dass es Zeit ist.

Zeit aufzustehen und mein Schicksal zu besiegeln – und das eines armen Fisches.

Ich schlüpfe in meine bereitgelegten Klamotten, husche ins Bad und putze mir die Zähne. Als ich zurückkomme, um meinen Pulli überzuziehen, bleibt mein Blick an dem alten Brautschleier hängen, den ich über die Stuhllehne gelegt habe. Vielleicht bringt er mir ja Glück? Und Seahorse auch!

Seufzend stecke ich ihn in die Innentasche meiner Outdoorjacke. Darauf kommt's jetzt auch nicht mehr an. Es ist sowieso alles absurd genug.

Es dämmert. Um uns herum machen die Vögel einen Heidenradau. Brodie schiebt sein Fahrrad. Ich trage die Angelausrüstung.

»Wie besprochen, ich zeige ihn dir von Weitem. Du hältst Abstand, damit er sich nicht erschreckt, okay?«

»Was immer du sagst, Cousinchen. Ich bin ganz brav und fahre sogar ein Stück mit dem Boot raus.«

Verdutzt sehe ich ihn an.

»Ich habe Dad einen Seelachs versprochen, der fängt sich nicht von allein«, erklärt Brodie grinsend, nimmt mir die Angelausrüstung ab und zieht einen Reithelm hervor. »Zeit ist Geld. Hier, deine Reitkappe – falls du sie überhaupt brauchst. Sorry, wenn sie jetzt nach Fisch riecht.«

»Er wird kommen«, verspreche ich und nehme ihm den Helm ab. Dabei habe ich keine Ahnung, ob er das tun wird oder nicht. Meine Knie zittern. Geschähe mir ganz recht, wenn nicht. Vielleicht wäre das ohnehin besser. Ich habe noch immer ein ganz mieses Gefühl in der Magengegend – oder ich bin einfach nur aufgeregt. Ich wünschte, Cuan wäre hier.

Dann würde ich mich sicherer fühlen. Aber wäre *er* sicher? Brodie radelt bereits in Richtung Wasser und winkt mir über die Schulter zu. »Wünsch mir Petri Heil!«

»Mordlustige Highlander«, murmele ich und stapfe durch die Heide davon. Ich wende mich hügelwärts und verschwinde zwischen den Büschen.

»Was machst du so früh schon hier draußen?«

»Cuan!« Mir bleibt fast das Herz stehen, als er unvermittelt neben mir auftaucht. Nervös sehe ich mich nach Brodie um, aber der ist bereits außer Sicht. Wenigstens etwas. »Du bist viel zu früh! Das ist jetzt gerade ungünstig.«

Cuan bietet mir fröhlich einen großen roten Apfel an. »Frühstück?«

Ich schüttele den Kopf. »Hab keinen Hunger«, gestehe ich. »Hör mal, wegen gestern …«

»Schon vergessen«, sagt er lächelnd und wärmt mich damit ganz kribbelig schön von innen. Ich möchte so gern glauben, dass wirklich alles gut ist – und wird und bleibt. Er neigt den Kopf nach schräg hinten, in die Richtung, in die mein Cousin verschwunden ist. »Du gehst mit ihm angeln? Mit Helm?«

»Nein, das sieht nur so aus«, seufze ich schwer. Mir ist nicht nach Scherzen zumute. Und anlügen will ich ihn erst recht nicht.

»Was ist los?« Er sieht mich so besorgt an, dass mir auf einmal Tränen in die Augen schießen. Ich kann nichts dagegen tun. »Ich bin so ein Schaf«, schluchze ich los.

Wortlos nimmt er mich in den Arm und lässt zu, dass ich seine nach Pferd und See duftende Jeansjacke vollheule. Ein Sprachgenie muss er auch noch sein, denn irgendwie gelingt es ihm, das Wesentliche meines Gebrabbels zu verstehen. Dass ich fast geplatzt wäre vor Glück und dass Brodie mich aufgezogen hat. Dass wir uns richtig gut angefreundet haben. Dass ich nicht richtig nachgedacht habe und dass ich vielleicht auch ein bisschen angeben wollte mit Seahorse – und wenigstens einem in der Familie beweisen, dass er ein ganz normales Pferd ist.

»Wir kriegen das hin«, sagt Cuan schlicht, als ich fertig bin, und legt mir seinen Zeigefinger unters Kinn, damit ich ihn ansehe. »Hab keine Angst. Alles wird gut«, flüstert er, haucht mir einen Kuss auf den Mund, und in meinem Magen tanzen Gummibärchen Pogo. Ich muss mich konzentrieren, verdammt.

»Aber weißt du denn, wo er um diese Zeit ist? Ich will nicht, dass ihm irgendwas geschieht, Cuan. Besser, ich blase das Ganze ab. Ich sage Brodie einfach, dass ich mir den Hengst ausgedacht und eine blühende Fantasie habe. Das vermuten sie ja eh.«

Cuan scharrt nachdenklich mit einem Fuß im Heideboden. Dann hebt er den Kopf und sieht mich an. Die aufgehende Sonne zaubert einen violetten Schimmer in seine ozeanblauen Augen. »Mach dir keine Sorgen, und gib ihn nicht auf. Das … würde ihm das Herz brechen. Der Hengst passt schon auf sich auf. Komm, wir ziehen das jetzt durch.«

»Wir?«, frage ich erstaunt. »Ich weiß nicht, ob es so schlau ist, wenn Brodie dich …«

»Ich werde einfach nur in der Nähe bleiben. Ich bin vorsichtig.«

»Versprichst du's?«

Er nickt und fasst mich kurz bei beiden Händen. Dann

zeigt er auf den Feenhügel, der vor dem Hintergrund des rosafarbenen Himmels magisch zu leuchten scheint.

»Warte dort.«

Ich schniefe und nicke. Ein neuer Tag bricht an. Und ich spüre ein klein wenig Hoffnung, dass doch noch alles gut wird.

Kapitel 18

Hope Beach, schottische Highlands, 2011

»Schneller, mo cridhe, schneller!«

Der Hengst schnaubte im Rhythmus seiner trommelnden Hufe, kraftvoll flog er über den Sand. Seine Mähne wehte im Wind, zusammen mit den Haaren der Frau, eine rotgoldene Fahne.

So fühlte es sich an, am Leben zu sein. Dass sie den Hengst wiedergefunden hatte, nach all der Zeit! Und wie gut er noch immer aussah! Er musste inzwischen über dreißig sein – sie hätte nie gedacht, dass sie dieses sprudelnde Gefühl von Glück noch einmal erleben würde.

Freiheit, ein großes Wort – und doch viel zu klein, um das auszudrücken, was gerade in ihr vorging.

Überdeutlich nahm sie die Sonnenstrahlen auf ihrer Haut wahr, die Körperwärme des kleinen Mädchens, das vertrauensvoll vor ihr auf dem blanken Pferderücken thronte. Das perlende Lachen ihrer kleinen Tochter heilte alle Wunden, allen Schmerz. Vergessen waren die ewigen Nörgeleien ihrer Eltern, die Streitigkeiten mit Chris, Matts Blicke, der

»schon immer gewusst hatte, dass Chris kein Mann für sie war«. Am meisten enttäuscht war sie über das Verhalten und die Vorwürfe von Maggie. Sie spürte die Eifersucht ihrer älteren Schwester, unterschwellige Wut, weil sie sich niemals trauen würde, ihrem Herzen zu folgen, ihren Traum zu leben. So war es früher schon gewesen. Sie gönnte ihr nicht, was sie mit dem Hengst verband. Sie war neidisch auf ihren Mut.

»Wenn das alle machen würden, Mhairi!« Schade, dass sie es nicht taten! Dann wäre die ganze Welt vielleicht ein glücklicherer Ort. So viele Lebenslügen ... aber jetzt war damit Schluss. Zum ersten Mal seit langer Zeit fühlte sie sich wieder glücklich.

Hoffnungsvoll.

Frei.

Verstanden.

Sie hatten eine zweite Chance bekommen. Er hatte auf sie gewartet. Und heute war er gekommen, um sein Versprechen einzulösen und sie beide mitzunehmen, sie nach Hause zu bringen. Sie würde alles hinter sich lassen und neu anfangen. Mit ihm. Und mit ihrem Kind.

Eine sorgenfreie Zukunft lag vor ihnen.

»Dies ist unser Zuhause, Shona. Dies ist, wo wir hingehören. Lass dir nie etwas anderes einreden. Es liegt in unserem Blut – in deinem und in meinem. Wir sind frei. Du musst einfach nur vertrauen«, flüsterte sie.

Seine Hufe berührten das Wasser. Gischt spritzte auf. Die Kleine gluckste vor Wonne.

»Mhairi! Nein! Tu das nicht! Gib sie mir!« Maggies Stimme schallte über das Ufer. Sie war nah, viel zu nah.

Der Hengst stieg.
Ein Schuss zerriss die Luft.
Dann war alles dunkel.

Ich habe keinen Schimmer, wie Cuan das hingekriegt hat, aber kaum habe ich mich auf den Felsen gesetzt, da erklingt das vertraute Geräusch von großen Hufen, die vorsichtig über die Heide näher kommen. Scheu wie ein Reh – nur ein klitzekleines bisschen größer.

»Seahorse«, wispere ich und scanne automatisch die Landschaft ab, ob ich Cuan irgendwo hinter ihm entdecke – oder meinen Onkel. Was für ein Wechselbad der Gefühle! Ich bin einerseits erleichtert, dass ich kein menschliches Wesen erspähe, aber fast ein bisschen enttäuscht, dass Cuan nicht auf dem Hengst sitzt und mir die Hand hinstreckt, damit ich hinter ihm in den Sonnenaufgang reiten kann. Ich hatte es beinahe erwartet – so viel zu Tagträumen von Prinzen auf Schimmeln.

Der Hengst brummelt leise, als er mich sieht. Ich krame in meiner Tasche nach etwas zu naschen für meinen weißen Riesen und rutsche von dem Felsen herunter, um ihn zu begrüßen. »Wie geht es dir heute Morgen?«, frage ich und kraule ihm das seidige Fell unterm Hals, da, wo er es am liebsten hat.

Lange stehen wir so, versunken in den Atemrhythmus des anderen.

»Hey, Großer, darf ich dich um einen Gefallen bitten?«, durchbreche ich die Stille nach einer Weile. »Würdest du mich ein Stück tragen? Wollen wir noch mal einen kleinen Ausritt machen? Nicht ans Meer diesmal, nur ein Stück da rüber, zum See.« Ich zeige mit einem leichten Kopfnicken in Richtung des Lochs. »Ich will ganz ehrlich zu dir sein. Wahrscheinlich hat dir Cuan eh schon alles erzählt. Ich habe mich da in was hineingeritten.« Ich grunze, als mir mein eigenes blödes Wortspiel bewusst wird. »Es war keine Absicht. Ich war einfach nur so stolz auf dich, auf das, was wir haben, auf unsere Freundschaft ...« Ich schlucke trocken. »Ich glaube, es ist besser, wenn wir uns trennen. Ich bringe dich in Gefahr, Seahorse. Du siehst ja, dein Geheimnis ist nicht sicher bei mir. Ich weiß nicht, ob es stimmt, was Cuan gesagt hat, dass mein Onkel dich jagt. Aber falls es so ist, dann musst du fort von hier. Ganz weit fort, hörst du? Er darf dich nicht erwischen. Niemand darf das. Du sollst frei sein und bleiben.«

Der Hengst tänzelt unruhig auf der Stelle. »Sieh mal. Das hier ist ein Reithelm. Ich setze ihn mir auf, siehst du? So. Und ich habe dir auch was mitgebracht. Es ist kein richtiges Zaumzeug, ich würde dich niemals zu irgendwas zwingen. Aber ich muss dich lenken können, damit wir genug Abstand zu Brodie halten. Oder falls sonst irgendwas ... ist. Verstehst du? Nur zur Sicherheit. Für uns beide ...«

Der Hengst gibt ein schnorchelndes Geräusch von sich, als ich ihm meine kleine Bastelei zeige, und weicht einen Schritt zurück.

Ich folge ihm und streichele mit der anderen Hand weiter, ohne ihn loszulassen. »Ist es in Ordnung, wenn ich dir das anlege? Nur, um dir die Richtung zu zeigen. Nichts Schlimmes. Du kennst mich doch. Hab Vertrauen.«

Es gelingt mir tatsächlich, ihm das Knotenhalfter über die

Nase zu schieben, den langen Riemen hinter seinen Ohren herumzuführen und an seiner linken Wange zu schließen. Es sitzt ein wenig knapp, aber es wird funktionieren. Es war nicht einfach, die Größe seines Kopfes richtig zu schätzen. Mein provisorisches Zaumzeug samt Zügeln besteht aus nichts anderem als Tante Meghans dicker Schafwolle, die ich an der Türklinke meines Zimmers zu Schnüren gekordelt und miteinander verflochten habe.

»Dunkelblau, wie deine Augen«, flüstere ich. »Mit einem dünnen Strang Braun und ganz wenig Weiß.«

Er lässt sich bereitwillig von mir zu einem Felsen dirigieren, den ich als Aufsteigehilfe benutzen kann. Ich gleite auf seinen Rücken, greife in seine Mähne und schnalze leicht mit der Zunge. Seine Ohren sind ganz bei mir, und er setzt sich so behutsam in Bewegung, als würde er ein rohes Ei tragen.

»Wir sind ganz vorsichtig, okay? Und Cuan ist auch hier. Er hat es versprochen.« Verstohlen wische ich mir eine Träne von der Wange.

Der Hengst brummelt leise. Er spürt, dass ich traurig bin, aber er weiß nicht wieso. Ich komme mir vor wie eine Verräterin. Was tue ich hier?

Schritt für Schritt schreitet er mit mir auf sein Verderben zu. Es können nur noch ein paar Yards sein, bis wir in Sichtweite kommen. Und wenn Brodie doch ein Handy dabeihat? Oder Hunter etwas gesteckt hat?

»Nein.« Zuerst ist meine Stimme nur ein heiseres Flüstern. Dann wiederhole ich es lauter: »Nein, Seahorse. Du musst das nicht für mich tun. Es war eine bescheuerte, egoistische Idee. Lass uns umkehren. Fort von hier, komm. Schnell. Es ist noch nicht zu spät.«

Der Hengst lauscht meinen Worten. Ich sehe es am Spiel seiner Ohren. Er hört mir genau zu. Aber er verweigert sich meinen Signalen und meiner Stimme, sogar der leichte Zug an meinen lächerlichen Wollzügeln interessiert ihn nicht. Er stapft einfach weiter, auf dem Weg, den ich vorhin mit Cuan besprochen habe: oberhalb des alten Bothys am Arnaboll vorbei ans Wasser. Es ist, als ob der Hengst stur an diesem Plan festhält. »Du willst das wirklich durchziehen?«

Seahorse schnaubt leise.

»Na gut. Wenn du dir so sicher bist.«

Ein gutes Stück entfernt vom Ufer schaukelt träge ein Ruderboot mit einem Angler. Brodie. Außer ihm ist niemand da. Er hat sein Wort gehalten.

Ich passe auf, höre ich Cuans Stimme in meinem Herzen singen.

Ich lasse meinen Blick über die wunderschöne Landschaft gleiten, und da beginne ich, mich zu entspannen.

Frühnebel liegt über dem See und den Hügeln. Es wirkt unwirklich, als ob wir durch Wolken reiten würden. *Vertrauen, Shona.* Das ist ein Riesenthema für mich.

Brodie steht jetzt im Boot auf und winkt mit beiden Armen. Ich winke lächelnd zurück.

»Er ist wirklich nett«, erzähle ich Seahorse. »Er steht einfach nur ein bisschen zu oft unter der Fuchtel von Hunter und will ihm beweisen, wie cool er ist. Aber ich glaube, er schwimmt sich gerade frei. Genau wie ich … Guck doch mal, wie friedlich das alles aussieht – so schön.«

Ich lockere meine Schultern und lasse die Mähnenbüschel zwischen meinen Fingern los. Erst jetzt merke ich, wie verkrampft ich auf dem breiten Pferderücken gekauert habe.

Endlich fange ich wieder an zu spüren, nehme seinen Atem wahr, den Rhythmus seiner Hufe unter mir, lasse mich tragen. Ich atme tief durch und kraule dem Schimmel das Fell.

»Bleib mal kurz stehen«, bitte ich, lehne mich nach vorn über seine wallende Mähne und löse den Knoten an seiner Schläfe. Ich lasse das Halfter einfach fallen. Ich werde es später aufheben, damit sich kein Wildtier darin verfängt. Kurz denke ich an den Fasan. »Das brauchen wir nicht«, flüstere ich und richte mich auf.

»Ist das schön hier«, wiederhole ich noch einmal und lächele in den Morgen.

Und dann bricht die Hölle los.

Aus dem Nichts röhrt plötzlich Hunters Geländemaschine hinter uns los.

»Da sind sie!«, höre ich ihn rufen.

»Seh sie!«, das ist Onkel Matthews Stimme. Ein weiterer Motor wird gestartet. Der Pick-up? Hat Brodie den beiden doch alles erzählt?

Bevor ich ganz begreife, dass sie uns aufgelauert haben, galoppiert Seahorse auch schon an. Ich kralle mich in seiner Mähne fest und beuge mich tief über ihn, damit ich ihm nicht im Weg bin.

»Flieh!«, rufe ich panisch. »Lauf, so schnell du kannst.«

Der Hengst wiehert schrill und jagt davon. Erde spritzt unter seinen Hufen auf, als er mit mächtigen Galoppsprüngen über die Heide prescht. Ich schließe die Augen, weil ich nicht hinsehen kann, als er mit einem gewaltigen Sprung über eine Hecke setzt. Aber Hunter ist schon vor uns da.

Der Schimmel schlägt einen Haken und setzt den steilen

Abhang hinunter. Wir kürzen über den verfallenen Friedhof hinter dem Bothy ab. Ich habe mich immer gefragt, wo die Ruinen sind. Nun fliegen wir an umgestürzten Grabmälern vorbei und springen über verwitterte, efeuumrankte Steine, die Gott weiß wie alt sind. Ich hoffe, die Toten sind uns nicht böse – was für ein absurder Gedanke in dieser Situation.

Onkel Matthews Pick-up muss den langen Weg außen herum nehmen, aber Hunter kommt mit der Geländemaschine überall durch. Wo ist er jetzt? Gehetzt sehe ich mich um. Ich kann ihn nirgends entdecken.

Der Schimmel jagt auf Loch Eriboll zu. Brodie steht immer noch in dem Boot, das jetzt gefährlich schwankt, und schreit irgendetwas. Dieser miese Verräter, ich kann es nicht glauben.

Vor uns glänzt etwas in der Sonne. Als ob da Schnüre gespannt wären. Aber wer würde …?

»Kehr um!«, kreische ich hysterisch. »Das ist eine Falle!«

Ich sitze hilflos auf dem Rücken dieses mächtigen Kaltblüters und kann nichts anderes tun, als mich festzuhalten, so gut es geht. Es grenzt an ein Wunder, aber der Hengst reagiert. Ob es meine Stimme war oder er selbst den mobilen Fangzaun am Strand erkannt hat – er dreht ab und wechselt noch einmal die Richtung. Nun hält er allerdings direkt aufs Wasser zu. Hinter uns schwillt der Motorenlärm an. Aus zwei Richtungen versuchen sie, uns zu erwischen. Ich drehe mich um und sehe Onkel Matthew, der sich aus dem Wagenfenster des Pick-ups lehnt. Wer fährt denn dann?, frage ich mich schockiert. Aber mir bleibt keine Zeit, darüber nachzudenken. Mein Onkel hält eine Waffe in den Händen.

Wasser spritzt zu mir herauf. Ich bekomme Tropfen ins

Gesicht. Eiskaltes Brackwasser aus dem Loch Eriboll. Aber es ist nicht kälter als der Klammergriff um mein Herz. Sie haben mich verraten. Meine ganze Familie verrät mich.

»Spring ab!«, höre ich jemanden rufen. Vom Boot her. Brodie. »Um Gottes willen, spring, Shona!«

Aber das werde ich ganz bestimmt nicht tun. Da brech ich mir ja den Hals!

Der Hengst bäumt sich auf, er bockt sogar einmal, als ob er mich im seichten Wasser abwerfen will.

Aber ich sitze wie festgewachsen. Ich halte mich an Seahorse fest, kralle mich in seine Mähne und presse meine Beine an seinen Körper, so fest ich kann.

Ein Schuss knallt durch den Morgen. Dicht neben uns spritzt Wasser auf, als die Kugel dort einschlägt.

»Ich bleibe bei dir und beschütze dich«, heule ich auf. »Ich habe dir das eingebrockt. Wenn sie dir was tun wollen, müssen sie zuerst mich erschießen.«

Er flieht geradewegs ins Tiefe. Ich spüre, wie er den Boden unter den Füßen verliert und schwimmt, hinein in den dichter werdenden Nebel. Das eisige Nass beißt in meine Füße, durchdringt den Stoff meiner Hose und raubt mir den Atem. Welches Pferd stürzt sich in so einer Situation in die Fluten? Welcher Onkel schießt auf seine eigene Nichte? In meinem wirren Verstand spult Tante Meghan wie im Zeitraffer all die Geschichten über Wasserpferde und Kelpies ab. Zieht Seahorse mich jetzt in die Tiefe? Hatte sie am Ende recht? Was wird Dad denken, wenn ich tot bin? Er wird so sauer sein. Und verzweifelt! Es wird ihm das Herz brechen, wenn er auch noch mich verliert. Das geht nicht!

»Seahorse, warte!« Ich muss husten.

Ich schlucke brackiges Salzwasser, als ich die Mähne loslasse, und versuche, vom Rücken des Hengstes zu gleiten, damit ich zurück an Land schwimmen kann. Noch ist es nicht weit zum Ufer.

Aber es geht nicht.

Meine Beine fühlen sich an wie festgeklebt.

Wie in den Geschichten, den alten Legenden von Tante Meghan. Ich bin mit dem Pferderücken verwachsen, kann mich nicht lösen und befreien. Das Wasser schlägt über mir zusammen. Einmal, zweimal.

Verzweifelt schnappe ich nach Luft.

Tante Meghan! Der Nebel um uns herum wird dichter, und ich meine, eine Stimme singen zu hören. Keine Worte, nur eine wunderschöne Melodie. Können Pferde singen? Die Tonfolge kommt mir vertraut vor. Cuan hat sie gesummt. Ich halluziniere bereits. Das machen die Stresshormone, ich stehe unter Schock. Mein Herz klopft wie wild, als wollte es sich gegen das Unvermeidliche wehren.

Ich sterbe.

Weshalb habe ich das Zaumzeug weggeworfen? Wieso habe ich kein Hufeisen dabei? Ich kichere hysterisch und atme sofort wieder Wasser ein. Ich brauche irgendwas aus Eisen, das war doch so, oder?! Da kommt mir der Brautschleier in den Sinn.

Es gelingt mir irgendwie, den dünnen Stoff aus meiner Innentasche zu pfriemeln, während der Hengst mit kräftigen Stößen immer weiter mit mir in den inzwischen suppendicken Nebel hinausschwimmt. Es ist, als sänge er ihn herbei. Ich würde noch einmal hysterisch lachen, wenn ich noch könnte, aber mir geht die Luft aus. Wir tauchen unter, und dieser dämliche Schleier hat sich verklemmt. Ich reiße daran herum und schleudere ihn mit all meiner Kraft nach vorn, aber das blöde Ding legt sich stattdessen mir um Gesicht und Hals. In meinem Kopf ist wieder diese wunderschöne Melodie und will so gar nicht zu meiner Panik passen. Ich höre sie überall um uns herum, spüre sie auf meiner Haut, in meinem Herzen, in der Lunge. Sirenengesang, denke ich wirr. Das ist der Gesang der Wasserpferde, vor dem Tante Meghan mich gewarnt hat.

»Mum!«, will ich rufen, aber es kommt nur ein Gurgeln heraus.

Mein letzter Gedanke gilt Cuan.

Dann versinke ich in tiefem Blau.

Als ich wieder zu mir komme, liege ich am Strand. Vielleicht träume ich auch. Wahrscheinlich aber bin ich tot. Es ist immer noch neblig. Das macht alles so surreal. Ich spüre Sand zwischen meinen Fingern, und jemand drückt wie wild auf meinem Brustkorb herum. Ich will mich beschweren, weil das echt wehtut, aber ich muss husten und würge Wasser aus.

»Dem Himmel sei Dank, du bist wieder da.« Ich fühle einen stützenden Arm in meinem Rücken, zitternde, eiskalte Finger, die mir nasse Haare aus dem Gesicht streichen, noch bevor ich klar sehen kann. Und dann sind da Lippen, zart und fest zugleich auf meinem Mund.

Cuan!

Ich schließe die Augen und erwidere den Kuss. Wenn das ein Traum ist – wenn es das ist, was man erlebt, wenn man gestorben ist, dann ist es okay, denke ich.

Da lässt er mich behutsam los. Ich muss allein weiter atmen.

Überrascht öffne ich die Augen wieder.

»Wo bin ich? Cuan?! Wie sind wir …?«

»Eilean Choraidh«, sagt er leise und hält meine Hand ganz fest. »Die Pferdeinsel in Loch Eriboll. Meine Zuflucht.«

Ich höre die Worte, aber ich begreife den Sinn nicht. Nicht, dass mich das stören würde. Er könnte mir auch auf Gälisch das Telefonbuch vorlesen. »Oh Cuan, du bist hier«, krächze ich und erwidere zitternd seine Umarmung. »Bist du das wirklich?«

»Du lebst! Ich bin so froh, dass du lebst«, sagt er.

»Ich bin nicht ertrunken?«

»Nein.«

Ich küsse ihn noch einmal. Nur um sicherzugehen, dass ich mir das nicht einbilde.

Seine Augen sind gerötet, seine Haare triefen, und ich pflücke abwesend einen Halm Seegras aus seinem wirren Schopf. Plötzlich zieht Cuan die Stirn kraus. »Weißt du eigentlich, was du mir für einen Schrecken eingejagt hast? Wieso bist du nicht abgestiegen? Und warum wolltest du mich umbringen?«

»Was? Warte mal, nicht so schnell. Ich? Dich? Wovon redest du?«

»Na dieser Brautschleier, was sollte das?«

Cuan keucht, völlig außer Atem, sein nackter Oberkörper ist blaugefroren. Er ist barfuß und trägt eine braune, etwas antiquiert aussehende Hose. Mit ausgestrecktem Arm zeigt er auf ein zerfetztes Stück Stoff, das etwas weiter unten an der Wasserkante treibt und mit jeder Welle an Land schwappt.

Ich sehe ihn an und begreife doch nicht, was ich da sehe.

»Ich wollte dich doch nicht töten, ich hatte Angst, dass ich ertrinke. Vielleicht habe ich da … Hast du mich aus dem

Wasser gezogen? Wo ist Seahorse?« Ich schrecke auf. »Meine Familie … Onkel Matthew hat auf ihn geschossen. Deswegen bin ich auf seinem Rücken geblieben. Aber er hat trotzdem … Wo sind sie? Wo ist Brodie? Es war eine Falle! Wo ist der Schimmel?«

»Ich bin da, es ist alles gut. Sie können uns hierher nicht folgen.«

»Nein. Dich sehe ich ja. Wo ist der Hengst? Wieso wollte er mich unter Wasser ziehen? Warum konnte ich nicht absteigen? Ich habe Brodie vertraut! Und woher weißt du das überhaupt alles? Warst du da? Hast du es gesehen? Hast du mich aus dem See gefischt? Hab ich das schon mal gefragt? Haben sie *dich* gesehen? Wie bin ich hierhergekommen?«

»Ja. Ich habe dich auf die Insel gebracht.« Cuans Antwort streift meine Hirnwindungen lediglich peripher. Ich muss fürchterlich husten. Eklig schmeckendes Wasser läuft mir aus Mund und Nase. Ich drehe mich weg und warte, bis es vorüber ist. Cuan streicht mir sanft über den Rücken und ist einfach da.

Immer noch benommen blicke ich mich um.

Eine verlassene, kahle Insel ist das. Eigentlich nicht mehr als grün bewachsene Felsen mit ein paar Ruinen und einem felsigen Sandstrand. Kein Baum, kein Strauch. Mir ist kalt. Das Einzige an mir, was angenehm warm ist, sind meine Lippen. Sie kribbeln noch von unserem Kuss.

»Wie sollen wir je wieder von hier wegkommen? Gibt es irgendwo ein Boot?«, brabbele ich weiter, was mir durch den Kopf schießt.

»Nein.« Cuan lächelt. »Ich schätze, wir werden wohl denselben Weg nehmen müssen, wie wir hergekommen sind, ich nehme dich huckepack auf meinen Rücken.«

»Huckepack«, wiederhole ich stumpf und betrachte die Verletzung an seinem Unterarm. »Keine gute Idee.« Durch die Kälte sticht die frische Narbe rosafarben hervor. Eine hässliche Wunde, wie Stacheldraht sie reißt, genau an der Stelle, wo Seahorse sich bei unserer ersten Begegnung verletzt hat. Ich blicke in Cuans dunkelblaue Ozeanaugen mit dem feinen braunen Streifen – die gleichen Augen, wie mein Schimmel sie hat. Nur die Pupille ist ein wenig anders, rund, nicht eckig oder ausgefranst wie bei einem Pferd.

Ein Teil von mir stellt den Zusammenhang her. Aber wie soll man das Unfassbare begreifen?

»Hab keine Angst«, sagt er sanft. Unwillkürlich rutsche ich ein Stück zurück.

Cuan nickt langsam. »Es stimmt. Und es tut mir so leid. Ich wollte es dir schon die ganze Zeit sagen, aber …«

»Halt. Warte mal«, wehre ich ab. Ein neuer Hustenanfall schüttelt mich. Ich bin noch nicht wieder ganz da. »Willst du damit etwa andeuten … *Du bist* der Hengst? Ich meine, du bist der *Hengst*? Aber wie kann das sein? … Nein … Ich kann das nicht glauben«, keuche ich. »Das ist ein Trick, oder? So ein bescheuerter Prank von meinen Cousins? Steckst du mit ihnen unter einer Decke? Habt ihr das alles geplant?«

Cuan sieht mich betroffen an und will mir seine Hände reichen. Ich schüttele den Kopf. Ich weiß, dass ich Quatsch rede. Aber selbst diese absurde Alternative wäre mir im Moment lieber als …

»Nein, das ist unmöglich«, beharre ich. »Das sind Märchen. Es kann einfach nicht sein! Ich war zu lange unter Wasser. Oder ich bin auf den Kopf gefallen. Die Kälte dazu, das macht logisches Denken schwierig.«

Mein Kopf rotiert so schnell, dass mir schwindelig wird. Und übel. Ich versuche, ihn mit beiden Händen zu stützen. Meine Zähne klappern. Tränen schießen mir in die Augen. Bilder springen in meinem Kopf hin und her. Erinnerungen an Seahorse – Cuan – Seahorse ... Und dabei spüre ich, dass es die Wahrheit ist, die unvorstellbare, unglaubliche, unbegreifliche Wahrheit.

»Dann ist Tante Meghan gar nicht verrückt?«

Cuan robbt vorsichtig wieder näher auf mich zu und schließt seine Arme um mich. Diesmal kann ich die Berührung annehmen. Er wiegt mich wie ein Kind, und ich verkrieche mich in dem Schutz, den er mir verspricht. »Das ist ganz schön viel auf einmal, ich weiß«, sagt er entschuldigend. Ich klammere mich an ihn. Meine Zähne klappern und machen, was sie wollen, und mein Magen auch. Cuan hält mich. Und ich ihn. Ganz fest. Ziemlich lange sind wir einfach nur still. Und ich denke und denke, aber ich verstehe es nicht. Cuan ist da. Ich kann ihn spüren. Das ist alles, was ich begreife, und auch wieder nicht.

Ich atme, und ich höre ihn atmen. Ich fühle seinen Herzschlag, seine Körperwärme, und ich schmiege mich an ihn, weil wir beide so frieren.

Man friert nicht mehr, wenn man tot ist, oder?

»Aber, vorausgesetzt ... also, wenn es wirklich so ist, und ich bin weder tot noch träume ich, noch stecken meine blöden Cousins dahinter – wie geht es denn dann jetzt weiter? Mit uns?«

»Ich weiß es nicht«, sagt Cuan leise und streichelt mein nasses Haar. »Aber wir finden einen Weg. Zusammen.«

Epilog

Der Fremde legte den Hörer auf und bedankte sich bei dem Mann im Pub mit einem Geldschein für die Möglichkeit, ungestört zu telefonieren. Es war ein langes Gespräch gewesen mit Matthew Fitzgibbons. Am Ende hatte der misstrauische Farmer angebissen. Er hatte ihm zu viele Details nennen können über das, was er in den frühen Morgenstunden am Loch Eriboll mit angesehen und -gehört hatte. Das Mädchen, der Schimmel, der Nebel, der Gesang. Matthew Fitzgibbons hatte es um ein Haar versaut. Der Narr würde Hilfe brauchen, wenn er seine Nichte wiedersehen und gleichzeitig den Each Uisge ein für allemal loswerden wollte.

Und er konnte sie ihm gewähren. Sie wollten beide dasselbe.

Im Ergebnis zumindest. Fast.

Zufrieden schlug der Fremde den Wanderweg in Richtung Ben Hope ein. An der Gabelung bei Cashel Dhu sah er sich um, dann schlug er sich querfeldein in die Berge. Im Gehen entledigte er sich Stück für Stück seiner Kleidung, er würde sich neue besorgen. Der eisige Wind störte ihn nicht. Er folgte dem wild strudelnden Fluss in Richtung seines

Ursprungs, der Quelle entgegen, bis zu der tiefsten Stelle, wo er sich als Wasserfall zu Tal stürzte.

Mit einem eleganten Kopfsprung glitt er hinein. Vorhang auf für den Showdown …

Er hatte tausend Jahre darauf gewartet.

Der Anfang war getan.

Schottische Wasserpferde

Wasserpferde, im Schottisch-Gälischen auch *Each Uisge* genannt, gelten im Volksglauben als die gefährlichsten und tückischsten Kreaturen in den schottischen Highlands. Diese Gestaltwandler können uns als Mensch oder Pferd erscheinen. Sie sind nicht zu verwechseln mit ihren Artverwandten, den *Kelpies*, die in Flüssen zu Hause sind. *Each Uisges* hingegen bewohnen die Lochs und Küstengewässer, als majestätische Pferde galoppieren sie manchmal am Strand entlang. Doch so schön beide Arten dieser Wassergeister sind, so leicht kann man ihnen auch zum Opfer fallen. Mit ihrer Anmut und geheimnisvollen Kraft verleiten sie Menschen leicht dazu, sich auf ihren Rücken zu schwingen. Davor sollte man sich hüten! Die Legende sagt: Wer auf einem Wasserpferd reitet und sich in der Nähe eines Gewässers befindet, der ist verloren! Denn das Pferd geht ohne Gnade mit seinem Reiter ins Wasser, bis die Fluten über seinem Kopf zusammenschlagen. So endet ein Ritt auf einem *Each Uisge* oder einem *Kelpie* immer tödlich – heißt es. Doch sind die Gestaltwandler aus der Anderswelt wirklich so grausam, wie man behauptet? Und was ist die Erklärung für dieses Verhalten? Bis heute rätselt man darüber, weshalb Wasserpferde die Menschen in den Tod ziehen wollen. Und welche Kräfte dagegenwirken könnten …

Gälische und schottische (scots) Ausdrücke und Bezeichnungen

A Dhia – Oh God, for heaven's sake: Oh Gott!

Cuir stad! – Stop that!: Schluss jetzt!

Deamhan/Dheamhain – demon, evil spirit: Dämon, böser Geist

Dinnae fash (scots) – Don't worry: Mach dir keine Sorgen

Gaun yersel'! (scots) – You've got that: Du schaffst das!

Gu leoir! – Enough!: Genug!

Mo nighean – my girl: meine Tochter, mein Mädchen

Mo cridhe – my heart: mein Herz

Bothy: Schutzhütte

Croft house: Kate, kleines Bauernhaus

Britische Maßeinheiten

Inch (Zoll):	2,54 cm
Hand[1] (Hand):	4 inches = 10,16 cm
Foot (Fuß):	12 inches = 30,48 cm
Yard (Schritt):	3 feet = 0,9144 m
Mile (Meile):	5280 feet / 1760 yards = 1,609344 km

1 wird fast nur noch bei der Widerristhöhe (dem Stockmaß von Pferden) verwendet

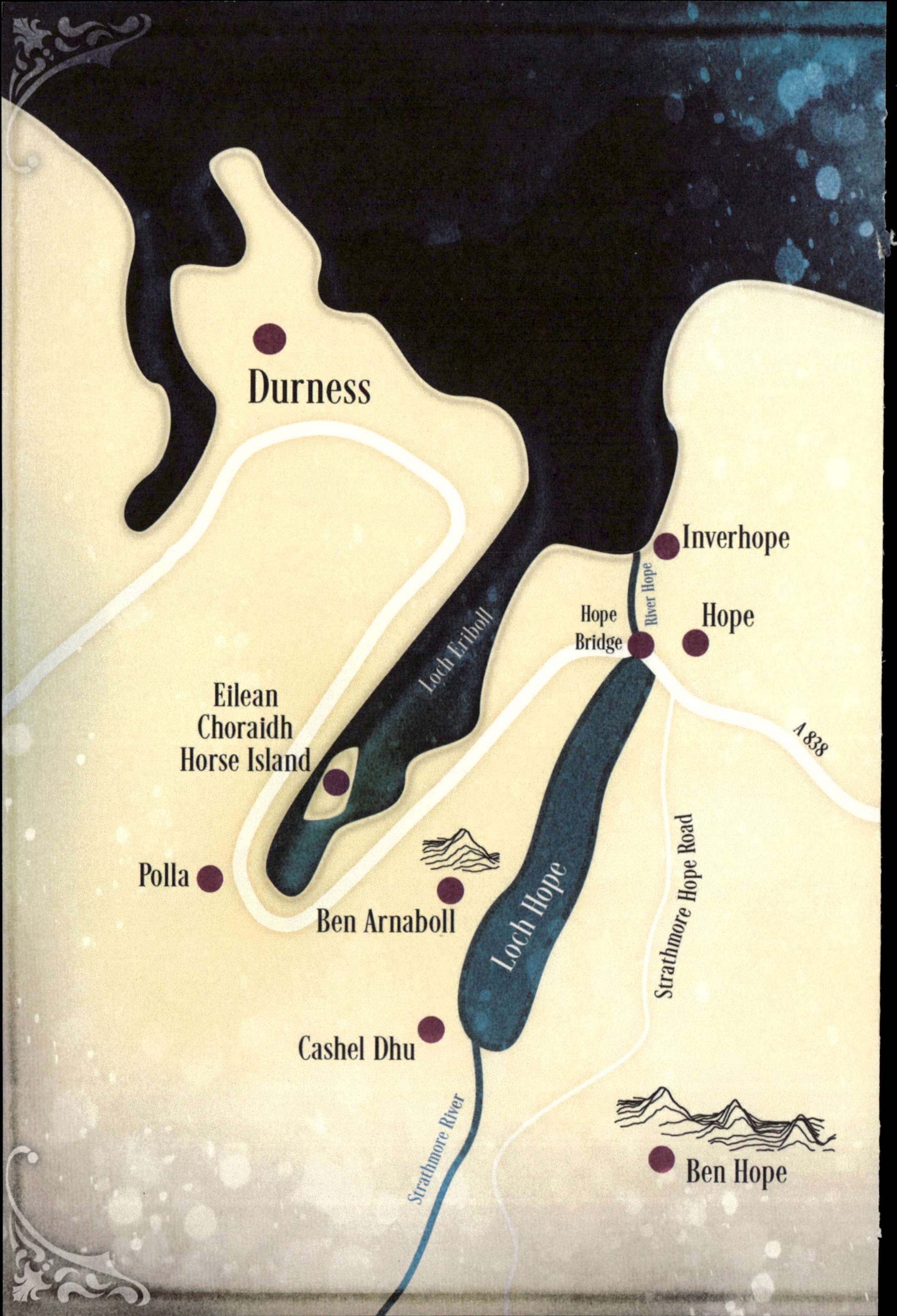
Durness
Inverhope
River Hope
Hope
Hope
Bridge
Loch Eriboll
Eilean
Choraidh
Horse Island
A 838
Strathmore Hope Road
Polla
Ben Arnaboll
Loch Hope
Cashel Dhu
Strathmore River
Ben Hope